有形的世界，

无论草木禽兽都可以生长和游走于其中；

但无形之物，

或许才真正是人的造物。

文学的窄门

丛治辰 著

人民文学出版社

图书在版编目（CIP）数据

文学的窄门 / 丛治辰著． －－ 北京 ： 人民文学出版社，2025． －－ ISBN 978-7-02-019142-0

Ⅰ．I206.7-53

中国国家版本馆CIP数据核字第202456DH94号

责任编辑　樊晓哲
装帧设计　刘　静
责任印制　王重艺

出版发行　人民文学出版社
社　　址　北京市朝内大街166号
邮政编码　100705

印　　刷　河北新华第一印刷有限责任公司
经　　销　全国新华书店等

字　　数　170千字
开　　本　890毫米×1290毫米　1/32
印　　张　8.125　插页1
版　　次　2025年1月北京第1版
印　　次　2025年1月第1次印刷

书　　号　978-7-02-019142-0
定　　价　68.00元

如有印装质量问题，请与本社图书销售中心调换。电话：010－65233595

目 录

辑一 从内部出发：文本的肌理

文学生产知识的方式 　　003
　　——李敬泽《青鸟故事集》的引文、缀余、章法与态度

偶然、反讽与"团结" 　　032
　　——论李洱《应物兄》

余华的异变或回归 　　079
　　——论《文城》的历史思考与文学价值

须一瓜式的结尾与作为奇观的小说 　　108
　　——论须一瓜中短篇小说

辑二 穿过交叉的小径：文体的边界

模式的限度与细节的突围 　　127
　　——对《人民的名义》的文本分析

一桩命案的三重真相与再造文体的多种可能 　　156
　　——论东西《回响》

诗歌的"小说性" 172
　　——论刘棉朵的诗歌创作

辑三　向广阔的外部：文学的立场

从小说技术的精微处理解历史、时代与"新人" 185
　　——论赵德发《经山海》

茅盾文学奖的"表"与"里" 216
　　——以茅盾文学奖评语及授奖辞为中心

围墙的推倒与再造：社会转型与知识分子蜕变 239
　　——论张者"大学三部曲"

后　记 255

辑一

从内部出发：文本的肌理

文学生产知识的方式

——李敬泽《青鸟故事集》的引文、缀余、章法与态度

一

李敬泽《青鸟故事集》的出版，是2017年文学界的重要事件。这首先当然是因为书写得好，而如果联系作者的身份，这"写得好"就有了更深的意味。长期从事文学批评工作的李敬泽，摇身一变成为新锐作家，就好像足球比赛的解说员、裁判员，或者教练员，亲自下场踢起球来。长期以来，球员们心里其实难免有些积怨：我们在场上热汗淋漓，还要被你们指手画脚，"你也来踢一个？"于是李敬泽就踢给他们看看。这就不仅是踢球，是玩票，还有点示范和炫技的意思，多多少少总会摇动此前的文学边界。这或许才是这本书格外重要之处。

甫一出版，《青鸟故事集》便备受关注。大家谈论李敬泽这个人，谈论他清雅精妙的文风，谈论他无远弗届的想象力，谈论他对于物的热爱，谈论他考古世家的出身之于文本的影响，谈论他如侦探般抽丝剥茧的能力和对历史的洞见……[①] 因为已经谈得如此深入充分，短

[①] 参见中国作家网为《青鸟故事集》制作的专题（http://www.chinawriter.com.cn/404087/404988/411795/），其中所收录的诸篇文章，都分析得深入恳切，不但见理，而且动情，即便不作文学批评观，也是好文章。

期之内恐怕很难再有新的视角，给迟到的评论者以置喙的余地。但关于文学的讨论，真的会让人对于文学这件事更明白一些吗？并不令人意外的是，谈论虽因文学而起，落脚却是在知识与思想。《青鸟故事集》在知识与思想层面当然是精彩绝伦的，甚至是超前的——至少在2000年它的前身《看来看去或秘密交流》出版时，李敬泽所谈及的话题与观点，对相关领域的专家而言或许不是秘密，对一般读者甚至是专业的文学阅读者而言，却是陌生之物。因此，那本生不逢时的小册子也只能是小范围内的"秘密交流"。而时至今日，尽管如李敬泽那样对繁杂庞大知识的把握能力依然难得一见，但任何"说法"都不再至于使人惊诧。物的旅行，翻译与舛讹，沟通与误解，撬动宏大历史的细小齿轮，以及青鸟，这些都清清楚楚写在文字里了，不算费解；但令人困惑的是，同样是这些知识、这些说法，为什么只有李敬泽的书写如此花团锦簇，富有魅力？——都是同一只足球，怎么李敬泽踢起来就那么漂亮？阅读《青鸟故事集》，很容易让人陷入一种迷醉癫乱的状态，那些看似清爽实则妖冶的文字是致幻的。而对于一部文学作品而言，尤其是对于一部可能会摇动文学边界的作品而言，了解何以致幻的路径，可能比描述最终抵达的幻觉更为重要。

而且，如果不曾明白自己何以身处幻觉当中，我们真的能够足够清醒自觉地理解幻觉吗？在阅读王德威先生的论文时，我有过同样的感受：那修辞实在太过美轮美奂，以至于他所要论证的重点究竟是什么，反而容易被忽略；必须非常艰难地定下心神，爬梳逻辑，才不至于买椟还珠，错过那些被埋伏在幽暗处，至关重要的论断与细节。如《青鸟故事集》这样边界模糊的作品,何为椟何为珠是很难讲的,但我确凿地知道,当青鸟的翅膀扇动挥舞,四面长风汇聚,风到底往哪个方向吹,我是不明白的——珍珠与香料们身世暧昧,命运颠沛,传说与讲述传说的语言几经转译,多有错讹,李敬泽究竟是如何看待这一切的呢?

因此在诸多论者已充分谈论过《青鸟故事集》之后,我想从一项极为蠢笨和基本的工作开始我的讨论——面对一本太过聪明的书,笨拙的姿势或许才足够明智——我想搞清楚《青鸟故事集》究竟是怎样致幻的,即这些文字的写法。诚如刘琼所说,"人生一世,倏忽一瞬,他(李敬泽)最看重的应该是'文章千古事'"[①]。公认李敬泽的文字是有章法的,像是受过传统文章学的训练。但这章法究竟是怎样展开,或许只有通过繁琐而笨拙的文本分析才可以了解,而不能停留在个别的词、意象、句子和立场。

二

文本分析的重点,当然从全书第一篇《〈枕草子〉、穷波斯,还有珍珠》开始。唐彪的《读书作文谱·文章诸要》说:"通篇之纲领在首一段,首段得势则通篇皆佳。每段之筋节在首一句,首句得势则一段皆佳。"[②]那么被放在全书之首的这篇文字,对《青鸟故事集》而

[①] 刘琼:《李敬泽,让思想走得更远》,《人民日报》(海外版)2017年2月15日。
[②] 唐彪:《读书作文谱·文章诸要》,《历代文话(第四册)》,王水照编,复旦大学出版社2007年版,第3501页。

言,一定也是相当重要,有携领的功能。更何况,它的确摇曳多姿,很能代表"李敬泽体"的特点。

文章从引文开始,引自清少纳言的《枕草子》。这表明了一种姿态:接下来的写作并非伤春悲秋、咿咿呀呀的私己情感抒发,而是向无尽的历史和知识敞开。《枕草子》是日本古代最重要的随笔著作之一,传世近千年之久,在它成书的时代,还远没有那些有关文学应该怎么写的清规戒律,因此如今看来,这部著作出奇的自由——这和动摇文学边界的《青鸟故事集》就隐隐有了某种关系。而《枕草子》最好的汉译者是周作人,他在1932年到1937年批阅古癖珍本,所作的一系列书抄体散文,同样是致力于唤醒那些久被遗忘的知识,与当时的世界与读者对话——尽管经过七八十年的发展,李敬泽的文章较之周作人,要复杂得多了。

引的内容是什么呢?"不相配的东西。"美的和丑的,自然是不相配的;但什么是丑,什么是美,这是主观的事。清少纳言写《枕草子》,是很直观地将自己所忆所想写出来,大概本来也没有要公之于世的意思,因此其中主观的意见较一般作品更多,也更不加掩饰。譬如她说,"穷老百姓家里下了雪,又月光照进那里,都是不相配的"。这句就叫人看了不高兴:穷老百姓家里就不配落雪么? 李敬泽所用的那版《枕草子》,前面译者序评价清少纳言说:"作者是十分懂得什么叫风趣、幽默的,她所表现的又可以说是真正日本式的风趣、幽默。淡淡地说出的几句话,本来并无意于取笑,回想起来却使你大笑不止,余味无穷。但另一方面,作者往往流露出羡慕宫廷和蔑视民众的情绪,这说明她毕竟不能不受她的时代和生活环境的限制。"①话说得有些旧,但问题点得准。当然清少纳言不是有意羞辱谁,对她来说,那是常识——其实可能对今天很多人来说,那也并非不能接受的说法。因此相配不相配,过了一千年,就变得很复杂;同样一段文字,不同时代的不同人看来,认同程度并不一样。正如珍珠从波斯到大唐,或者语言从西方到东方,青鸟从英吉利到汗八里,最终的结果和最初的起点,都难免是不相配的——李敬泽在不同场合都曾确认过,这本书谈的是"误解"②。不相配,不正是误解?所以放在全文和全书最开始的这段引文,当然是精挑细选,别具匠心。

除此之外,还必须承认,这段《枕草子》是美的。李敬泽是否认同清少纳言关于雪的品位,尚未可知;但他一定是欣赏清少纳言文字的品位的。在关于"不相配的东西"的描述中,那种雅致的笔调,那些精致的物象,那种种相互映衬、重叠又彼此区别、凸显的笔法,都和李敬泽自己的写作颇有相通之处。因此这段引文就审美和趣味而言,也是一种昭示,是要从一开始就表明,自己关于文字之美的追求鹄的何在。

所以李敬泽自己的文字,也是既能够写"白绫的衣服",也能够写"头发不好的人",无论入文的是什么,都妥帖,而且有趣。——接下来他就提到了邬君梅主演的《枕边书》,那实在是和《枕草子》

---

① 王以铸:《译者序》,《日本古代随笔选》,[日]清少纳言、吉田兼好著,周作人、王以铸译,人民文学出版社1988年版,第2—3页。
② 参见刘秀娟《〈青鸟故事集〉首发:在"误解"中寻求理解》,《文艺报》2017年1月18日;《伟大的想象,书中之书:李敬泽〈青鸟故事集〉| 三人谈话录》,http://chuansong.me/n/1509250135128;《李敬泽谈新书〈青鸟故事集〉:让读者在误解中看到美丽》,http://www.chinawriter.com.cn/n1/2017/0410/c403994-29198719.html。

相去甚远的现代回声。这看似是李敬泽的闲笔,但在法度森严的文章里不会存在闲笔,这一笔至少有如下七种用处:

1. 提供了新的信息,或者说知识。

2. 这一新的知识,表明了李敬泽的趣味,那和清少纳言古典而精英的趣味显然有所不同,尽管他对《枕草子》也是欣赏的。与清少纳言相比,李敬泽有一种故意为之的恶趣味,他要用现代之狂暴或多或少地稀释古典之哀艳,就像是面对古人难以按捺的顽皮之举。

3. 这样的恶趣味,活跃了文章节奏,使阅读者感到愉快。

4. 这样的顽皮之举,含蓄表达了特定层面对清少纳言的反对,为后文作了铺垫,或至少丰富了关于事物的看法。

5. 回应引文,并促使读者更深入地理解引文——何等清雅的《枕草子》,经由时间的变形,成了禁忌电影《枕草子》,这本身就是一种"不相配"。那么《枕草子》所说的"不相配",到底可以意味着什么,又是如何造成?

6. 作为文章的过渡结构,自然引出议论:"现代的美学精神不是和谐、相配,而是不和谐、不相配,只有不和谐、不相配才能使我们精神振作,使我们注视某种'东西'。"[①] 因此,《枕草子》和今天是不相配的。

7. 也因此,和电影《枕边书》大致同处一个时代的李敬泽,所感兴趣的恰恰也是"不相配"。只有那些"误解"之物值得进入写作。到此为止,这一闲笔简直说出了作者的创作初衷,堪称点题了。

---

① 李敬泽:《青鸟故事集》,译林出版社2017年版,第2页。

既然区分了古代的趣味与现代的趣味，那么从日本的清少纳言，谈及同时代的中国宋朝，就变得顺理成章。宋朝是"哲学家统治，这几乎是柏拉图的〈理想国〉在人间的唯一一次实现。只可惜这些哲学家往往同时也是诗人……"这当然也是不相配的，所谓"人间不如意事常八九"，正是说"不相配"内在于几乎所有事物当中。① 李敬泽的每一处闲笔，细读其实都有不离中枢的周严。但宋朝并不是他想在这篇文章中重点讨论的，他想说的其实是唐朝。从清少纳言到大唐，有些突兀了，因此需要有宋来做铺垫。古时候做文章讲究衔接、圆转，大概就是这样了。话本小说在正式故事开讲前，往往有个与之相似或相反的小故事，叫"得胜头回"②，起到如园林中映衬借影的作用。李敬泽这一笔，也有类似的效果。

谈到唐，就不能不引述译者周作人关于《枕草子》与李义山"杂纂"关系的看法，由此自然而然转为讨论李义山对"病波斯"的记载，那是这篇文章要讨论的第二个话题……但是且慢，李敬泽并没有那么着急。相反，他停下来了，又插入两段《枕草子》的文字。这两段文字不引其实也没关系，行文逻辑上不会因此就缺少什么，但正因是这样没道理的插入，反而更值得体会。李敬泽说，"闲读《枕草子》，每觉妩媚可喜"，这是文章中第一次对《枕草子》有明确的评价判断——文章过去三分之一，李敬泽到底对《枕草子》持什么好恶，其实还不知道呢，读者只能自己猜。马上就要谈唐朝了，且"《枕草子》本就是'唐风'遗韵"，那总要在开启第二个话题之前，把这"遗

---

① 李敬泽：《青鸟故事集》，译林出版社2017年版，第3页。
② 胡士莹：《话本小说概论》，中华书局1980年版，第138页。

韵"是什么说清楚为好，读者才能知道，要怀着怎样的心情去阅读唐朝的故事。然而"妩媚可喜"四个字太过简省了，难以深入到情感的微妙处，要入到微妙处，最好的办法是直接从原文体会。因此逻辑上不需引用的此处，从审美来说就必须引用。虽然此前已经引过，但细加比较会发现，与这两段新引文相比，"不相配的东西"在"妩媚可喜"方面，还是略差了点意思。——一段放在文章开头的引文，更为重要的是它与主旨之间的关系，如果必要，修辞的美感可以稍作牺牲；但显然李敬泽不想造成趣味上的误会，用新的引文，既能让文章脉络活泼一些，又能进一步说明《枕草子》的风格，何乐而不为？而当三段引文被放在一起，我们就会发现，清少纳言对于物有一种特别的迷恋，她的爱憎，她的感喟，她对于世界的理解，对于时光的留存，都寄托在具体的物上。不断罗列的物成为抒情和思考的门径——这被李敬泽称为某种"章法"——物在此也就不仅仅是物，而成为多种历史、情感和关系的累积。而在这篇文章之后，李敬泽所要探讨的正是物。这两段引文，因而就有了某种文法结构意义上的隐秘召唤作用。

有了这两段引文作为审美的准备，再看李义山"杂纂"里关于"不相称"的四个词——穷波斯，病医人，瘦人相扑，肥大新妇——我们就读得懂了。那种结构章法的方式，以及其中的幽默趣味，都和《枕草子》如出一辙。如果我们猝然面对从"杂纂"整体中抽离出的这四个词，缺乏必要的阅读语境，恐怕就很难体会其中的妙处。而现在，那妙处因为与《枕草子》的文字、章法、格调相互发明印证，反而更显丰富多姿——这是李敬泽必须插入这段引文的第三个原因。

"穷波斯"因此一定和"病医人"有着同构的荒悖之处,但如同我们今天很难理解清少纳言的"不相配"一样,必须借由知识的补充,我们才能理解荒悖之处何在——李敬泽几乎是不露痕迹地,时时提醒我们"误解"的一触即发,"沟通"的难而又难,而"不相配"的事随时都在发生。他因此有必要讲讲唐代波斯人的故事,从清少纳言一路走到这里,何其遥远,何其周折,又何其自然。

如果将周作人《关于清少纳言》那寥寥几句话不算在内,李灌的故事便是这篇文章中第四处引文。这一次,李敬泽没有直引原文,而是用自己的笔调将传奇重述出来。"在遥远的唐朝,人常有奇遇,比如于寂寞的旅途中偶遇抱病垂危的波斯商人。"在《枕草子》的铺垫下,这样的文字让我们很容易进入悠远而神奇的历史氛围中。而接下来的讲述是那么细致入微,李灌和病波斯的样貌,他们的表情,甚至"温润安详"的目光,都好像穿透千年风尘,来到我们眼前。李敬泽的书写方式拆解了时间与空间理应造成的距离,带有莫名的切肤温情——这可能也是一种不相配,这种不相配让历史这样的宏大之物变小了,变得可以接近。2000年文化散文已经兴起,《美文》杂志也已经发起写作"大散文"的号召,大量引述历史材料来作为文章主要构成其实并不稀奇,因此李敬泽有必要在第一次讲故事的时候,就表明自己使用材料的方法。——那是一种"六经注我"的方式,这个人绝不会被历史牵着鼻子走,尽管他使用了大量材料,但他当然并不真的是"文抄公"。他甚至不太关心材料真实与否:野史、笔记、传奇,都可以成为他的材料。历史从来不能构成对于文学的压抑,而只是他的线索,他用自己的趣味之轻盈,洗去历史沉重凝滞的一面。

而如果对中国文言小说稍有常识,就会知道,他的转述绝对不会是忠于原文的。李敬泽所用的,是现代小说才会有的笔法,文言传奇断无这样写的可能。这则故事原本的记述实际上相当疏略:

李灌者。不知何许人。性孤静。常次洪州建昌县。倚舟于岸。岸有小蓬室。下有一病波斯。灌悯其将尽。以汤粥给之。数日而卒。临绝。指所卧黑毡曰。中有一珠。可径寸。将酬其惠。及死。毡有微光溢耀。灌取视得珠。买棺葬之。密以珠内胡口中。植木志墓。其后十年。复过旧邑。时杨凭为观察使。有外国符牒。以胡人死于建昌逆旅。其粥食之家。皆被栲讯经年。灌因问其罪。囚具言本末。灌告县寮。偕往郭塈伐树。树已合拱矣。发棺视死胡。貌如生。乃于口中探得一珠还之。其夕棹舟而去。不知所往。出独异记。

又《尚书故实》载兵部员外郎李约,葬一商胡。得珠以含之。与此二事略同。①

细加对照,会惊讶地发现,李敬泽不仅调整了细节的详略,对故事情节也多所修删。原文对波斯人的"病"其实并未多作渲染,更只字未提其"穷"——病波斯未必是穷的,他还有一条黑毡呢。但无论如何这波斯人是到了窘境,这不正是"穷"的本义?李敬泽发掘出了这则传奇与"杂纂"之间的关系,这正是他使用材料的本领——在真正的读书人那里,天下的书林林总总,但其实不过是同一本大

---

① 李昉等编:《太平广记(第九册)》,中华书局1961年版,第3240—3241页。

书，相互之间，无不存在隐秘的联络。这样联系印证的解读办法，当然也不乏虚构的成分，但是较之单纯在细节上作增添工作，就高级多了。

与此同时李敬泽也舍弃了一些既有的虚构。譬如原文中那个"密"字，其实本来是相当耐人寻味的细节。李灌固然是义人，但埋人这样的事总不能以他一己之力就完成。而如果当着众多帮手的面，把珠子放到亡者的嘴里去，那就是成心不给这位病波斯留全尸了。因此李灌要"密以珠内胡口中"，这里面有一种温柔的体贴。但李敬泽不要那样繁复的叙述，在他干净的文字里并没有为那些扛着工具挖坟埋棺的闲人留有位置。他要说的只是病波斯和宝物的不相配，要说的只是一个病波斯在唐朝人眼里看来必定是"怪异"的，则与之无关的其他一切细节都可有可无，因此只需要留下李灌和波斯人两相面对就好。更何况，这样的细节当代读者如何看得明白？又怎么耐烦看？像我刚才那样为之浪费笔墨实在是太愚蠢了，李敬泽选择用一种更为轻盈的办法书写千年之前的温柔："合上棺板之前，李灌静静地看着波斯人，目光依然温润安详，他又看了看手中的珠子，珠子浮动着雾一般的银光，他合起手掌，把手伸向波斯人微张着的嘴，然后，又把手在眼前摊开，手里什么都没有了，似乎从来也不曾有过什么。"① 在李敬泽的描述下，那个场面似乎脱离了人世逻辑，因而更加怪异，如梦如幻。

然而如果李敬泽追求的是有关"怪异"的效果，该怎么理解他将

---

① 李敬泽：《青鸟故事集》，译林出版社2017年版，第6页。

故事的后半段全然斩去呢？十年之后发棺再看，因为那颗珠子，波斯人的音容笑貌一如生前，这不是最怪异的事吗？但恰恰因为太过怪力乱神，撑破了原本"不相配"的张力，反而损伤了故事的美感；而且这样的后半段故事，恰恰是传奇里面最落俗套的结局，以李敬泽的洁癖，大概是看不上的。除此之外，对故事后半段的舍弃，或许还有文章结构上的考量：在文章此处，李敬泽所要谈的是关于不相配的怪异，而非物自身的怪异，还要再隔过两个故事，他才要说到物呢。如果这时就将珠子的怪异效果讲出来，就乱了文章的次序脉络，抢了后面文字的戏，泄了悬念的底——后文中，李敬泽是用一种卖关子的方式谈及物自身之神奇的。

一则传奇显然单薄了，为避免孤证，李敬泽立刻补充了一个李勉的故事。这两个故事实在太像了——实际上文言小说里雷同的篇章比比皆是，很多时候与现实无关，只是文本旅行与自我衍生造成的——李敬泽当然一笔带过。不过令人好奇的是，同样可以让他"有感于相逢于天涯沦落的古典情怀"[①]，何以他选择了讲述这一个而不是那一个？——在《太平广记》里，李勉的故事还排在前面呢。而且李勉是有身份的人，后来做过大官；李灌却"不知何许人"。不过很有可能恰恰是身世的神秘，让李敬泽对后者更加偏爱。传奇小说的作者往往假托知名人物为自己故事的主角，那是古典时代小说这一文体的孱弱造成的——人物有名有姓有身份，故事似乎就凭此有了几分可信，小说也似乎因而就可以和史传的传统贴上边，有了荣

---

① 李敬泽：《青鸟故事集》，译林出版社2017年版，第6页。

光。但李敬泽显然觉得,那个仅仅因为一场情义在历史长河里昙花一现,而后又迅速隐没不见的李灌,与"不相配"之怪异更加相配一些。那不仅仅是出于一个现代小说观念哺育的阅读者对虚构的热衷,恐怕和他对历史本身的态度和判断也有关系。而《青鸟故事集》正是要表达这样的态度和判断。

在这么多的引文之后,行文已过三分之二的时候,李敬泽终于有理由做些判断了。此前他并非没有表达自己的看法,譬如关于现代美学精神正是"不相配"的看法,譬如宋代乃"哲人王"统治的看法,但那更多是作为文章过渡的灵光一现。而这一次李敬泽给出的看法,与文章的内在诉求有了更深切的关系。他说,那些关于"不相配"的判断,其实"就是世界的秩序,是知识";而那些怪异的故事,实际上是严整的知识在对不驯服的世界进行某种矫正:"当然世界与它的秩序、生活与关于生活的知识之间常有不相称,这就需要予以矫正,就要讲故事⋯⋯"① 所以李敬泽当然知道,清少纳言所说的那些不相配的事,同样囿于一个一千年前日本女官的知识和趣味;进而李敬泽当然也知道,他在这篇文章所提到的那些因不相配而产生的传奇,和书中其他文章中谈及的那些与事物本来面目不相配的误解,同样囿于具体时代具体族群关于世界秩序的知识。其实在全书第一篇,李敬泽已经开宗明义讲出自己关于那些错位与讹误的态度。而他之所以要进行这样的书写,正是为了矫正,只不过不是要去弥补不相配的裂痕,加固原有的知识与秩序,而是为了将那些不相配

---

① 李敬泽:《青鸟故事集》,译林出版社2017年版,第7页。

的知识重新组合，寻找隐藏在它们当中的秘密。因此这寥寥几句意见的发表，既是对文章开头的回应，又是对全书后文的开启，更是一种夫子自道，告诉读者自己到底想做些什么。——当然，用福柯的眼光重新去打量历史与典故，这样的见识本身，也是精彩的。

在李商隐这样的唐朝人眼里，波斯人是在经验之外的，和本书其他篇章里李敬泽将要谈及的诸多物、人与事一样，那是我们古老经验中的"他者"。他者一定是怪异的，因此李灌与李勉故事中因不相配而产生的怪异，看似是对常识的冒犯，实则是内在于波斯人的他者身份当中。也因此李敬泽可以继续引述更加怪异之事，那就是《太平广记》中关于"青泥珠"的传说：

则天时。西国献毗娄博义天王下颔骨及辟支佛舌。并青泥珠一枚。则天悬额及舌。以示百姓。额大如胡床。舌青色。大如牛舌。珠类拇指。微青。后不知贵。以施西明寺僧。布金刚额中。后有讲席。胡人来听讲。见珠纵视。目不暂舍。如是积十余日。但于珠下谛视。而意不在讲。僧知其故。因问故欲买珠耶。胡云。必若见卖，当致重价。僧初索千贯。渐至万贯。胡悉不酬。遂定至十万贯。卖之。胡得珠。纳腿肉中。还西国。僧寻闻奏。则天敕求此胡。数日得之。使者问珠所在。胡云。以吞入腹。使者欲刳其腹。胡不得已。于腿中取出。则天召问。贵价市此。焉所用之。胡云。西国有青泥泊。多珠珍宝。但苦泥深不可得。若以此珠投泊中。泥悉成水。其宝可得。则天因宝持之。至玄宗时犹在。出广异记。①

---

① 李昉等编：《太平广记（第九册）》，中华书局1961年版，第3237页。

可想而知，李敬泽一定会再次对故事进行删改。和前文无关的颌骨与佛舌被舍去了，这里单讲珍珠。和尚一再加价的情节也被舍去了，李敬泽关注的只是股内藏珠之惨酷与隐秘——而这在李勉的故事里已有提及，只是未被渲染，我们再一次在这篇短小而精致的文章里看到铺垫借映，草蛇灰线。倒是"僧寻闻奏"这样原文一笔带过的细节，李敬泽饶有趣味地替和尚补上了动机："和尚本来不以为贵，现在被人家当宝贝一样买走了，想来想去，大概越想越觉得吃亏，竟一个小报告打到了武则天那里……"① 这种揣测里有洞悉人情的窃笑声，同时也隐隐有一声叹息：即便在那时的和尚眼里，波斯人也毕竟是"他者"，对于非我族类的人，哪有什么契约精神与道义可言呢？

将这则故事入文，李敬泽又有一种新手法，那就是截成两段，隔空呼应。故事讲到割开大腿的惨烈处，李敬泽停住了。这时文章就快要走向结束，在此之前，李敬泽必须将必要之事交代清楚。他要告诉读者，在唐代的常识当中，波斯人是怎样的一种存在——他们其实并不都来自波斯，这名称和他们实际的身份是不相配的，但显然唐朝人并不觉得有细致分辨他们的必要。进而李敬泽要讲讲自己楼下李大爷的看法，说明其实直至今天，我们对于老外的认识，也并不比唐朝人高明多少。人世间的智慧渊源有自，人世间的误解同样如此。但李敬泽依然对今日之李大爷，和昔日之李商隐作了一个区分——当然早在文章开始，便对《枕草子》的趣味和现代美学

---

① 李敬泽：《青鸟故事集》，译林出版社2017年版，第7页。

精神有过辨异；而讲述李灌故事时，也曾对古典情怀表达过怀旧的情绪。我们会发现有些文字像是不经意的闲笔，却构成一条条丝缕，埋伏在文章当中，必要的时候拎起来，才让人惊觉原来一切都早有脉络。我们因此特别信服李敬泽对波斯系列故事的解读——唐人眼中对胡人之豪富的理解，并不像楼下李大爷那样只是将他们看作行走的钱袋子，重点在于他们超出我们平庸、日常经验的超然性。在此意义上，那些胡人和他们的珍珠同样都是超现实的表征，同样都从来被我们的历史所忽视——文章的第三个话题终于正式被彰显出来。它们和这本书中引述的那些历史边角处的故事一样，等待着一个人把它们唤醒，擦亮，说出它们真正的价值。

在这一次停顿中，李敬泽提供了知识，也生产了知识——关于胡人与珍珠的重新定义与感喟，同样也是知识——这其实都是在为文章的收束积蓄势能。经过这样的准备，李敬泽可以更好地把没讲完的故事讲完了——青泥珠的珍贵并不在于它本身，而在于它能够唤醒更多的宝物。这当然也可以是一种隐喻：青泥珠的命运其实就像沉香一样，像利玛窦和他的钟一样，像如飞鸟般游走与消逝的话语一样，我们从来就没有真正了解它们的美好与难得，了解使用它们和理解它们的正确方法。对于这件事，李敬泽几乎是绝望的——即便曾经知道过它的真实价值，青泥珠还是消失在时间里了，或许最后的归宿不过是某位宫女的一件首饰。

所以李敬泽真的要在这本书中表达什么确凿的看法和意见吗？关于东方与西方的物质交流史与精神翻译史，关于文明沟通的艰难与讹误？我以为在这第一篇文章的结尾，李敬泽便已经承认任何意义的建构或许都如珍珠一样脆弱,"像阳光下的气泡"。他当然努力书写了,像考古学家或推理作家那样,去爬梳历史褶皱里隐秘的因果,但是在武则天时代说出的话,或许经过短短十余年,就会在玄宗的后宫里走丢。不然这样一本好看的书,何以在出版了十六年之后,还有必要再次呈现在读者面前呢?因此当李敬泽说,"珍珠就是这样的东西:它有如人世的浮华",他想说的当然并不是珍珠的命运,而是人世的浮华①。

法度森严的李敬泽当然不会忘记在文章的结尾遥望开头,而他所念念不忘的,果然是清少纳言那句让人不那么开心的话:"穷老百姓家里下了雪,又月光照进那里,都是不相配的,很可惋惜的。"多年之后贫病交加的清少纳言遇到下雪的日子,回想起住在深宫时写下的那一行字,大概也会觉得人世的浮华是如此讽刺吧。而李敬泽从诸多文字与故事中一路穿行,面对无法可解的不相配与误解,最终抵达的似乎也只有感喟,只有不确定与不指望,并将对于历史的不能指望,交付文学不能确定之美感。

三

很难想象一位资深的批评家和编辑,在编纂自己的文集时会有丝毫随意。《〈枕草子〉、穷波斯,还有珍珠》是那么符合唐彪对"首段"的要求,几乎领起和暗示了此后诸篇文章所要涉及的所有话题,

---

① 李敬泽:《青鸟故事集》,译林出版社2017年版,第9—10页。

只是控而不发。这足以让我们相信，必须将《青鸟故事集》看作一个设计精良的整体，那不是一本文集，而是一大篇文章。书中各篇目之间，有如文章各段落之间，必然存在某种可供分析的联络呼应。

既然这篇大文章的"第一段"已经从《枕草子》写到了大唐，接下来就难免从大唐写起；既然已经从清雅的引言写到见证人世浮华的物，接下来就难免要写到物。《青鸟故事集》的第二篇文章《沉水、龙涎与玫瑰》就是专谈物的，这些物是珍珠的自然延伸——它们像珍珠一样，怪异而珍惜，超出了古人们平庸的日常经验，并且和珍珠一样，全都来自化外。《沉水、龙涎与玫瑰》记录了李敬泽对物的痴迷，当然更重要的还是物所承载的古典风雅——在李敬泽看来，那比今天干净整齐，却有着不可救药之无趣的中产阶级价值观要高级多了[1]。但最终无一例外，李敬泽总是将视线从物本身推开去，他更为关注的是这些物究竟从哪里来，走过了哪些路。

从这篇文字开始，李敬泽常常在单篇文章后面配上"片断"或者"附记"，我将之统统称为正文的"缀余"——它们是多出来，但并不"冗赘"，而是如点缀物般为正文补充了趣味；然而如果将它们写到正文里去，就乱了脉络、详略、节奏和主题。——因此对照缀余与正文，我们就知道什么是必须割舍的趣味，而什么内在于文章的结构，从而也就知道李敬泽最想说的究竟是什么。《沉水》所附片断是讲沉香本身的轻静、幽然；《龙涎》所附片断尽管也对香料的来路有所提及，但那最终却是为了增添一分物本身的神奇，感叹往昔香

---

[1] 李敬泽：《青鸟故事集》，译林出版社2017年版，第34—35页。

气的消散——和正文中的结构恰恰相反。而全文之后的两则附记，都是为物本身增加有趣的知识与掌故——李敬泽实在是爱这些细节，但他更爱文章的法度，这些放不到正文里去。因此我们有充分的理由说，在《沉水、龙涎和玫瑰》中，尽管承接上一篇文章从物谈起，最后落脚却是在物之迁徙。这篇文章更像是《青鸟故事集》这一宏文里引述的一个典故——当然增添了知识，传达了趣味，但更重要的还是承担转折与推演文意的功能。

有了这样的转折推演，接下来在《布谢的银树》里从一件神奇之物出发，谈论宗教、军事、观念的迁徙、相遇与碰撞，谈论迁徙中必然遭遇的误认错判，便顺理成章。至于十六年后再版时加入的那篇《抹香》，就像在李灌、李勉之后李敬泽突然讲起楼下李大爷的故事，是《沉水、龙涎和玫瑰》这段"引文"的一个补充。话题难免有所摇曳偏离，但仍然有对不相配之气味的辩证，有从抹香鲸被锯开的庞大脑颅到龙涎香的物之迁徙，同时也增加了另外一条人世变迁的线索与之相呼应。这让《抹香》很像是多年之后重读少时日记时写下的一个注脚，或许只是寥寥数笔，但下笔的力气却让原本的文字都变重了。

《沉水、龙涎和玫瑰》将时间从唐朝推到了宋朝，于是《布谢的银树》可以从蒙古大汗蒙哥把故事继续讲下去。尽管评论者们都很喜欢探讨李敬泽笔下的物，但如前所述，从这里开始，《青鸟故事集》的着眼点就已经不在物，而在迁徙本身，在迁徙过程中的相遇与误解。此后几篇文章里，李敬泽其实不断回应的是在第一篇文章里即已提及的话题：世界上每个角落，每个族群，都有自己关于世界秩序的知识，同时又囿于这些知识。在顽固的既有认知局限内，交流必然变成误解。《布谢的银树》中那个传教士鲁布鲁克固然不知道蒙古大汗的铁蹄有多么恐怖，才能怀着对基督教的盲目自信；《雷利亚，雷利亚》里的老四又何尝知道葡萄牙，知道雷利亚是什么意思？从蒙古帝国汗帐到明王朝的广州，再到今天的工体酒吧，翻译与交流似乎压根儿没有变得更靠谱一些。而从《雷利亚，雷利亚》中溜出来的人物平托，又引出新的一篇《静看鱼忙？》——这再一次让我们确认，这本书中收录的各篇文章，一定不是随意排列。《静看鱼忙？》讲的故事与道理看上去一点也不新鲜，依然是李敬泽已经充分表达只是此前并未点破的："一个人看到什么、看不到什么，与眼无关，而关乎心"[1]；因而"'真实'取决于什么人看、什么人写"[2]。但李敬泽当然不会在一篇严谨的文章里累赘书写功能相同的段落，《布谢的银树》重点在西方对中国的误读，《雷利亚，雷利亚》重点在中国对西方的误读，而《静看鱼忙？》则从同中生出异来：其内在关怀已经发生变化。在《静看鱼忙？》的结尾，时间从明嘉靖二十八年（1549年），到了清乾隆五十七年（1792年）——"距鸦片战争仅四十八年"。这是现代的魔鬼即将降临中国的时刻。如果说古典时代里那些误解不过是制造了传奇、格调与趣味，那么从这一刻起，误解将会影响生死存亡。这可以视为李敬泽在《青鸟故事集》中谈论"误解"的第二个层次。

引入"现代"这一语境之后，李敬泽就必须折返大明朝，折返

---

[1] 李敬泽：《青鸟故事集》，译林出版社2017年版，第98页。
[2] 同上，第105页。

1601年1月25日利玛窦将两座自鸣钟呈献给万历皇帝的那一刻。吉登斯将机械钟的使用及与之伴随的时间之标准化、空间之虚化，视为现代性诞生的关键时刻①，因而李敬泽在此回溯的，乃是古老帝国与现代文明（而不仅仅是异域奇珍）的初次邂逅。但如果在一个国度里，画师即便面对高鼻梁蓝眼珠的欧洲人，也只会依循自己脑海里关于回民的形象范式作画，将一切危险的陌生之物翻译进既定知识系统中，那么就不要指望那里的人们真的理解自鸣钟意味着什么。李敬泽之所以先要讲述那些关于珍珠和香料的故事，就是为了让我们更容易理解《利玛窦之钟》里的万历皇帝和他的臣民们何以会买椟还珠，只看到自鸣钟的物自身，而看不到自鸣钟所奏响的新时间的曙光——武则天不也完全不了解青泥珠真正神奇的功能何在吗？

　　在这样的国度，利玛窦当然只能枯坐京城无望地等待下去。太寂寞了，因此李敬泽用接下来的一篇《八声甘州》从远方为他送来一个欧洲同胞——葡萄牙人鄂本笃——一直送到甘州。甘州，是大明帝国的西部边陲，是未获特别许可的欧洲人能够抵达的最东方，却也是那时中国与世界交流的中心。这一次李敬泽要谈论的是另一种误解，关于地理知识的误解。经由鄂本笃和利玛窦的战略合围，那张被马可·波罗从一开始就搞乱了的东方地形图现在变得清晰了，传说中暧昧不清的山川河流，如今被纳入西方现代地理学的谱系当中。西方真正认识了世界，同时中国成为完全不设防的土地。彼此的误解，变成单方面的无知，在知识上国门洞开的中国浑然不觉在

---

① ［英国］安东尼·吉登斯：《现代性的后果》，田禾译，黄平校，译林出版社2000年版，第15—16页。

未知的幽暗里,有很多炯炯放光的蓝色眼珠,在贪婪地窥伺自己。从此之后,误解与优雅的情趣无关,而成为切实的危险。

从唐到清,在陆上与海上丝路的漫长跋涉之后,终于经由甘州,《青鸟故事集》抵达全书的高潮和点题之作,那就是《飞鸟的谱系》。在这篇全书篇幅最长的文字里,李敬泽集中讨论了关于翻译的问题。这话题当然也不会突兀地降临,在《雷利亚,雷利亚》中,李敬泽早已埋下伏笔。但在更早,在波斯人行走在大唐的时代,似乎并不存在这一困难。或许那时雄踞世界中心的唐帝国,根本不需要了解蛮夷的语言,波斯人都是懂唐话的;又或许在开放的唐朝,"翻译"这个职业还不是禁忌,不至于被"明正典刑";总之在现代性来临时,中国,与那些它为自己建构的"他者",已隔绝得太久,误解得太深,所有历史债务都积压在语言层面,需要作一次总的清算了。在这篇关键性的文章里,李敬泽最为集中地展现出他结构文字的能力和阐释史料的本领,那些从历史尘埃中钩沉出来的故事,本身已经那么精彩,彼此间的联络却还能更使人惊讶。如李敬泽自己所说,那些故事"充满了奇异的邂逅、对称和重复"[1]。那些往往被正史忽略,甚至连一个完整名字都没有的人物,带领着他们的弟子、子侄,从一个故事走进另一个故事,使那些青萍之末的偶然相互连缀呼应,共振成为推动历史变迁的飓风。

李敬泽再次给了我们一个精彩的开篇:摆在道光皇帝面前那份鸦片战争中最重要文献的汉译本足够吸引读者,因为它和原文之间

---

[1] 李敬泽:《青鸟故事集》,译林出版社2017年版,第226页。

的差异和张力那样巨大、荒诞，令人啼笑皆非。隔着字纸，我们甚至能够听到李敬泽写下这则故事时的叹息，那很类似于在《〈枕草子〉、穷波斯，还有珍珠》末尾处的绝望——翻译和理解几乎是不可能的。语言是那样精微之物，且不说刻意改动原文的意思，哪怕是对那些表达语气和姿态的措辞、称谓稍作修饰，都足以撬动理解的方向，从而让历史的车轮改辙换道。茅海建惊叹"如此重要的文件如此译法，实为难解之谜"①，但其实也并没有多难解，翻译者只不过既不敢挑战皇帝的认知惯性，也无能力超越自己的思维边界而已。不过李敬泽并不想在一开始就大发议论，这故事只是他用来先声夺人逗引读者兴趣的。接下来他要回到1937年5月的广州，用一个十足像是闹剧的翻译事件，更详细地向读者说明，翻译之所以不可能，是有原因的：官方对国家交往的拒斥，对翻译职业的打压；因此造成的翻译人才的缺失；以及总想借机推销自己货物的翻译阿树可怜的私心……不过最重要的原因，还隐藏在官方态度的背后，即官方之所以闭目塞听的内在心理机制。因此李敬泽又补充了一个关于开罗会议的故事，这次担任翻译的宋美龄女士英语之好是出了名的，她也不太可能存什么私心要把自己的夫君蒋委员长卖掉。但交流依然很困难。蒙巴顿有蒙巴顿的鬼胎，委员长有委员长的打算，利益不相匹配的人，翻译再出色也不能让他们握手言欢。因此，在不同文明和族群交往的过程中，语言本身诚然就是一种权力，但它终究受控

---

① 茅海建：《天朝的崩溃——鸦片战争再研究》，生活·读书·新知三联书店1997年版，第430页。转引自李敬泽《青鸟故事集》，译林出版社2017年版，第178页。

于另外的权力。翻译其实意味着信任和交换,是把自己拿出去,交付给对方。翻译的障碍也存在于这里。李敬泽说,《青鸟故事集》和李商隐那句"蓬山此去无多路,青鸟殷勤为探看"关系不大——他大概根本就不相信单纯靠青鸟能探看出什么来——"反而是大师梅特林克的最著名代表作——六幕梦幻剧《青鸟》,在我的故事集里留下了它巨大的鸟影"①。《青鸟》讲的是什么呢?"只有甘愿把幸福给予别人,自己才能得到幸福。"②

李敬泽再一次把问题推到了根儿上:如果说古典时代的误解多多少少是因为客观的愚昧,那么现代格局下的误解则更多是因为主动的拒绝。人们为了自己的安全、脸面、利益,建筑起狭隘的藩篱,再自由的飞鸟都飞不过去。旧时的误解大多是真糊涂,而现在的误解更多是装糊涂了——不是我不理解你,是我不能理解你——那就没办法了。明白了这一点,《飞鸟的谱系》之后的故事就容易理解了。无非是不同民族,不同样貌,操持着不同语言的人们,为了自己和自己祖国的利益,不断相遇又分离。在讲述这些故事时,李敬泽已不再发表新的意见——对没办法的事还有什么好说的?他继续穿行于那些故事,心态却已经大不一样。中国的读书人有一种传统,总想从历史里学到点什么,以古为鉴。那就是说,历史是知识,而我们掌握这些知识,是为了生产出新的知识。这样面对历史的时候就很难放松,一直背着寻找意义的包袱。但李敬泽可以卸下这个

---

① 蒋蓝:《李敬泽:在青鸟翼下回眸元写作》,《文学报》2016年12月29日。
② 郑克鲁:《译序》,《青鸟》,[比]梅特林克著,郑克鲁译,上海译文出版社2011年版,第3页。

包袱了——意义很清楚了,那是个死局——于是他可以坦然地在历史偶然性的交错重叠中寻找乐趣,尽管怀着一种沉痛的悲悯与同情。挥之不去的抒情,与寻找乐趣的游戏精神,这正是属于文学的东西——文学不正是在历史无能为力的边缘地带,聊以安慰的轻盈之物?不论在历史中游弋多久,李敬泽最终能信任的还得是文学。因此毕飞宇说,"如果不是因为他就读于北京大学的中文系、供职于《小说选刊》和《人民文学》的缘故,我估计他会成为一名出色的史学家。"①——这是不大可信的。也因此《飞鸟的谱系》中关于翻译的知识考古,结尾最终要落在胡适身上,落在白话文运动上。我想李敬泽要说的,不仅仅是现代的观念打开了古老的国门,还指文学的审美趣味活跃了沉重凝滞而狭隘蒙昧的僵死脑壳。

《乔治·钦纳里之奔逃》和《第一眼——三寸金莲》更像是两篇附记,精巧地回应了《飞鸟的谱系》不便纠缠的问题。不过在"李"、斯当东父子、马礼逊父子、亨特以及那位险些被历史掩去面目的小德之后,再来讲述一位在东西方之间奔逃旅行的乔治·钦纳里真是再合适不过。《飞鸟的谱系》那样庞大沉重,需要俏皮的小故事来调剂一下气氛了。有趣的是,钦纳里从承诺实录见闻的《旧中国杂记》出发,最终却走进了毛姆的虚构小说里;而实际上,《旧中国杂记》里究竟哪笔是真的,哪笔是假的,也没人搞得清楚,包括它的作者亨特。这让在《飞鸟的谱系》中便已萌生退意的李敬泽,更有理由将笔触调转方向,对"误解"的探讨进入第三个层次的追问,那就是究

---

① 毕飞宇:《读李敬泽〈青鸟故事集〉》,《成都商报》2017 年 3 月 26 日。

竟何为真实，何为虚构。

2017年增补的《印在水上、灰上、石头上》和2000年原有的《行动：三故事》彻底搅乱了真实与虚构的关系。李敬泽告诉我们，所谓历史其实充斥了虚构，而且历史是需要虚构的，虚构就内在于历史的诉求之中。最吊诡的是，有时马尔罗这样的吹牛大王所编织的谎言，比实情还更接近历史真相。这一次不是在空间的层面上，而是在时间的层面上，李敬泽告诉我们理解之不可能——作为后来者我们很难从墓葬原物中分辨出前一个盗墓贼掺进去的假货，尤其当它符合我们预期的时候。甚至不必谈那么远的事，在日常生活里，我们都很难分辨谎言与真实，有时连自己是怎么想的都搞不清楚。李敬泽将自己的出游故事放在吹牛大王马尔罗的事迹之后，有种让人深感忧虑的可疑，那等于是在这样花团锦簇的一本大书快要接近尾声的时候，突然不怀好意地从书堆后面露出半个脑袋，告诉我们说：其实我连自己都没搞明白，没法支配，当然也不便对说过的话、写下的字负有责任，甚至不能保证那些知识都其来有自——连《太平广记》这样以记述鬼故事著称的书都要篡改，这有多么可怕！

那么，彻底把读者搞糊涂了之后，这项写作还剩下什么意义呢？李敬泽谈起了萨拉马戈的《修道院纪事》。在2000年出版的《看来看去或秘密交流》中，这篇文章大概是被放在结尾的。它的确像是一个收束，短小，却几乎回应了此前所有议题。李敬泽再一次谈到翻译，但这回他并不是纯然悲观的——以历史与事功的角度看来悲观之事，换以文学与抒情的视角，会呈现出另外的可能。李敬泽告诉读者，翻译意味着"生活在别处"的可能和勇气，意味着一个灵魂要真正地进入另个灵魂当中，意味尽力地避免让"此时此地"的执念去"搅扰来自过去、来自异域的声音"。他说尽管非常艰难，但好的翻译是有的①。李敬泽无疑是喜欢《修道院纪事》的，正如喜欢布罗代尔一样。它和他都有那样的能力，将无法被历史叙事识别的那些隐于人群和时代的小人物、小物件，重新发掘出来，并让这些伟大的无名者发出声音——这是以文学的方式对抗一般所谓历史的行动，也正是李敬泽在他这一系列文字中所做的事情。因此在这篇文章的附记《最初的书》中，他透露了他人生之初获取知识的方式——那无一例外来自虚构，而即便在意义最为确定的时代，那些虚构都可以指向完全不同的理解——和翻译的方式。

从《看来看去或秘密交流》到《青鸟故事集》，十六年里李敬泽是否对那本小册子念念不忘时有反思，是无法确证的。但2017年他为这本书续上的新结尾，却一定不是偶然。十六年之后他似乎对文学与文字都不是那么信任了，因而只能回到更古远的时代，回到古埃及的传说。"上古之人沉默寡言，他们的话句句是真理，而他们很奇怪地认为真理一旦形诸文字就会像案板上的鱼一样失去魔力和生命。"②果然，沿着种种记载一路考据下来，上古时代最大的那条鱼，不断变小，最后成为《白鲸》，甚至成为可以被艾略特垂钓的对象，最终被纳入我们可理解的经验当中。文字本身即理性的创造，而今天所谓文学更是现代性的产物，只有梦和想象力，能够不断突破现实的束缚，将我们带回由一条大鱼承载起来的神秘土地。李敬泽

---

① 李敬泽：《青鸟故事集》，译林出版社2017年版，第331—333页。
② 同上，第347—348页。

似乎是有意将这迟到的尾声,写得如古老神话般混沌暧昧。但作为当下最著名的文学批评家之一,他是否已经隐隐表达出某种不满和期待?

四

在关于《青鸟故事集》的对谈中,李敬泽说,"评论家喜欢谈论意义,意义非常重要,但是我觉得我同时也是一个写作者,当你写作的时候,其实想意义想得不是很多。就我个人来讲,写作时,我想得最多的是另外一个相近的词——意思。"①

《青鸟故事集》当然是有意义的,它对历史中那些细小动因的敏感,它对中西方交流与误解的洞察,都颇具启发。如果不嫌攀附,我们甚至还可以说,《青鸟故事集》的出版/再版,可以视为文学界对"一带一路"伟业的某种呼应。资深批评家李敬泽显然太过清楚,他的同行们会如何对这本书动刀子。而目前为止,他的判断基本没错——即便最开始我曾信誓旦旦地表示,要深入到文本肌理中去细查文章法度之美的隐秘,其实也仍然是希望通过那些掌故、过渡、周折、脉络,来更好地理解李敬泽到底持有怎样的态度。但李敬泽似乎未见得喜欢被这样概括、抽象和抬举,他并不希望人们只看到这本书中的思想、见识、观点——何况他可能并不确定观点是什么。无论在《〈枕草子〉、穷波斯,还有珍珠》的结尾,还是在整本

---

① 《伟大的想象,书中之书:李敬泽〈青鸟故事集〉| 三人谈话录》,http://chuansong.me/n/1509250135128。

书的最后，李敬泽都表达出对观点和立场的不信任。他更希望人们看到趣味，看到文学——那种不被理性桎梏而有着如梦幻般想象力的文学。他使用了那么多知识，最后又抛弃了它们；他从众多知识中生产出了很多观点，很多新的知识，又一再谦虚地表示自嘲；他想告诉读者们，知识有时不必是确定之物，不必是硬邦邦已经发僵的道理，而可以是模棱两可但带有温度的记忆，也可以是在摆弄这些记忆时发出的一两声促狭的坏笑——发现秘密，享受趣味，敞开无限的可能性，这就是文学生产知识的方式。

因此，当他说，"这肯定不是学术作品，我从未想过遵守任何学术规范。恰恰相反，它最终是一部幻想性作品"[1]，他的意思其实是说，一个单纯的学者，可写不出这么好的东西来呀。

（原发表于《新文学评论》2017年第3期）

---

[1] 李敬泽：《青鸟故事集》，译林出版社2017年版，第361页。

偶然、反讽与"团结"
——论李洱《应物兄》

一 偶然与必然:"杂乱有章"的日常生活叙事

应物兄问:"想好了吗? 来还是不来?"

这是应物兄用他那著名的腹语术,自己对自己说的话,但问话的真正对象是费鸣。那时应物兄和师弟费鸣正有些龃龉,偏偏校长葛道宏提出要让自己的这位秘书来协助应物兄筹办儒学研究院。应物兄为此踌躇头疼了很久,直到小说的25节,因此他才在腹中反复演练该如何得体地向费鸣发出邀请。不过,这置于《应物兄》开篇,打开了整部小说的问句,难道不同时也是对读者的邀请和询问吗?亲爱的读者,你做好准备了吗? 要不要打开这部长达一千余页的小说?

此种邀请或许会让人略感矫情,但对于《应物兄》这样的作品却极为必要。一名有水准的读者一定会精心挑选他(她)的读物,而一部有尊严的小说也同样会选择它的读者。何况阅读李洱的小说从来都不是一件容易的事,梁鸿很早就指出,李洱的小说呼唤的是那些经过了充分准备的读者:"阅读你的小说,不仅需要有关哲学、美学、历史等方面专业知识的储备,还需要具备充分的智性思维和与之对话的能力,需要一种对于复杂性的理解能力和辨析能力,否则,你很难碰触到作品中的机智、幽默和反讽的核心地带。"①

而《应物兄》无疑是李洱迄今为止用功最深的作品,在长达十三年的沉默、酝酿、写作和删改当中,李洱赋予它前所未有的复杂性,因此也必然对读者提出更高的要求。然而尽管现代小说已经发展出极为复杂的技艺和形态,但相信仍有很多读者在面对《应物兄》时会感到错愕甚至愤怒:在这部80余万字的长篇巨制当中,人物关系错综复杂,故事情节枝蔓杂生,前因后果难以梳理,故事主线便因而显得漫漶不清,似乎缺乏集中连贯的脉络和引人入胜的悬念。对此,早有论者表达过怨言:"作品在沿着主干推动故事情节发展的过程中,时常旁逸斜出,枝枝蔓蔓繁密芜杂,给人以密不透风之感。据作者自己说,原来曾写到了200万字,后来删到80多万字,充分说明作者的写作计划太庞大了,即使做了大幅删减,仍然呈现出芜杂纷乱之状。小说看到一多半了,许多人物的故事好像才起了个头。"②这一评价大概代表了不少读者的不满:读了这么长一部小说,你总得给我讲个完整的故事吧?故事在哪儿呢?

问题在于,在当前的时代下,小说中有头有尾的完整故事究竟有多大的意义?甚至,是否还是可能的?在和梁鸿的对谈中,李洱曾经论及这一问题。他承认:"……叙事的统一性消失了。小说不

---

① 李洱:《问答录》,上海文艺出版社2017年版,第164页。
② 刘江滨:《〈应物兄〉求疵》,《文学自由谈》2019年第2期。

再去讲述一个完整的故事，各种分解式的力量、碎片式的经验、鸡毛蒜皮式的细节，填充了小说的文本。小说不再有标准意义上的起首、高潮和结局，凤头、猪肚和豹尾。在叙事时间的安排上，好像全都乱套了，即便是顺时针叙述，也是不断地旁逸斜出。"①何以如此呢？首先，根本而言是现实世界已经发生了变化。"当代生活是没有故事的生活，当代生活中发生的最重要的故事就是故事的消失。故事实际上是一种传奇，是对奇迹性生活的传说。在漫长的小说史当中，故事就是小说的生命，没有故事就等于死亡。但是现在，因为当代生活的急剧变化，以前被称作奇迹的事件成了司空见惯的日常生活。"②而其次，身在当代生活中的作家的处境，当然也随之发生了变化。"作家被深深搅入了当代生活，被淹没在普通人的命运之中，以致他感觉不到那是命运，他感觉到的只是日常生活。……作家置身其中的知识体系，是一种空前复杂的、含混的知识体系。'体系'这个词用在这里，甚至有点不恰当，不如说那是各种知识的聚集。以前说到土匪和农民起义军的时候，常常用到一个词，叫'啸聚山林'。如果借用一下这个词，来形容现在的知识状况，那就不妨说是'啸聚书房'。一个作家怎么能知道，哪个知识是对的，哪个知识是错的？生活在这个状况之中，他的困惑和迷惘，一如普通人。所以，我常常感到，现在的作家，他的小说其实主要是在表达他的困惑和迷惘，他小心翼翼地怀疑，对各种知识的怀疑。"③面对现实世

---

① 李洱：《问答录》，上海文艺出版社 2017 年版，第 125 页。
② 同上，第 131 页。
③ 同上，第 126—127 页。

界已然发生的巨大变化，李洱在此反复表达的，与其说是对于通过"故事"书写"总体生活"的无能为力，不如说是对此深深的怀疑。尽管他也愿意肯定，有些作家依然可以通过某种方式讲出故事来，但他本人显然更信任那个无法被总结、提炼与规约的"日常生活"。或者说，他相信每一个"故事"都在奇迹般有限的起因与结果之外，隐藏着复杂而隐秘的不确定因素。

因此，如果我们仔细阅读这部小说，将会很容易发现，《应物兄》当中绝不缺少故事。恰恰相反，它可供讲述的故事太多，太拥挤了。但是李洱有意地使用各种手段，削弱它们的奇迹感和传奇性，没有把它们讲成"故事"。葛道宏与乔引娣、栾庭玉与金彧，乃至于梁招尘与柴火妞，每组关系都足以写出一整本官场小说，但李洱却把它们变成几个眼神、几个动作、几句撒娇；张子房母亲的故事，稍加添补，就是一个极为动人的短篇小说，可是李洱三言两语带过，让它成为张子房的一个遥远背景；① 在应物兄和费鸣正闹别扭的时候，费鸣母亲去世，应物兄作为费鸣哥哥的好友必然出现在葬礼上，这里有多么复杂的戏剧性可做文章，李洱却只写了两个意味深长的拥抱和两句耐人寻味的慰问。② 小说中当然也有支撑性的大事件：劝纳费鸣、游说程济世、接待黄兴、寻找仁德路，然后一个接一个离场……《应物兄》中的故事其实此起彼伏，密不透风，但李洱一再打扰了它们的起承转合，将前述那些被削弱了的故事穿插进去，用碎片切割出新的碎片。这样的叙事方式的确难免令人困惑，但这恰恰是李洱

---

① 李洱：《问答录》，上海文艺出版社2017年版，第271页。
② 同上，第56页。

自觉追求的效果:"我知道有人会说,你这种写作,最后呈现出来的主题会很暧昧,很含混。但我并不担心。我倒确实希望,通过细节,通过一些比较次要的情节,通过对一些物象的描述,使小说从线性的叙事中暂时游离出来,从那种必需的、非如此不可的叙述逻辑中脱离出来,从那种约定俗成的、文本的强权政治中逃离出来。"① 如果说,"故事"意味着一种必需的、非如此不可的线性叙事逻辑,那么,不仅在李洱所说的"当代生活"中,其实在任何情境下,那种必然性都必然只是一种想象和建构。影响事件进程的绝不会仅仅是那些可见可闻可以指称的有限因果,一定还有某些幽微不可知的因素。因此李洱才选择将那些必然的故事,打碎成为偶然的细节。诚如梁鸿所指出的,在李洱的小说中,"细节控制了一切……具有更为本质的意义",偶然性的细节在李洱手中已经成为一种具有创造性的独立叙事元素。②

这大概就是为什么,李敬泽会觉得这部小说有如一座大园子,"从正门进去也行,从侧门也行,从后门还行,你是正着转、倒着转、哪转都行,都能让你坐下,都能让你觉得有意思。……有时候甚至中间任意翻开往下看,看上几十页就很有意思,走走停停,兴之所至,自然得趣……"③《应物兄》的那些细节的确丰盛饱满,每一处都值得细细咀嚼。小说里乔引娣第一次出场,就冲着一群扎堆嚼舌头的历史系老师说了句很不客气的话:"小点声。不说话,能死啊?"而她这时不过是校长办公室的一名实习生,正式身份是历史系没有

---

① 李洱:《问答录》,上海文艺出版社 2017 年版,第 111 页。
② 同上,第 110—112 页。
③ 《〈应物兄〉:建构新的小说美学》,《湖南日报》2019 年 1 月 11 日。

毕业的博士研究生。一个学生能够对老师们如此不尊重（当然也可以理解为亲昵），这就很值得玩味了。驱走闲人之后，乔引娣不动声色地向应物兄问起她最关心的问题：葛道宏要调走费鸣，好腾出职位留她做秘书，那么费鸣到底答应去儒学研究院没有啊？事儿是这么个事儿，乔引娣可不是这么问的。她问的是："对了，我怎么听说您想把费鸣挖到您那里去？"在应物兄模棱两可的回答之后，她立刻就扮可爱闭了嘴。但旋即再有机会提起费鸣，却是话里有话："我这个兄长啊，什么都好，就是嘴巴不严。不过，他对您，那是没说的。你们不是师徒吗？"——费鸣是兄长，兄长也有缺点，这缺点恐怕不大适合在领导身边工作，但这位兄长跟您应物兄亲近，是师弟也是弟子，到您身边工作再合适没有了。说完这话，小乔继续忙碌：

  她像只蝴蝶一样，在房间里飘着。她心情愉快，因为她不由自主地哼着小曲。有那么一会，小乔擦拭着玻璃杯，歪头看着他，闪动着眼睫毛。作为一个有充足教学经验的人，他知道她是想问个问题。但她终究没有问。

心情如此愉快，让人疑心葛道宏必然向她透露了什么甚或承诺了什么，那么承诺了什么？又是在什么情境下承诺的？这就打开了一个丰富的想象空间。尽管得了承诺，但还是急于知道结果，因此想问应物兄，不过终究忍住没问，这种分寸感叫人敬畏。虽然没问，却知道应物兄是事情的关键，于是借了擦杯子，闪着眼睫毛歪头看他。这既表达了问的意思，期待应物兄或许会主动说出来；又显然有一种本能的讨好。到将要离开办公室时，讨好的意思更加直接，乔引娣再次不动声色地告诉应物兄："你知道吗，那间办公室还是我劝葛校长腾给您的。够酷的吧？ 那么大的露台。"一个实习学生，能在房产问题上左右校长意见，其中的暗示显而易见。这暗示不仅是李洱递给读者的，也是乔引娣递给应物兄的，这有邀功，似乎更隐隐有威胁。所以应物兄大概的确很不安："君子不夺人所好啊。"乔引娣的话接得一语双关："君子也成人之美。"这君子，乔引娣做了一次了，现在该轮到你应物兄了 —— 什么时候把费鸣弄走啊？①

如前所述，李洱并没有把乔引娣写成多么重要的人物，在小说中女性角色里肯定排不进前五；而且一个还没毕业的女学生，再有心机又能多复杂？ 而上述这样的细节，在全书当中比比皆是。真正好看的其实是那些久经世事的老江湖凑在一起彼此交锋：葛道宏办家庭聚会、栾庭玉招呼吃饭、程济世接待乡党……在这些场景里，几乎每句话每个字乃至于字里行间的语气，都言此及彼，意味深远，耐人琢磨，但那已经是一篇评论文章难以容纳的丰盛了。—— 一部由偶然性的细节构成的小说，从根本上是拒绝被现代评论文章依照某种必然性的线性逻辑加以评述的，或许只有中国传统的小说批点，才能够将那些散落在小说中的精彩之处一一照应。②

但是，对细节的暧昧与含混高度认可，绝不意味着李洱的小说因此就混乱而无从把握。梁鸿曾经谈及，她阅读李洱的小说感到"非

---

① 李洱：《应物兄》，人民文学出版社 2018 年版，第 113—119 页。
② 在主持《莽原》杂志时，李洱就曾开设用传统形式批点现代小说的栏目，可见他对于这样的小说方式和批评方法，早有自觉。

常困难",认为李洱是"致力于把世界表现为一个结子,一团乱麻"。尽管这里"非常困难"的意思显然是指具有阅读难度,并且梁鸿也高度肯定了李洱乱中取胜的表达方式的确是呈现出了"这个世界无法摆脱的复杂性",但李洱依然感到有些局促:"把世界表现为一团乱麻,是容易的。你这么说,其实让我有一种失败感。我不愿意只让人看到乱麻。……就小说的表现方式而言,我还是试图做到乱中有序,杂乱有章。"① 承认必然性的故事在当代生活中已然失效,并不代表小说家因此就放弃了对必然性的追求。何况实际上小说也不可能真正再现偶然性的日常生活现场:任何艺术都不可能完整地复制现实,而必然以某种艺术形式对现实加以选择和重新组合,这选择重组的过程必然是逻辑化的过程,也必然是将偶然性的世界必然化的过程。因此至少在小说形式的层面,偶然性只能是一种假象。

因而李洱那些庞杂丰富的细节,尽管看似不能还原成为传统叙事中因果逻辑分明的故事,但其实却由极为精密的结构组织在一起。譬如应物兄最终的结局,似乎是猝然遭遇一场车祸,生死不明,令小说戛然而止——这当然是一次偶然,以此收束小说,未免有些不能服人。但实际上这场车祸在小说中早有预示:在应物兄参加电台节目直播时,朗月就插播了一条车祸新闻;② 在叙及应物兄和卡尔文的交情时,也提到应物兄曾在高速公路遭遇一场车祸,险些死掉;③ 而在应物兄赴美拜见程济世,黄兴接他从机场去哈佛的路上,也曾

---

① 李洱:《问答录》,上海文艺出版社2017年版,第114—115页。
② 李洱:《应物兄》,人民文学出版社2018年版,第33页。
③ 同上,第75页。

驶过一个车祸现场。对第三次车祸,小说描写得相当详细:那是和小说结尾时一样的下雪天,死者被从车里抬出来,不远处交警正带着微笑接电话。这一幕让应物兄产生了相当复杂的心理活动:

> 以前的人死在亲人的怀里,现在的人死于高速公路。一种非正常的死亡,无法预料的死。但因为死得多了,也就成了正常的死。一种正常的非正常,一种可以预料的无法预料。①

在应物兄如此感慨时,一定不知道那正是作者李洱为他提前敬致的悼词。尽管在"故事"的必然性层面,这几次车祸显然和应物兄最终的结局没有任何因果关联,但在小说形式层面却足以构成预兆,令应物兄那无法预料的非正常结局,即便没有变得正常和可以预料,也至少显得不那么突兀了。其实还不仅如此:应物兄死于运煤车,而在邓林帮忙夺取敬香权的时候,小说就已经告诉了我们这些运煤车存在着怎样的安全隐患。②《应物兄》当中类似笔法所在多有,真有如脂砚斋所说,"……叙得有间架,有曲折,有顺逆,有映带,有隐有现,有正有闰,以至草蛇灰线,空谷传声,一击两鸣;明修栈道,暗度陈仓;云龙雾雨,两山对峙;烘云托月、背面敷粉;千皴万染诸奇……"③李洱就是这样,以小说形式的必然性,对抗着当代生活总体性的缺失。或者说,其实他从来不相信当代生活缺乏总体性,他

---

① 李洱:《问答录》,上海文艺出版社 2018 年版,第 151 页。
② 同上,第 470—472 页。
③ 曹雪芹:《〈红楼梦〉脂汇本》,脂砚斋评,岳仁整理辑校,岳麓书社 2011 年版,第 4 页。

只是说在当代生活已然发生如此巨变的情况下,把握其总体性变得非常困难,总体性被复杂性遮蔽了,因此在小说中构造那种线索明晰的必然性故事也就变得可疑。小说家当前的任务或许不再是建构可疑的必然性,而是艺术地创造出一个世界,以众多有意味的偶然性细节呈现当代生活之复杂。所以在《应物兄》当中,其实也并不缺乏悬念,只不过李洱的悬念并不表现为线性叙事逻辑当中被抑制的情节推进,而是隐藏在那些细节之间极为繁复隐秘的交织联络关系中。若要捕捉此种悬念的趣味,读者就必须如梁鸿所说,以足够的知识储备和智性思维与小说对话,参与到李洱所创造的世界中进行创造性阅读与阐释,否则难免会感觉堕入混乱纠缠之中。

《应物兄》中最迫切需要读者以充分的积极性投入读解、参与创造的,大概首先是那些由浩如烟海般的知识所构成的细节。据说有人做过统计,"小说涉及的典籍著作四百余种,真实的历史人物近二百个,植物五十余种,动物近百种,疾病四十余种,小说人物近百个,涉及各种学说和理论五十余种,各种空间场景和自然地理环境二百余处,这种将密集的知识镶嵌于小说中的写法,在当代文学中几乎是空前的"[1]。对于一部以知识分子群体为表现对象的小说而言,大量的知识啸聚似乎无可厚非,但是过分密集的知识穿插在小说当中,是否也会给阅读造成困难? 即便是那些以文学为业的专业读者,在对李洱的渊博表示钦佩之余,也难免流露狐疑:"作为一个读书人,这些知识点都易成为我的兴奋点,而且十步一楼,五

---

[1] 孟繁华:《应物象形与伟大的文学传统——评李洱的长篇小说〈应物兄〉》,《当代作家评论》2019年第3期。

步一阁,十分繁密,需驻足欣赏,这也是我读得慢的原因之一。但是,小说毕竟不是学术著作,'百科全书式'也不见得就是成功的标尺。"①"这些溢出来的'知识'营造氛围、塑造人物,却无意承载推进叙事的功能。"②——但真是这样吗?

小说中第一次较为详细地谈论知识,是在乔木的宠物狗木瓜咬伤了铁梳子的金毛之后。金彧认出了应物兄,但出于对铁梳子的忠心,依然不肯让步。两人在交涉过程中谈起了孔子。金彧把孔子视为一个养生大师,应物兄因势利导,从养生谈到养性,谈到修身、克己、仁者寿,正准备引经据典谈谈"得饶人处且饶人"的道理,被金彧截住了话茬:"您是不是要讲什么忠恕之道,以德报怨?是不是请求我们老板宽恕您?"应物兄也不恼,顺着金彧的话继续谈忠恕之道:"孔子所说的'恕',并非'宽恕',而是'将心比心',是'己所不欲,勿施于人'。我们不妨做个换位思考。如果是金毛咬了木瓜,你会不会赔我们九十九万元?"在这番谈话中,如果没有知识的参与,对话便会陷入死局:宽恕是非理性的个人意志,难以讨论;但转换到"恕"的本义,就可以讲讲道理了。尽管真正令金彧犹疑并最终屈服的,恐怕仍是切己的利益判断(应物兄说:"如果我在上面签了字,那就是陷你于不义。这事要是张扬出去,老板会把责任推得一干二净的。她会说她不知道,都是你干的。这种事我见得太多了。所以,我不能害你。"),但有关忠恕之道的辨析,的确在谈话中起

---

① 刘江滨:《〈应物兄〉求疵》,《文学自由谈》2019年第2期。
② 邵部:《当下生活的"沙之书"——评李洱长篇小说〈应物兄〉》,《中国当代文学研究》2019年第3期。

到了承上启下的关键作用。①

如果说这不过是表现了应物兄谈话技术之巧妙,在叙述上起到的作用也相当基本,那么栾庭玉第一次会见黄兴时的谈话,在叙事层面起到的作用就更加复杂。栾庭玉对黄兴资助大学生换肾的善举表示赞赏,称许他的确可以与子贡相提并论。这位连陈寅恪都不知道的副省长,此处引述的典故"显然是邓林准备的"。刻意准备材料,当然不会只是闲谈,而必有所图。栾庭玉讲的是《吕氏春秋·先识览·察微篇》里的故事:

> 鲁国之法,鲁人为人臣妾于诸侯,有能赎之者,取其金于府。子贡赎鲁人于诸侯,来而让不取其金。孔子曰:"赐失之矣。自今以往,鲁人不赎人矣。"取其金则无损于行,不取其金则不复赎人矣。

栾庭玉借此强调:"如果做了慈善领不到奖励,得不到称赞,那么做慈善的人就会越来越少。人嘛,人性嘛。物质奖励还是需要的。马克思说得好,物质基础决定上层建筑。所以孔子认为,子贡的做法,实际上是把别人做慈善的路给堵死了。悠悠万事,'义利'二字,所谓精神文明和物质文明两手都要硬,上层建筑和经济基础相互作用,供给侧和需求侧双向互动。没有'利',只讲'义',那个'义'迟早行不通。"②既然做慈善该有些物质奖励,那么栾庭玉就给黄兴物质

---

① 李洱:《应物兄》,人民文学出版社2018年版,第22—23页。
② 同上,第484页。

奖励："我有个想法,《慈善法》正式公布实施之前,有两点可以先做起来。一是加大宣传力度,让慈善家美名远扬;二是在经贸合作方面,政策可以适当倾斜。并且来说,黄先生,这次你又是做慈善,又是捐助太和,功德无量啊。如果黄先生在济州投资,我们也得给你让利啊。"[①] 这就为后来栾庭玉鼓动黄兴投资建设济州的"硅谷",未果又继而拉黄兴参与胡同改造工程做了充分铺垫——尽管建设"硅谷"是为了栾庭玉自己的政绩,胡同改造工程似乎也确因遭遇资金困难而难以推进,但黄兴势必从中大大获利,仍是事实。而事情大概又远不止这么简单:黄兴做了慈善,栾庭玉投桃报李;那么黄兴得了俇肥的项目,等于栾庭玉也做了"慈善",这个"义"要不要"利"来回报呢? 关于黄兴和栾庭玉的来往,李洱只在小说将要收束时,让邓林看似不经意地告诉应物兄:黄兴为安全套命名应该提供的一百万美元奖金,早已打入金彧所在的济民中医院账户。但此事的来龙去脉,以及其他可能发生的钱权交易,其实在栾庭玉这次难得的知识调动里,已经说尽了。

卡尔维诺早已指出:"现代小说是一种百科全书,一种求知方法,尤其是世界上各种事体、人物和事物之间的一种关系网。"[②] 福楼拜也曾花费"近十年时间,看了将近一千五百本书,涉及历史、化学、医学、地质、考古等多门专业知识,只完成了《布瓦尔与佩居谢》的草稿"[③]。所以小说中充斥大量知识并不是问题,问题在于知识仅仅是作

---

① 李洱:《应物兄》,人民文学出版社 2018 年版,第 485 页。
② 转引自李洱《问答录》,上海文艺出版社 2017 年版,第 163 页。
③ 李洱:《问答录》,上海文艺出版社 2017 年版,第 168 页。

为一种装饰风格,还是被转化为小说的叙事元件。知识是突兀而倔强地存在着,还是能够融洽地消失在叙述当中?至少在李洱笔下,知识作为细节之一种,已经被足够充分地小说化了。小说中的知识分子、商人、官员和江湖术士们,总是要不可避免或附庸风雅地借用知识来传递自己的言外之意。知识指向权力,知识指向利益,知识指向情欲,知识指向一切不宜直接说出的目的,指向李洱不愿武断表述却隐然存在于偶然性细节之下的,那暗流涌动的必然事实。这些知识和李洱其他类型的细节一样,总是从原有意义的位置上挪动,穿过诸多偶然性构成的迷阵,准确地与另外一个或多个细节亲切握手,构造出一种并非线性的,而是网状的,非如此不可的必然性叙事形态。

二 反讽与反思:知识分子的困境与责任

当李洱运转他精熟的小说技术和强大的控制力,有意在遥远的偶然性细节之间建立起某种必然性联系,使那些细节的原有意义发生位移,或产生新的意义,那就必然会产生一种现代小说中早已常见却难得如此普遍的艺术效果:反讽。

若依照李洱式小说对读者的要求审慎阅读《应物兄》,我们会惊讶地发现,书中那些琳琅满目的知识,几乎没有一次是在适宜的语境下被使用。即以程济世为例,这位济州大学筹建儒学研究院的关键人物和志在必得的引进目标,在相当程度上构成这部情节推进并不急促的小说里少有的叙述驱动力。作为哈佛大学东亚系教授、世界知名的儒学大师,他的每一次出场,或仅仅被他人提及,都必然伴随着大量的知识。但那是些什么样的知识？又是如何被使用的呢？

小说里程济世第一次谈经论道，是在应物兄的回忆当中。那时季宗慈正游说应物兄去参加电台直播节目，告诉他主持人清风是个美女。应物兄由此想到程济世对"美女"和"美人"的辨析：

> 程先生是在谈到子夏与孔子的一段对话的时候，提到美女和美人的区别的。子夏问："巧笑倩兮，美目盼兮，素以为绚兮，何谓也？"孔子说："绘事后素。"子夏问："礼后乎？"孔子回答说："起予者商也！始可与言诗已矣。"程先生提醒他，这段话里面提到了"美目"一词，也提到了《诗经》。随后，程先生吟诵了一句诗："匪女之为美，美人之贻。"然后，程先生就对"美女"和"美人"做了区分。首先是声调上的区分。程先生说："美女的声调是仄仄，多难听啊。美人呢，仄平，多么稳当。'残月出门时，美人和泪辞'，意境、声调多么优美。换成美女，则是境界全无，俗不可耐。厩有肥马，宫有美女。美女者，以色事人者也。以色事人者，能有几日好？"①

程济世的这次亮相表演看似阐发精微，实则莫名其妙。他讲解的《论

---

① 李洱：《应物兄》，人民文学出版社 2018 年版，第 30 页。这段话里，其实还隐藏着一个小巧而精致的反讽元件。"残月出门时，美人和泪辞"出自韦庄《菩萨蛮》，韦庄生逢晚唐末世，这首词写的也是"惓惓故国之思"（陈廷焯《白雨斋词话》），若联系程济世南逃渡海的童年，则显然程氏随口拈来的词句是别有怀抱。与程济世还乡团式"回归"过程中种种细相比照，则此处在历史的层面，李洱或有另外的反讽指向。

语》那一章固然提到"美目",但核心义理却和"美目"并无关系。由美目而及于《诗经·静女》,再及于美人,及于"美女""美人"之辨——若非要说这和子夏的举一反三可以等量齐观,孔子大概很难表示同意吧。而若联系他和谭淳之间的一夜风流,以及五十五岁再次结婚(这是小说中唯一一次对程济世的正式婚姻关系有所透露,可惜也未说明是第几次婚姻),则"以色事人者,能有几日好"的感慨就格外具有反讽意味。而谈到谭淳,程济世当年在香港,明知是谭淳这位女士担任翻译,却一定要跟东方学教授大谈性爱,大段引述《素女经》原文印证男根与"仁义礼智信"的关系,实在令人大开眼界,再次让我们见识了这位儒学大师对"食色性也"的格外关注。也不知是因为他对此钻研尤精,还是眼前美丽的女士让他有所感发,抑或是找到了什么铁证,可以说明《素女经》和儒学之间存在着密切的关系。①

程济世当然也认真谈过学问的。应物兄赴美敲定程济世回国事,在波士顿家中,程济世一边调着琴轴,一边和应物兄谈论他以为最可有功于当下全球化境遇的儒家理念。但他似乎对现代社会的某些基本诉求毫无认同,而以尊卑左右为最要紧之事。②1984年程济世在新亚书院演讲,尽管李洱未能让我们有缘聆听高见,但从演讲的题目看,谈的恐怕也就是这一套,结果当场遭到谭淳狙击。这次狙击大概给程济世留下了深刻印象(尽管对自己和狙击者的旖旎往事早已忘得一干二净),七年之后再次赴港演讲,就相当合乎时宜地将

---

① 李洱:《应物兄》,人民文学出版社2018年版,第862—863页。
② 同上,第156页。

谭嗣同批判为不伦不类不三不四之徒。一个致力于将儒学现代化的大师，对努力融汇儒释耶、贯通中外古今的谭嗣同如此敌视，也难怪谭淳面斥其为腐儒。① 而除了在现代社会实难堂而皇之复活的君父思想之外，程济世最感兴趣的儒家思想恐怕倒是孝道。只是他所谓孝道的重点不在于向上侍奉父母，更在于向下绵延子孙。谈及郏象愚（敬修己）的同性婚姻问题时，程济世颇为激动地大规模使用了知识，从卫灵公与弥子瑕谈到汉哀帝与董贤，乃至于西门大官人，并进而举出公为与汪锜的故事，证明"儒家是宽容的，是以道德人品而不是以性取向来评判人的"，高度符合美国所谓的"政治正确"。但问题在于，程济世这番论述当中的论据和论证严重脱节，在证明自己掌握了大量材料的同时，他也同时证明了自己严重缺乏西方学术的逻辑训练——不管儒家对同性恋者是何等宽容，程济世依然不能认同同性婚姻。关于这一毫无逻辑可言的顽固立场，恐怕唯一的解释便是：儒家（或程济世）认为，"婚姻的神圣功能就是'继万世之嗣'"②。基于这样的理念，则男女平权的现代思想，程济世想必也断然不能认同。在和栾庭玉讨论计划生育问题的时候③，程济世说："孔夫子身强力壮，可只生了孔鲤，孔鲤也只生了孔伋。孔夫子是三代单传。世界上最早实施计划生育的，就是孔子。"④ 这位理应精通《论

---

① 李洱：《应物兄》，人民文学出版社 2018 年版，第 860—865 页。
② 同上，第 177—178 页。
③ 在主管计划生育的官员面前，程济世倒也很愿意灵活地表示，儒家并没说一定要生很多，如果需要，甚至可以不生。只是他举的血腥例子与他的儒学家身份之间，他的表态和他的行止之间，存在着太过明显的反讽。
④ 李洱：《应物兄》，人民文学出版社 2018 年版，第 337 页。

语》的儒学家大概忘记了，孔子其实并不符合计划生育政策，他还至少有一个女儿，嫁给了公冶长（《论语·公冶长第五》），又或者他根本没有把女儿算成是人，从而对计划生育政策有所误解。而在另一部他理应精通的儒家经典《诗经》中，他以为最重要的一首诗乃是《螽斯》。程济世以为，《螽斯》的好处在于写的虽然是"妻妾成群，彼此之间却不嫉妒，不吃醋，不搞窝里斗"，这倒确实是《毛序》的意思——当然大概更符合程济世的某种隐秘理想——但这诗的重点其实更在于，不妒忌能够使子孙繁多。① 且不说程济世本人的子嗣状况，和程济世"不孝有三无后为大"的执念构成了怎样有趣的反讽效果，将君父尊卑和"继万世之嗣"作为儒学最重要的价值，已经让我们对于程济世儒学现代化的事业感到忧虑了。

但其实程济世也可以非常灵活，在栾庭玉面前将孔子树为计划生育第一人，已经向我们证明了这一点。不止于此，他还可以用柳宗元的《敌戒》来阐释冷战，使自己在后冷战时代的东西大国之间游刃有余，两面讨好；② 用"君子不以绀緅饰，红紫不以为亵服……"（《论语·乡党第十》）来为黄兴的宠物产品开发项目提供合法性；③ 用礼乐教化对黄兴"赞助"的香港女演员表示赞同；④ 而黄兴这位私淑弟子跟随他学习多年，最大的成果也不过就是懂得用几个词牌名为自己生产的安全套命名而已。⑤ 程济世在北京大学的那场演讲，甚至连

---

① 李洱：《应物兄》，人民文学出版社2018年版，第241页。
② 同上，第352页。
③ 同上，第778页。
④ 同上，第962页。
⑤ 同上，第399页。

学问都不怎么谈了，除了吹嘘包括自己在内的海内外儒学家如何努力将革命的红色中国改造成了儒教中国，便是讲讲自己散文里写的那些小故事，倒是回答提问者的一段话颇具文学性，被诸多论者提及。程济世富有诗意地肯定了"变"的意义，告诉大家："变"是正常的，不要怕。他说，"知者动，仁者静"：如前所述，他"静"的一面大概便是对君父尊卑和多子多孙的认同了，至于算不算是"仁"，就难以判定；不过他因应国际关系与资本的灵活性，倒的确称得上"知（智）"。① 无怪乎何为会认为，"程先生身在海外，有着广阔的话语空间，但程先生却浪费了这个话语空间"②；也无怪乎乔木虽然承认程济世"著名"，却不承认他有多好的学问，甚至认为他根本不够格做自己论战的对手；③ 就连陆空谷都说出了"大师不是大师，只是扮演大师"这样的话；④ 而只有猥琐如吴镇，才真正是程济世的同道，看透他是处理儒学与现实关系的老手。⑤ 乔木曾暗示西方文化有点"外方内圆"的意思⑥，这个特点用在以儒学传承者自居的程济世身上，

---

① 应物兄以为芸娘和程济世在这一问题上有着类似的看法，细味却大不相同。程济世看上去是守护传统，实则是"无常以应物为功"；芸娘看上去是在不断努力发现新的价值和精神力量，实际上反而是"有常以执道为本"。程济世的回答只描述了客观事实，反而像是为随"变"而放弃原韵寻找托词；而芸娘则详细说明了在"变"中如何坚持执道、如何转回原韵的方法。芸娘借闻一多的话说明自己的志向是做"杀蠹的芸香"，以此比附，则程济世显然是养蠹以自重了。参见李洱《应物兄》，人民文学出版社2018年版，第841—844页。
② 李洱：《应物兄》，人民文学出版社2018年版，第301页。何为先生所论或许不只在学术，但显然包括了学术。
③ 同上，第390—392页。
④ 同上，第413页。
⑤ 同上，第631页。
⑥ 同上，第1029页。

居然最为妥帖。

程济世作为小说当中那些密集知识最为合理的代言人,向我们呈现的却是知识性细节浓重的反讽意味。而其他知识性细节也的确大多如此:即便知识本身并不构成反讽性,或与其语境并无悖反关系,李洱也必然将之与细节相对照,构造出反讽效果。而知识性细节之外,小说当中其他类型的细节也处处埋伏反讽:乔引娣的得体和周到背后,隐藏着她急于赶走费鸣的心机,这当然是一种反讽;应物兄面对种种线索和预兆,却浑然不知自己的归宿,这当然也是一种反讽。迄今为止几乎所有论及《应物兄》的文章,都无法绕过反讽,甚至有论者专门以此作为讨论的焦点,这实在不是英雄所见略同,而是由评论的对象所决定的。实际上,不仅仅是那些琐碎的细节在争相发出反讽的冷笑,这部小说最宏观层面的情节主线本身,就是一个巨大的反讽。

"《应物兄》的中心情节是济州大学儒学研究院筹备成立和迎接儒学大师程济世'落叶归根'。"[1]这大致概括了所有论者对情节主线的认识。[2] 关于后者,前文谈及知识性细节时对程济世的讨论,相信已充分说明了其反讽性,且引进程济世一事其实依附于儒学研究院的成立,所以在此将主要以儒学研究院的筹备成立作为小说的情节

---

[1] 李季:《勾勒一幅浩瀚的时代星图》,《河北日报》2019年4月12日。
[2] 有人以为主线围绕程济世展开,如姚瑞洋:《"无物"以应物:论〈应物兄〉的生命哲学》,《当代文坛》2019年第4期,"小说围绕如何把蜚声中外的儒学大师程济世先生引回济州大学任教而展开";有人以为主线围绕儒学研究院展开,如王婕妤:《当语言卡入时间之缝——李洱〈应物兄〉阅读札记》,《上海文化》2019年第7期,"《应物兄》的故事并不曲折,说的是中国内陆一所高校——济州大学——预备筹建儒学研究院的事情"。

主线予以关注。小说开始处,积雪尚未融化,应物兄在乍暖还寒的季节踌躇满志地要把儒学研究院打造成(金)饭碗、事业和梦想,他对费鸣的游说之词实在令人血脉偾张;① 但是还未到小说结束雪花再次纷飞的时候,儒学研究院已经成了太和投资集团,没有人关心学术、知识和思想,而是拼命地塞人、拆迁、寻找新的投资项目。动机和结局之间的巨大差异,当然已经构成宏观意义上的反讽。但自始至终,何曾有人关心过这个儒学研究院的学术意义呢? 对于葛道宏来说,重要的是以最高性价比的投资吸引名师,建成名校,提升济州大学的国内排名;② 而栾庭玉在没有见到黄兴之前最为关心的,恐怕是程济世到底和上级领导有没有关系;③ 至于程济世,他关心的是能否满足他主要由济哥、灯儿、仁德丸子、仁德路、"大观园"和青铜觚构成的奇怪乡愁。④ 所以或许儒学研究院从来就不曾是儒学研究院,这一直至小说结束仍未正式建成的机构,具有一种内在的反讽性。

---

① 李洱:《应物兄》,人民文学出版社2018年版,第196页。
② "建一个与国外相媲美的自然科学的实验室,往往要花费巨资,所以,人文领域的研究院可以先建一两个。总而言之,有名师方为名校,名师为名校之本,堂堂济大岂可无本?"参见李洱《应物兄》,人民文学出版社2018年版,第135—140页。
③ 早在应物兄赴美邀请程济世之前,栾庭玉就向应物兄打听过这方面情况;在北京即将和程济世见面前,栾庭玉在饭桌上再次提起这一话题;程济世将见面时间约在晚上十点,栾庭玉原本有些不悦,听说程济世十点之前是见高层领导去了,情绪立刻转为感动而敬畏。而程济世显然平素也很喜欢放出相关信号,协助栾庭玉这样的人制造幻觉——在美国见应物兄时,程济世看似无意提起的两处采摘桃花的地点,就颇可玩味。参见李洱《应物兄》,人民文学出版社2018年版,第129、第284、第332、第154页。
④ 在应物兄第一次和程济世见面,谈及《蠡斯》时,程其实已暗示对济哥的怀念,后又反复提起。可参见李洱《应物兄》,人民文学出版社2018年版,第241—242页。其余人或物,可参见第334—335页。

而程济世真是因那化不开的乡愁而决心落叶归根吗？一个人会因为担心流感就取消故国之行，能有多浓烈的乡愁？有趣的是，和程济世还乡始终相伴随的，除了被反复言说却无从取证的所谓乡愁，还有黄兴。应物兄赴美见到程济世，程济世第一句话就讲黄兴劝他做个兼职院长便好，不要真回去——这已然把回国与黄兴联系在一起；第二句话再次申明自己回是一定要回的；第三句话则劝黄兴一起回去，投资济州。三句话讲完，黄兴和济州之间就凭空建立了深刻的联系。趁程济世去"嘘嘘"，黄兴跟应物兄讲："应物兄，我会鼓动先生尽早回大陆的。我也回去瞧瞧。你说得对，那里商机无限。"顷刻之间，程济世口中的劝阻者就变成了鼓动者；而"那里商机无限"的话，不知应物兄在从洛根机场到程宅的路上是否真的讲过，至少李洱并未让我们读到，于是至少在阅读感受上，这就成了黄兴自发的判断。四句话放在一起看，总让人觉得可疑。但无论如何，程济世还乡与黄兴投资，自此就已经变成了一回事。[①] 至于投资的标的，铁梳子早为他们准备好了：儒学研究院后来成为胡同改造工程的幌子，而这一工程的最初承包者正是铁梳子；[②] 铁梳子是小说当中第一个提及程济世祖业的人（尽管只是别墅）；[③] 铁梳子也很早就与黄兴认识；[④] 铁梳子甚至还曾专程飞到蒙古和黄兴见面[⑤]——他们谈了些什么？何以黄兴从蒙古赶到济州之后，一切事情就全变了味道？当

[①] 李洱：《应物兄》，人民文学出版社2018年版，第144—153页。
[②] 同上，第623页。
[③] 同上，第142页。
[④] 同上，第93—95页。
[⑤] 同上，第422页。

诸多细节拼凑到一起，程济世在其中所扮演的角色便显得极为暧昧。如果这样的猜测还不足以令人信服，我们还可以继续追问：何以如此渴望落叶归根的程济世，难得回国却不留些时间返乡，而非要黄兴先打前站呢？行程当真必须如此紧凑吗？一句轻飘飘的"近乡情更怯"便足以解释吗？① 而虽然略有作态，但对栾庭玉这位地方大员还是表现出了足够尊重的他，又何以一涉及儒学研究院的选址问题，就那么坚持？② 旧屋情深，或可理解，但那种急迫不像是落叶归根，倒有点还乡团的意思了，难怪时人以"胡汉三"视之③。而既然情深，何以提供老宅线索时，又那么语焉不详，只讲些彼时大户人家院落常见的景致④，像军马场这样具辨识度的坐标，非得待人从谈话录音里查到？是童年幼稚，记忆模糊，还是有意为黄兴选择地块保留余地呢？再从黄兴这一方面考虑：其举止行状实在不像是对儒学有多么心向往之；而如同大部分企业家一样，黄兴拍起胸脯，确实铿锵作响，真要花钱，却相当谨慎。则何以他对程济世如此鞍前马后，义无反顾，完全违背了一个资本家的基本理性呢？凭空诬陷一个儒学大师与商人合谋固然不智，但两相参照，若说程济世难免有意回报一下他这位"子贡"的多年追随，则大概无可厚非——毕竟圣人也是主张子贡领些赏钱的。

---

① 李洱：《应物兄》，人民文学出版社 2018 年版，第 339 页。
② 同上，第 334 页。
③ 同上，第 335—336 页。
④ "以前的高门大户，哪家门前没有两株歪脖子树，哪家屋后没有一株蟠龙槐？"在乔木提醒下，回看程济世对祖宅的描述，基本讲的都是内部摆设，却不谈方位，而且果真提到了歪脖树，则此处恐非闲笔。参看李洱《应物兄》，人民文学出版社 2018 年版，第 951、第 345—346 页。

因此《应物兄》的情节主线或许并非随事态变化才逐渐趋向反讽性的结局,而是从一开始,反讽就环绕着这条主线,在每一个细节的表象之下,都隐藏着意义近乎相反的真相。这让小说在整体上就表现出一种顽强的反讽性:在李洱精心创造的这个世界里,知识与理性不过是幌子,欲望才是本质。而如果说,李洱之所以放弃传统的线性逻辑叙事,转而以大量细节作为其想象世界的基石,乃是为了因应当代生活的变化。那么《应物兄》当中这个反讽性世界的面貌,一定代表了李洱对于当代生活的判断。我们由此知道,之前谈及当代生活时,李洱已经足够克制。他尽量中性客观地描述当代生活的复杂性,而避免就其表象与实质的脱节表明态度。实际上,面对这世界,他深感忧虑。早在二十年前,李洱就明确表达过作为一名作家应当如何处理这样的忧虑:"日常生活对作家来说是一个基本挑战,就是你怎么处理现实,处理现实的能力怎么样,如何赋予平庸的现实一种形式感。……我觉得应该非常警惕,写日常生活,但不应该沉迷于日常生活;写日常生活的一个基本手法是观察,从自我观察,也从外部观察,使它具备一种批判性,这种批判性很容易丧失。可能他无法明确地指出意义,但意义肯定是建立在基本的批判上面的。有批判才有意义,而我们非常容易失去批判性。"[1] 尽管李洱确曾表达过当代作家面对当代生活所遭遇的困难,但显然他以为作家们仍然必须以积极的态度去处理现实。这种处理其实表现在两个方面:其一是赋予当代生活以艺术形式,即前文已经讨论过的,

---

[1] 转引自马兵《"在纵欲与虚无之上"——〈应物兄〉论札》,《南方文坛》2019年第3期。

以更具创造性的方式去书写日益变动而复杂的现实;其二则是赋予当代生活以价值判断,作为知识分子之一种,批判地观察现实理应是作家的责任。李洱用那些偶然性的细节完成了第一个任务,并从中发现了内在的反讽因素,可供他去完成第二个任务。

但若因此就将李洱视为一个愤世嫉俗者,只不过表达方式更为曲折复杂,则显然是不公正的。李洱提出了两种观察日常生活的角度:其一是从自我观察,这是一般批判者的做法,不足为奇;而《应物兄》之难能可贵,恰在于主要采取了第二种视角,即从外部观察。所谓从外部观察,一定包含一个重要方面,就是超越一己限度,由外观内,首先认识到自身的破碎和悖谬。那正是孟子所谓"行有不得者,皆反求诸己,其身正而天下归之"(《孟子·离娄章句上》):唯有首先具备反省的能力,其批判才是有效的,缺乏自我批判的批判同时也缺乏合理性。所以李洱在发现当代生活的反讽性时,首先发现的是反讽者——知识分子群体——自身的反讽性。程济世这一代表性人物当然已充分说明了这一点,除此之外,李洱还塑造了一大批面目可疑的知识分子形象:葛道宏、汪居常、董松龄、吴镇……他们是那么虚伪、猥琐和分裂,使得李洱对他们的书写几乎已不是反讽,而近于讽刺了。作为文明的传承者,他们是这个反讽性世界的结果,恐怕也是造成这一世界的重要因素。

而在李洱塑造的反讽性知识分子群像中,尤其不应该被忘记的,是应物兄本人。应物兄几乎是小说当中怀着真挚热情去推动儒学研究院建立的唯一的人,在所有人物当中,他大概最晚发现此事业的内在反讽性。因此他越是努力地去促成这一事业,这一事业就越是无可挽回地加速奔向其反面,这使得应物兄成为小说当中最为反讽的存在。也因此,尽管应物兄始终不知疲倦地在行动,事实上却是小说里最不具备行动能力的人,以致有论者认为不宜将其视为小说的主角,而应看作线索人物或"容器式人物设置"①,甚或就是故事的叙述者。小说当中的叙述视角的确略显复杂,应物兄的第一人称叙述不时出现,占据不少篇幅,而第三人称叙述也基本从应物兄的限知视角出发,这让应物兄始终处于故事讲述的核心位置。论者据此认为,整部小说完全可以视为结尾处应物兄车祸之后的记忆返还,也就是说,正是应物兄意识模糊之际所听到的那个天上飘来的遥远声音,他出窍的灵魂,在向我们诉说此前一年的往事②。这样的解读极具创造性地照亮了文本,令一些细节闪烁出特别的趣味,也让应物兄这一人物所携有的反讽性层次更加丰富了。但其实除结尾处的神秘对白以外,小说中所有人称转换都可以用最简单的方式加以理解。对此,李洱很早就做出了说明:在乔木的教诲下,留校任教后的应物兄在公开场合尽量少说话甚至不说话,却很快发现,自己的思维也伴随语言趋于停转,于是他只能"无师自通地找到了一个妥协的办法:我可以把一句话说出来,但又不让别人听到;舌头痛快了,脑子也飞快地转起来了;说话思考两不误"③。尽管看似神秘,其实应

---

① 俞耕耘:《生活实在感被知性和学识削弱了——评李洱的最新长篇小说〈应物兄〉》,《文汇报》2019年3月28日。
② 黄平:《李洱长篇小说〈应物兄〉:像是怀旧,又像是召唤》,《文艺报》2019年2月15日。王婕妤:《当语言卡入时间之缝——李洱〈应物兄〉阅读札记》,《上海文化》2019年第7期。
③ 李洱:《应物兄》,人民文学出版社2018年版,第7页。

物兄的办法不过是一种心理活动,因此基本可以将《应物兄》看作一部纯粹以第三人称叙事的小说,只是心理描写太多了些。那些抑制不住的心理活动和外在事件之间构成即时而直接的对话关系,让我们得以了解那个被乔木的谆谆教导压抑掉的应物兄到底是什么面目,面对这个世界又会是什么反应。第三人称叙述当中的应物兄,也就是那个人人都可以看到的应物兄,总是谨言慎行,举止得体,好一派知名学者的风范;而在第一人称叙述当中,那个连他自己可能都不再认识的应物兄会自恋①,会愤怒②,会刻薄③,会不由自主透露自己的欲望想象④,会情不自禁坦承自己何以委曲求全⑤,也会为了不可知的心理为他人勉强辩护⑥……凡此种种,无不与他的外在表现形成强烈反差,从而让应物兄不仅因小说的整体反讽而成为俄狄浦斯式的反讽性角色,且在自身的道德、人格层面也呈现出内在的撕扯与分

---

① "鸣儿,我已经准备好了,将自己的后半生献给儒学,献给研究院。这不是豪言壮语,这是我的真实想法。我没有说出来,是怕吓着你。我是担心你会觉得配不上我应物兄啊。"参见李洱《应物兄》,人民文学出版社2018年版,第193页。

② "世上还有这样的女人?不仅往自己头上扣屎盆子,还要往男友头上扣屎盆子!这样的女人,不要也罢!……费鸣,你不仅不应该恨我,还应该感谢我呢。"参见李洱《应物兄》,人民文学出版社2018年版,第28页。

③ "串儿就是杂种,和你一样,它也是个杂种。"参见李洱《应物兄》,人民文学出版社2018年版,第79页。

④ "欲盖弥彰?那我还是多抱一会儿吧,以示我们的关系并无特殊之处。"参见李洱《应物兄》,人民文学出版社2018年版,第211页。

⑤ "郑树森!你就是这样看我的?我的问题比你复杂多了。我没跟乔姗姗离婚,不是要娶鸡随鸡,而是因为那鸡不是一般的鸡,是乔木先生养的鸡。当然,这话他没讲。他只是指着郑树森,哆嗦着手指,代表自己生气了。"参见李洱《应物兄》,人民文学出版社2018年版,第746页。

⑥ "现在谈论这样的问题未免太早了。葛道宏也可能是随口那么一说。三杯酒下肚,随口答应一件事情,但过后又不认账,这是常见的事。"参见李洱《应物兄》,人民文学出版社2018年版,第95页。

裂。应物兄所具有的这后一种反讽性，揭示了该人物之复杂和多种可能性：尽管应物兄已然是应物兄，但他也完全有可能成为葛道宏、吴镇，或成为郏象愚（敬修己）、文德斯——反之亦然，葛、吴、郏、文当然也可能成为应物兄。在此意义上我仍愿意承认应物兄是这部小说的主角：既然因果推进的线性逻辑叙事已无可能，那么行动力的强弱便不宜作为评判人物重要性的标准；更为重要的应该是，人物能否聚拢更多细节，提供更多意义，指向更多可能性。即便让这部80余万字的作品篇幅加倍，李洱也无法剖开每个人物的内面，应物兄因此便作为所有知识分子的代表，成为李洱反求诸己的省察对象。

就此而言，"记忆返还"的解读的确颇有见地，只是对既有记忆加以反思性追溯的未必一定得是灵魂出窍而又归来的应物兄，还可以是洞悉一切细节的小说作者李洱。小说结尾，那书中唯一一处难以用第三人称限知叙事（只是心理描写过多）来加以解释的人称乱局①，是否正是始终冷眼旁观的省察者李洱，终于忍不住要探出身子来回应乃至于拥抱他可怜的小说人物？而一旦暗探与疑犯相见，省察与被省察的关系难以为继，小说自然猝然结束。更何况，或许跨越现实与虚构的界限，应物兄与李洱两相对望，都会看到一张酷肖自己的脸庞。——就在小说结尾的下一页，后记中那场发生在作者李洱身上的车祸，和小说中的车祸难道毫无关系？② 其实，因为应物兄额上的三道深皱，早有人疑心应物兄正是李洱本人。尽管李洱矢口否认，辩解说"如果应物兄是我，那么书中的文德能兄弟也是我，

---

① 李洱：《应物兄》，人民文学出版社2018年版，第1040页。
② 同上，第1041页。

芸娘也是我,甚至书中出现的动植物也是我"①,但不可否认,应物兄与李洱年龄相仿,在同样的时代度过了大体相似的校园生活,毕业后同样跻身在知识分子群体当中,他们一定共享了同样的历史体验和精神资源,因此在某种意义上无限接近。而且如前所述,应物兄主观反讽性当中所包含的无限可能,本来就代表了文德能兄弟,也代表了芸娘,那么李洱的辩解与其说是否认,不如说是提醒我们将他和应物兄的关系理解得更加丰富而紧密。而当李洱和应物兄的面庞逐渐重叠在一起,李洱的勇气和《应物兄》的严肃性更加令人叹服地表现出来:面对当代生活,小说家看似戏谑实则冷峻的批判眼光,首先不是投向外物,而是他自己。

三 抒情与"团结":对抗反讽性现实的可能性

《应物兄》第84节其实是相当关键的一节。在这节当中,邓林驾车载应物兄同去桃花峪寻找癌症确诊的双林院士。他们带着读者奔向双林等人一起下放劳动的过往,也奔向双林即将到来的死亡。而在途中,邓林一反常态地喋喋不休,几乎和盘托出有关栾

---

① 此处"动植物也是我"未必是李洱玩笑。《应物兄》大量谈及狗、猫、鸟、驴及植物,显然都和知识分子构成复杂的隐喻和反讽关系。甚至连死去的动植物,都能为小说提供趣味和动力。如小说行将结束的时候,朱颜将何为的猫做成标本,"最困难的部分是猫嘴,须将猫嘴与骨头小心地分开。有些人认为这很残忍,但也有人认为这是给它第二次生命"。又如朱颜明显将鸟视为知识分子某种精神的象征,但是早在小说开头,李洱就写道:"窗外原来倒是有只野鸡,但它现在已经成了博物架上的标本,看上去还在引吭高歌,其实已经死透了。"参见李洱《应物兄》,人民文学出版社2018年版,第999、第516、第1页。

庭玉家庭、工作乃至于儒学研究院的诸多秘密,这些秘密与此前此后的大量细节相互印证,集中而急剧地产生出反讽效果。因此也正是在这一节,小说自觉而明确地指出了反讽的存在:"声与意不相谐也",这节的第一句话在应物兄的脑海中一再盘旋重复,堪称对反讽最好的定义。① 而同时萦绕于整节文字的,还有苏联名曲《苏丽珂》:

> 《苏丽珂》一直在播放着,就像背景音乐,就像在给邓林的话伴奏。邓林突然笑了起来,笑得没有道理。那笑声初听上去是粗放的,但又戛然而止,随后又笑了起来。那笑意又在邓林脸上停留了一会儿,有点苦,还带着一点腼腆。《苏丽珂》还在低声回响。因为邓林的笑声,他觉得,乐词与怨词、哀声和乐声,突然间显得相悖又相谐,简直难分彼此。②

通往旧时光的乐曲和触目惊心的现实真相缠绕在一起,这样的"声与意不相谐",当然是一种反讽。但奇怪的是,正如《苏丽珂》的忧伤歌词与带给应物兄的欢快感受之间那种悖反效果并未影响到歌曲之动人,这一节里集中而急剧的反讽,同样未能驱散《苏丽珂》所带来的强烈抒情。某种意义上,这也代表了《应物兄》这部小说整体给人的阅读感受:尽管《应物兄》由大量反讽性细节构成,我们却很难将其视为一部玩世不恭的作品。其实自二十世纪九十年代以来,

---

① 李洱:《应物兄》,人民文学出版社 2018 年版,第 802—818 页。
② 同上,第 817 页。

以知识分子为表现对象的文学作品并不罕见，其中所揭示的这一群体之反讽性已触目惊心，甚至有时到了污名化的程度。但《应物兄》却显然与众不同：小说对于它所表现的世界未必尽以为然，但其态度不是解构的，而是建构的，是严肃的，也是抒情的。并且随着事态发展，表象剥落，那种抒情意味非但没有渐趋消散，反而愈加强烈。

结合前文论述，《应物兄》的这种严肃性和抒情性其实不难理解：既然小说中的应物兄，乃至于每一个知识分子（或许不仅仅是李洱所承认的文德能兄弟和芸娘，也包括葛道宏、吴镇，甚至张明亮、孟昭华等学生辈），都同时也映有李洱的影子，那么除非颓废到极致，有谁会以轻率的态度作践自己呢？反思自我是残酷的刑讯过程，考虑到李洱所采用的这种漫长而繁复的行刑方式，我们甚至可以称许他超人的坚忍和毅力，但无论如何，这样的刑具总不至于滥杀无辜，而行刑所带来的那种痛感，当然会呼唤切肤入骨的抒情与之伴随——只要我们不是仅仅将"抒情"限定为轻盈和浪漫的。近年来，经过王德威的不断论说与鼓呼，因为被一再滥用而几乎耗尽理论内涵的"抒情"一词终于复活了它本来应有的复杂性和立体感。王德威指出，将"抒情"与极端个人主义挂钩，其实是相当晚近而片面的，"一般论述对'抒情'早有成见，或视为无关宏旨的遐想，或归诸主观情绪的耽溺；左翼传统里，'抒情'更带出唯心走资等联想。论者对'抒情'的轻视固然显示对国族、政教大叙述不敢须臾稍离，也同时暴露一己的无知：他们多半仍不脱简化了的西方浪漫主义说法，外加晚明'情教'论以来的泛泛之辞"①。而实际上,"抒情"与宏大命题毫无抵牾,正可用以追问"知识分子和文化人面对这个时代做出了什么选择,他们怎么定义自己? 然后他用什么样的媒介来表明他们自己跟时代的关系?"②尽管王德威在此关注的时代节点与所据立场与李洱并不相同,但在探究个人与世界之关系方面,王德威致力论述的"抒情"概念所能包容的议题,却和李洱直面当代生活的写作鹄的完全吻合。如此说来,《应物兄》当中奇异而萦绕不止的抒情性,实在是这部小说的题中应有之义。

如前所述,抒情在《应物兄》当中的分布并不均衡。小说的前半部,应物兄疲于奔命地在济州、北京和波士顿之间往返,周旋于栾庭玉、葛道宏、程济世、费鸣和黄兴等诸多人物当中,面对密不透风的现实网络,应物兄以第三人称和第一人称两个声道喧闹地诉说着,却似乎缺乏足够的余暇去抒情。而抒情由弱转强的分界线倒也清晰可见,那是在济州大学的学者们讨论仁德路及程家老宅方位所在的座谈会上。在此之前尽管已有种种预兆,但应物兄仍是筹建儒学研究院相关事宜的主导者;这次座谈会上他却赫然发现,他所参加的已经是第二次会议,显然有不少工作早已热火朝天地展开,而他竟一无所知。此后这样的事情将一再发生,新的人事变动、新的利益输送,乃至于新的"太和",都在他的预料之外,直至吴镇被任命为

---

① 王德威:《抒情传统与中国现代性:在北大的八堂课》,生活・读书・新知三联书店2010年版,第3页。
② 王德威:《史诗时代的抒情声音》,转引自郑文惠、颜健富主编《革命・启蒙・抒情:中国近现代文学与文化研究学思录》,生活・读书・新知三联书店2014年版,第22页。

常务副院长，而他对儒学研究院彻底失去控制为止。一直以来，葛道宏尽管相当强势，对程济世在中国大陆最为信任的代言人应物兄，却始终表现出足够的礼遇。也是在这次会上，葛道宏断然否定了应物兄合乎道理的质疑，这无疑是一个重要的转折点——李洱甚至不怀好意地让邬学勤在此时恰到好处地无理取闹，以此作为对应物兄的警示。因而就在这一时刻，来自个人历史幽暗空间当中的某种强烈感觉倏然向他袭来，攫住了他的神志，一场大雪在他的脑海中洋洋洒洒地飘落。抒情开始了。①

在那一刻应物兄回想起自己目睹乔姗姗与邻居偷情的那个雪天，个人生活失去控制的记忆和公共生活失去控制的现场交叠在一起，让他的失败感更加强烈。他要如何抵抗这样残忍的反讽性现实呢？在婚姻名存实亡的岁月里，应物兄身体上的慰藉来自朗月，但那只能给应物兄带来更加深重的羞耻感②，真正让他感到充实和温暖的，或许反而是郎有情妾无意的陆空谷③。感情的需索一度填补了婚姻的裂痕，则在意识到现实的巨大反讽性之后，小说和应物兄共同选择了抒情作为抵抗方式，也就顺理成章。从这时开始，应物兄的行动力越来越弱，听任儒学研究院以加速度走向败坏的结局，但是情感

---

① 李洱：《应物兄》，人民文学出版社2018年版，第588—610页。
② "她上了趟洗手间。在绝对的安静中，他听见了她嘶嘶撒尿的声音。哦不，置身于冰天雪地，你会感到清冽、洁净，而我现在感受到的只是龌龊。"参见李洱《应物兄》，人民文学出版社2018年版，第47页。
③ "他抱着她，就像拥抱着被省略掉的生活，被省略掉的另一种可能性。随后，他突然伤感起来。那伤感如此真实。他觉得，此时此刻的自己，就像困在一具中年人身体里的孩子，一个青春期的毛孩子。"参见李洱《应物兄》，人民文学出版社2018年版，第771页。

却愈加丰富,他开始频繁地回到自己的青年时代,和那些二十世纪八十年代遗落的人们重新建立联系。

在此之前,小说并非没有提及八十年代,但却始终带有一种可疑的反讽语气。1988年深秋济州大学那场万人空巷的演讲,是小说第一次浓墨重彩地讲述二十世纪八十年代。但其中几乎所有人都显得虚张声势,尤其是当我们想到郏象愚、小尼采、郑树森、伯庸这些二十世纪八十年代校园风云人物后来的人生轨迹,反讽的意味就更加浓烈。① 而较之热闹的礼堂表演,文德能相对安静的家庭沙龙或许更能容纳二十世纪八十年代那种独特的知识友谊,但即便在沙龙上,人们依然有些装腔作势,何况文德能的一句话陡然间就撕破了这优雅的记忆空间,将气氛再次转向反讽——文德能说:"你们要先行到失败中去,你们以后不要去当什么资产阶级。"警示最终变成了谶语,大家后来确实都走向了不同意义的失败,但并非主动而是被迫,甚或是因为太想成为资产阶级。② 就连应物兄自己,那时似乎也对二十世纪八十年代怀有某种悔意:"在八十年代又有谁拥有一个真正的自我呢? 那并不是真正的自我,那只是一种不管不顾的情绪,就像裸奔。"③ 应物兄的这一评判或许不能说毫无道理,这也恰恰向我们证明,李洱即便在最容易深情款款的时刻,也没有丧失探究复杂性的理智与担当。但即便在当时,应物兄也承认,他并没有背叛自己,二十世纪八十年代依然是他精神世界的重要构成。何况发出这番议论时应

---

① 李洱:《应物兄》,人民文学出版社2018年版,第226—239页。
② 同上,第245—250页。
③ 同上,第53页。

物兄正在风光得意，自以为经过十数年的努力克己，他已经能够圆融而有底线地应对这个世界。而一旦自信变为幻觉，他才会觉悟到，曾经那不管不顾的情绪，裸奔中的真实自我，毕竟是那么美好，或许值得再次返还。所以我们会看到，在应物兄座谈会上的启悟时刻之前，华学明是那么可笑，这位生物学教授甚至自告奋勇要为资本家养驴，唯恐落于人后——在资本面前，科学家颓败的速度可一点也不输给人文学者；而在启悟之后，应物兄突然有机会回忆起和华学明比邻而居的日子，那时的华学明也曾在斗室当中拥抱着爱人谈论宇宙，谈论地球不过是一粒尘埃，那么微不足道，却又气象万千。应物兄在这动人的回忆里突然意识到："地球是一粒尘埃，而这个细节，这个爱的细节，却大于尘埃。"① 应物兄发现了抒情的力量，也发现了八十年代对自己的重要性，正是在和华学明的过去猝不及防重逢时，应物兄将自己和华学明所面临的困境，上升为一代人的命题。②

所以应物兄一定得见到芸娘。或许因为这个名字太多次在小说中出现，我们甚至很难意识到，其实一直到小说的第86节，这一年已经入秋，李洱才安排应物兄和芸娘第一次见面。在应物兄为之奔波劳碌的那些琐碎细节所构成的世界里，芸娘既在场又不在场，因为不论和世界的关系发生怎样的变化——把家从人民广场搬到市郊，搬到更远的田野和树林，又搬回市中心③——芸娘始终如应物兄所说，"凝聚着一代人的情怀"④。她不是像郏象愚那样热烈亢奋以致浮夸的，而

---

① 李洱：《应物兄》，人民文学出版社2018年版，第694页。
② 同上，第704页。
③ 同上，第848—849页。
④ 同上，第844页。

是深沉稳定的。正是从这种稳定性，及其与当下世界构成的巨大反差当中，生成了足以绵延至当下的抒情可能。芸娘的确是小说当中八十年代知识分子大浪淘沙之后所遗存的唯一一个未曾生锈的符号了，只有她有足够的能量带领应物兄重新返还那些认真的思索、恳切的讨论，那一个个理性而浪漫的夜晚，那众多因时间的累积而愈显深情的时刻。应物兄因此得以再度和英年早逝的文德能重逢，因此再次翻开文德能残缺不全的笔记，也因此再度回忆起自己，并重新调整自己和世界的关系——至少，如果没有芸娘，我们不能想象那个周旋于政商学三界之间的应物兄，会从狭窄到难以容人的夹道中穿过，找到张子房。① 不要忘记，当初他终于抽出时间去探望病中的何为，只不过是因为担心郏象愚（敬修己）会阻挠自己邀请程济世而已。②

何为、张子房，尤其是双林，这是《应物兄》当中除芸娘以外，屈指可数的几个至少自身并不具备反讽性的人物。尽管何为言必称柏拉图，坚持用古希腊哲学来解释一切的迂阔，看似可以和程济世对待孔子的态度相映成趣，但是她不谙世事的执拗和对私德近乎苛刻的自我要求③，令她的知识和人格浑然一体并无分裂，从而成为与程济世完全不同的形象。张子房是一名经济学教授，却热衷于翻垃圾桶，在小说中很长的篇幅里从未露面，而以"疯子"的形象在人们的口中流传。就常理而言，这应该是最具反讽性的人物。但是在小

---

① 李洱：《应物兄》，人民文学出版社2018年版，第1018—1038页。
② 同上，第258页。
③ "大家都饿得要命，几个月不见荤腥，何为先生当年是负责喂鸡的。都以为她能吃饱的，可她饿得比谁都瘦。她连老鼠运到鼠洞里的鸡蛋，都要挖出来，如数登记。"见李洱《应物兄》，人民文学出版社2018年版，第941页。

说行将结束的时候,他在那个被世界遗忘的大杂院里出现,他的理性、敏锐,以及矢志要在最平民的生活中发现经济学的情怀,完美地将此前分裂的形象缝补起来了。应物兄甚至在那个空间里又一次想起了母亲:"想到了母亲,他就听见了自己的呻吟。母亲,我们再也回不到那个时候了。"①这是否意味着,除芸娘之外,这些同样并未在自身当中呈现反讽特征的人物,也构成了抒情的重要根据,构成应物兄回返自我,寻找立身之道的重要通道? 就自身经验而言,李洱当然对1980年代满怀深情,他和文德能、芸娘,有着共同的情感经验和文化记忆,因此在借由应物兄进行自我省察的过程中,无论是出于潜在的情感惯性,还是为寻求抵抗之道,返还1980年代都是理所当然的。但如前所述,李洱绝没有将1980年代置于他的省察之外,因而也不会将之视为最终或唯一的精神家园。他一路往上,去时间的更深处寻求抒情的旨归。实际上在小说当中,反而是较应物兄更长一辈的那一代知识分子,提供了更为充沛的抒情动力。

其中最为动人的形象,当然是双林。在应物兄的评价当中,双林的地位居然高过了程济世,也高过了他的恩师兼岳丈乔木:"与程济世先生的'既悲观又乐观'相比,双林院士的'不悲不喜',似乎更为超然。……(与乔木)相比较而言,双林似乎反应更快。他觉得双林院士着实令人羡慕。考虑到双林院士的丰功伟绩,他觉得双林院士更像是一个范例,一个寓言,一个传说,就像经书中的一个章节。"②但是作为范例,这位为共和国"两弹一星"事业做出过卓越贡

---

① 李洱:《应物兄》,人民文学出版社2018年版,第1028页。
② 同上,第121页。

献的科学家在小说中的形象并不僵化刻板,而始终是"有情"的。他第一次出场是在济州大学逸夫楼阅览室,被人发现之后他拒绝去做什么演讲,他到这里来只是为了想看一眼自己的儿子;① 在和老朋友乔木聊天的时候,他会看似不近人情地当着巫桃的面,指责乔木居然没有为自己的亡妻写一首悼怀的诗;② 而他对李商隐的《天涯》耿耿于怀而又念念不忘,也是因为自己对妻子、儿子和孙辈的愧疚与牵挂。③ 我们当然知道,双林之所以对自己的家庭如此深情,其实是因为曾经为事业抛妻别子,错过了为夫为父的责任,以至于儿子双渐始终不能够原谅他——双林"有情"的形象并非没有裂痕。但是再一次,这一人物内在的异质因素并没有构成反讽。如果一定要将"事功"和"抒情"对立起来,就不能理解这种奇异的效果。谁说"事功"当中不能同时生发强烈的"抒情"呢?双林对于家庭的挂怀当然是真挚的,而他对科学与家国的奉献热忱也是真挚的:在桃花峪和乔木、兰梅菊一块改造时,双林也会偷懒,也会积极争取立功;但他偷懒是为了演算导弹运行数据,他立功是为了早点回去参与导弹技术的研发。两种同样真挚的情感并置,不但并不反讽,反而像

---

① 李洱:《应物兄》,人民文学出版社 2018 年版,第 125—126 页。
② 同上,第 121—124 页。
③ 乔木曾跟应物兄解释,双林因为自己的儿子小时读过这首诗,后来却远去天涯,因而觉得此诗不祥,不愿将其选入自己编选的《适合中国儿童的古诗词》一书。若参照小说后来所述双林和儿子的关系,则这一解释显然有些简单了。但双林珍视此诗,的确与自己的家庭有关:尽管在李商隐的作品中,《天涯》并非晦涩难解之作,但对这首诗的解读也存在分歧,可以将之视为羁旅乡思之作,也可以看作对韶华易逝的感慨,甚至有人从中读出了大唐帝国的末日,而双林则认定,这首诗乃"诗人思念妻子儿女之作"。参见李洱《应物兄》,人民文学出版社 2018 年版,第 125—126、第 822 页。

《天涯》中"春日"和"天涯"的反差那样，生成一种更为复杂的抒情效果。同何为、张子房一样，双林的人格及其人生实践、知识及其价值实现，并不相互抵牾，而是圆融一体。多年之后，双林通过反思他与张子房的争论，自觉地将个体与整体、个人与世界之间的矛盾转化成为联系："现实生活中的任何一点、任何一件事，都是历史演变的结果，背景有着无限的牵连。"① 如果说芸娘的稳定性能够给予启悟之后的应物兄以极大的慰藉，那么何为、张子房和双林的整一性，或许带给应物兄更大的感触与启发。因此当应物兄在深入了解了双林院士之后，对他和他的伙伴们为这个民族所做出的贡献发出由衷的礼赞，无论言辞多么宏大，放在这部放弃了总体性和必然性诉求的小说里，也丝毫不显得违和，丝毫不带有反讽的意味。② 而在和双渐一起来到桃花峪，在九曲黄河岸边与双林"事功"而"抒情"的一生狠狠地正面撞击之后，应物兄似乎终于——至少暂时地——和反讽性的现实达成了和解。③

---

① 李洱：《应物兄》，人民文学出版社2018年版，第948—949页。
② "他（应物兄）了解得越多，越觉得双林院士和他的同伴们，都是这个民族的功臣。他们在荒漠中，在无边的旷野中，在凛冽的天空下，为了那蘑菇云升腾于天地之间而奋不顾身。他觉得，他们是意志的完美无缺的化身。与他们当年的付出相比，用语言对他们表示赞美，你甚至会觉得语言本身有一种失重感。"参见李洱《应物兄》，人民文学出版社2018年版，第947页。
③ 夜晚，应物兄看到古老的月亮，看到古老月亮所照耀的一切事物，都想到双林："此刻，双林院士也看着这月亮吗？"然后，他将他的烦恼忘却了，心情归于宁静，那段描写更像是在讲述新生："他赤条条地躺着。无论平躺，还是侧身，还是肚皮朝下，他都能感到月光照着他。在睡梦中，月亮，那茬苒的烟球，向西边飘去。黎明的微风吹着他，凌晨的霞光洒向他。在半梦半醒之间，他真想就这么躺下去，忘却'太研'的一切。"参见李洱《应物兄》，人民文学出版社2018年版，第840页。

但是，双林等老一辈知识分子内在的整一性难道不是来自那个时代单纯的总体性吗？时至今日，它所提供的抒情力量是否真的还能解决应物兄的精神困境？而且，双林不是死了吗？何为也死了。稍微晚近的1980年代同样烟消云散：文德能英年早逝，芸娘也未能活到第二年春天到来。尽管李洱有意将芸娘之死提早插叙，但稍微留意便不难发现，就在芸娘去世的三天之后，应物兄便遭遇车祸，生死不知——大概是死了。这是否意味着，其实抒情只是绝望的悼念，并不具备对抗反讽性现实的力量？的确，如论者早已指出的，文德能笔记中那个由自造单词构成的标题"thirdxelf"，或许正是自具反讽性的应物兄蜕化为"新人"的道路，那也是应物兄回返抒情的1980年代所寻得的重要关键词。然而"x"本就意味着不确定，何况还有一个代表未完成的","。这条道路显然并未建成，而抒情的回返也因此看上去毫无斩获。① 但这大概与时代变迁、人世轮转并无关系。考察反讽这一概念，我们会发现存在一种"总体反讽"，指向个人与世界之间不能解决的根本性矛盾。这一根本性矛盾似乎永恒存在，因此从古希腊到今天，我们总能在各类文献中发现总体反讽。唯有在中世纪，总体反讽销声匿迹——"由于基督教神学否认在人和自然之间（人是创造的主宰）或者在人和上帝之间（人是慈爱的天父的儿子），存在着任何根本性的冲突，因此毫不奇怪，直到这种神学的封闭世界失去说服力时，总体反讽才在近代欧洲出现"②。——

---

① 参见黄平《李洱长篇小说〈应物兄〉：像是怀旧，又像是召唤》，《文艺报》2019年2月15日。
② ［英］D.C.米克：《论反讽》，周发祥译，昆仑出版社1992年版，第104页。

但那并不意味着中世纪的现实当中不存在根本性矛盾,而很可能只是不被允许表达。因此尽管其实不止一位现代小说家像李洱一样认定当代生活已失去其必然性,因而必须用更复杂的小说技术加以表现,但很可能他们都犯了因果倒置的错误。——或许并不是当代生活在呼唤小说的革新,而是日益革新的小说发现甚至可以说是发明了当代生活。每一代人都必然面临处理个人与世界关系的永恒难题,因而应物兄向过往与前辈的返还,就绝不会没有意义。不同代际的知识分子之间,不仅应当传承知识,也需要彼此砥砺。至少在回访过往的行程中,应物兄通过"共情",和旧的自我以及曾经的伙伴,和尽管身处不同时代却同样无法辨别其必然性的前辈学者(何为、张子房、双林,甚至经由芸娘和姚鼐上溯至闻一多和梁启超[1]),结成了紧密的情感共同体——还有什么比情感的共鸣更有助于产生有关共同体的想象? 理查德·罗蒂在否定了普遍人性之后,指出若想将公共的正义和私人的完美统合起来,每个人就"都有一项道德的义务,去感受我们和所有其他人类之间的团结感",而这"团结感在于想象地认同他人生命的细微末节,而不在于承认某种原先共有的东西"[2]。这不正是李洱在写作《应物兄》时所采取的手段? 而这里所说的"团结",不正是可供弥合应物兄和反讽性现实之间紧张关系的方案?——尽管或许仍然只是一种可能。

更何况,李洱还是非常体贴地为我们留下了一座诺亚方舟:在

---

[1] 李洱:《应物兄》,人民文学出版社2018年版,第856—857页。
[2] [美]理查德·罗蒂:《偶然、反讽与团结》,徐文瑞译,商务印书馆2003年版,第270页。

芸娘的安排下，文德斯和陆空谷结婚了。①婚姻难道不是人一生当中最具有反讽性同时又最为抒情的时刻？它是终结，也是开始，它敞开无限的可能性。李洱曾经表达过他对《红楼梦》的极大兴趣，在他看来，贾宝玉这一人物的核心问题就是个人与世界遭遇的问题。很可惜，《红楼梦》里的贾宝玉年纪太小了，而他始终想要追问：贾宝玉长大之后怎么办？②而在《应物兄》当中，芸娘明确指出了文德斯和贾宝玉之间的联系："宝玉这个人，置诸千万人中，其聪俊灵秀之气，则在千万人之上；其乖僻邪谬不近人情之态，又在千万人之下。用大白话说，就是确实够聪明，但不近人情。文儿就有点这个劲。"③那么或者，文德斯才是长大之后的贾宝玉，才是李洱写作《应物兄》真正的关切所在？李洱没有让他出家，而是让他结婚了。或许有一天他会子孙满堂，像程济世念兹在兹的那样，"继万世之嗣"。

四 解题与结语：或难解之题与未完待续

最后，必须谈谈"应物兄"这个名字了。"物"好理解，指的是自己以外的一切物和人，实际上包含了与主体相对的所有客体。"应"就令人颇费踌躇。《说文》解释说："应，当也。"那么"应"该是中性的，表示主体与客体相面对的情形，大致可以翻译为"应对"。但是《国语·襄王不许请隧》有"其叔父实应且憎"的句子，注曰"犹受

---

① 李洱：《应物兄》，人民文学出版社2018年版，第977—979页。
② 参见李洱《贾宝玉长大之后怎么办——二〇一五年十一月十八日在香港科技大学的演讲》，收录于李洱《问答录》，上海文艺出版社2017年版。
③ 李洱：《应物兄》，人民文学出版社2018年版，第256页。

也"，那么"应"和"物"搭配在一起，就该翻译成"顺应"。这二者的意思大相径庭，给我们造成了极大麻烦：应物兄是预先并不抱定某种立场地和外在世界相面对，还是准备好了顺应他所面对的世界，意义可大不相同。

小说中有四处直接对"应物"二字加以讨论。第一次是说明"应物"这个名字的由来，应物兄的初中班主任朱山是个下放右派，根据《王弼传》把应物兄的名字从"应小五"改成了"应物"。小说引述的那段《王弼传》原文，实际上是王弼对何晏"圣人无喜怒哀乐"论的反驳，大概是说：圣人和常人一样有五情，那么就不可能不带喜怒哀乐地去"应物"，只不过圣人可以不受外物的牵累，所以大概看不出喜怒哀乐，但却不能因此以为圣人没有"应物"。既然圣人不受外物牵累，这里的"应"似乎理解为"应对"更加合适。① 第二次讨论"应物"，是释延源以为这个名字出自欧阳修《道无常名说》。② 有学者指出，欧阳修这里说的道，是指万物之外具有总体性意义的一贯之道，此一贯之道必须和万物相遇，化成多元之道，才能发生效应，可见这里的"应"也该理解为"应对"。③ 第三次是芸娘与应物兄讨论传统内部断裂和连续的历史韵律，引用的也是欧阳修《道无常名说》，姑且搁置不论。④ 第四次是芸娘引用《晋书·外戚·王濛传》中"虚己应物，恕而后行"来评价谭淳，芸娘解释这八个字的意思是"面向事

---

① 李洱：《应物兄》，人民文学出版社2018年版，第175—176页。
② 同上，第747页。
③ 成玮：《"道"之二分与"文"之二分——欧阳修文道关系思想新论》，《古代文学理论研究》第四十辑。
④ 李洱：《应物兄》，人民文学出版社2018年版，第843页。

实本身"，则这里的"应"当然也是"应对"的意思。① 如此看来，则"应物"二字的意思，就是和外物相面对，非但不是放低姿态、顺应外物，甚至还隐隐包含了一种积极的态度，鼓励人去面对世界。这实际上说的也正是《应物兄》或一切小说理应处理的主题：个人与世界的遭遇。

但若结合小说的具体语境理解，这四次对"应物"的讨论，似乎又将发生意义的偏移。朱山为应物兄改名时，正是从高校下放到初中的右派，在横遭现实打击之后，"应"字是否也包含一些韬晦的意思？第二、三次释延源和芸娘在讨论时，都将"应物"与"执道"对立起来，且隐隐倾向于后者，则这里的"应"是否也被赋予了些同流合污的味道？最有趣的是第四次讨论。芸娘先是讲述了一个关于蝈蝈的故事：蝈蝈打架，若断了腿，便能痛而求变，另寻替代；而如果只是受伤，则虽然腿不能动，依然"虚己应物"，呆立等死。这似乎既是对谭淳的现状表示惋惜，也是对应物兄启悟时刻的一种回应，而"应"字则明确具有消极等待意味了。因此所谓"应物"，原本应该是个人不卑不亢无悲无喜地与世界相面对，但在具体操作中，似乎总难免微妙地倾向于屈服。何况不要忘记，还有一个"兄"字，季宗慈为自己的失误辩解时说，"这个名字更好，以物为兄，说的是敬畏万物"②。个人与世界相遇，敬畏无可厚非。但敬畏的分寸若拿捏得不好，变成了畏惧，孤立无援的个人就难免被世界攫取，从而至少部分地丧失自我。然而只要涉及分寸，从来都是难解的题目。

---

① 李洱：《应物兄》，人民文学出版社2018年版，第872页。
② 同上，第175页。

因此《应物兄》所要处理的命题，应物兄所遭遇的困难，其实不仅是当代生活的命题，而且是长久以来我们的文明都致力于解决的困难。《论语·公冶长》前两章生动地讲述了孔子如何辩证地理解和处理这一困难：

> 子谓公冶长："可妻也，虽在缧绁之中，非其罪也！"以其子妻之。
>
> 子谓南容："邦有道不废；邦无道免于刑戮。"以其兄之子妻之。

公冶长被关进了大牢，但孔子觉得他并没有做错什么事情，是"行正获罪，罪非其罪"①，于是就把女儿嫁给了他。南宫敬叔学有所成却又处世谨慎，所以太平年代一定有官做，乱世也不会惹什么祸，所以孔子就把侄女嫁给了他。②孔子欣赏那种能够睿智地与外物相周旋的人，但是绝不认为有必要为明哲保身而放弃正道；反之亦然。而在《应物兄》中，有一个同样喜欢把女儿嫁给得意弟子的乔木，对应物兄说过和孔子有着同样辩证精神的话，只是更加具有可操作性：

> 要尽可能地追求最高境界，尽可能地说真话。如果不能说真话，那么你可以不说话、不表态。如果不说话、不表态就过不了关，那就说呗。但你要在心里认识到，你说的是假话，能

---

① 程树德撰：《论语集释》，程俊英、蒋见元点校，中华书局1990年版，第286页。
② 同上，第289页。

> 少说一句就少说一句,不要抢着说,不要先声夺人,慷慨激昂,理直气壮。主动说假话和被迫说假话,虽然都是说假话,但被迫说假话是可以原谅的。……说假话是出于公心,是为了大家好,不是为了自己好,那其实还是一种美德。但前提是,你的假话不要伤害到别人。①

这是一段非常反讽的话,也是一段相当抒情的话。反讽在话里有,但更指向总体反讽;抒情在话里找不到,而是来自乔木说这番话时的良苦用心,以及话背后所凝聚的时间、事件和教训。这种悖反的效果也正符合乔木本人的形象。在双林一代知识分子中,乔木是相当独特的一个:他极为抒情,但确实也具备了内在的反讽性。他既耿介,又圆滑;既严苛,又通达;既深情款款,又见异思迁;既懂得沉默的好处,又管不住自己的嘴。如果说何为、张子房、双林以其整一性,足以作为一个时代知识分子精神的符号表征,因而很容易成为应物兄抒发情感、建构认同的目标;那么乔木则以其复杂性和反讽性,更真实地记录和处理了个人和世界的关系。这大概就是为什么,乔木会对韶光易逝发出感慨,而双林却不以为然。② 那其实并不意味着双林比乔木更加高明,他们只是从不同角度为我们理解个人与世界的关系提供了助力。双林以其超越性的精神力量给我们以想象"团结"的希望;而乔木则时刻提醒我们,在实践希望的路途中,必须小心翼翼,且必然千疮百孔。李洱终究是担心会将这复杂的当

---

① 李洱:《应物兄》,人民文学出版社 2018 年版,第 576 页。
② 同上,第 819 页。

代生活处理得过于简单,他要用乔木来作为小说平衡的砝码,以保证抒情之严肃和有效。他要提醒我们:"团结"是可能的,但是困难重重。对于我们每一个人来说,"个人与世界的遭遇"都还将是一个长久的命题。

——不是应物兄,不是知识分子们,是"我们"。论者往往将《应物兄》视为知识分子小说,但今时今日,会选择翻开它的读者有几个不是知识分子?每个人都生活在知识、文化和传统当中,每个人都在各自孤独地面对整个世界,每个人都是应物兄。因此这部小说不是写给特定的某一群人,而是写给每个人。既然"团结"需要认同,那么只要我们未能理解、认同和参与到李洱的反讽与抒情当中,李洱在小说中所探索的"团结"就始终只是一种可能,必须置于双引号之中。因此李洱在小说开篇发出的邀请,不是邀请我们进入他虚造的世界,而是邀请我们回到现实,回到我们自己。

(原发表于《中国现代文学研究丛刊》2019年第11期)

余华的异变或回归

——论《文城》的历史思考与文学价值

一

在当代作家里,余华实在是相当特殊的存在。三十五岁之前,他就已经凭借那些颇具实验性的中短篇小说和《在细雨中呼喊》《活着》《许三观卖血记》三部长篇证实了自己的才华,不仅在文学史上占下一席之地,而且在众多读者的阅读史中留有深刻的印痕。早年奠定的声誉是如此稳固,以至于尽管他在1995年之后创作滞缓,简直像是淡出了文坛,并且经漫长酝酿之后拿出的《兄弟》和《第七天》也令很多人深感失望,却依然没有透支掉人们对他的期待,只是这期待里逐渐掺入了一些忐忑不安的情绪。以如此"特殊"的重要性,时隔八年之后,余华于2021年出版长篇新作《文城》,当然立刻引发广泛关注;而相关讨论褒贬不一,乃至于针锋相对,也同样是意料中事。

小说甫一问世,评论家杨庆祥便热情洋溢地表达了他的兴奋:"那个让我们激动的余华又回来了!"[①]"回来"意味着曾经脱轨,的确,与《兄弟》和《第七天》相比,兴奋良有以也。当余华回避了现

[①] 杨庆祥:《〈文城〉的文化想象和历史曲线》,《文学报》2021年3月18日。

实的复杂性重返他所熟悉的虚构之纯粹①，至少在修辞层面，他再次找到了叙事的腔调。那种从容、轻盈而诗性的语言，淡淡几笔便让我们看到广阔的万亩荡和万亩荡上无尽的岁月，当中还有一个怀抱婴孩的行路人。历史的悠远感与命运的恍惚感，让人立刻记起那个曾让我们无比信赖的余华。甚至还要更好一些：经过岁月磨洗之后，余华似乎更加精纯了。事实上，正如另外一位论者所指出，以"那个让我们激动的余华又回来了"的评语肯定《文城》，大概会让仍有进取之心的余华不免失落，②而且，也未必符合事实。我们当然完全理解，此语的意思是指整体而言，《文城》所达到的水准可与余华的黄金时代等量齐观；但毕竟二十多年过去了，余华不会是过去的自己，大概也不希望是过去的自己。即如杨庆祥在文章中所谈及的"信"与"义"，在余华过去的小说里不是没有，但从未像《文城》里表现得这样充分。年逾花甲的余华变得温暖了，在对于人性的衡量中，善替代恶，成为他着力书写的主题。而几乎所有对《文城》赞誉有加的评论，都在谈论着余华的这一变化，将小说刻意张扬的爱、仁义与温暖视为《文城》最为动人的力量。③丁帆更在学理层面赋予其重要意

---

① 参看李敬泽《警惕被宽阔的大门所迷惑——我读〈兄弟〉》，《文汇报》2005年8月20日。"余华终究还是暴露了他作为一个小说家的软肋，他从来不是一个善于处理复杂的人类经验的作家，他的力量在于纯粹"。

② 王宏图：《通向"文城"的漫长旅程——从余华新作〈文城〉看其创作的演变》，《山西师大学报》（社会科学版）2021年第7期。

③ 参看王春林《苦难命运展示中的情义书写——关于余华长篇小说〈文城〉》，《扬子江文学评论》2021年第3期；《余华长篇小说〈文城〉：那些与生俱在的光芒》，《文艺报》2021年3月26日；彭嘉凝《理想主义下的一次温情叙述》，《河北日报》2021年3月26日；夏丽柠《文城人的仁与义》，《西安日报》2021年4月2日；韩欣桐《〈文城〉，在残酷中与深情相遇》，《文艺报》2021年4月28日；李德南《两位小说家的世界》，《广州文艺》2021年第5期；叶李、廖荷映、李金悦等《余华新作〈文城〉的多维透视》，《写作》2021年第3期；刘畅、吕彦霖、李佳贤《化繁于简的精神之城——余华长篇小说〈文城〉讨论》，《西湖》2021年第7期。

义，认为林祥福那种"四海之内皆兄弟"的大义，填平了阶级鸿沟，消弭了信任屏障，还人性于江湖，从而使余华成就了一种新的"史诗性"写作。①

但是较之批评，表扬总是更加困难，也更容易显得无力。指认某物为"好"，必须有完备且系统的建构，而否定性的意见只需找到一点瑕疵，就足以激发共鸣，令辛苦建筑的肯定性大厦摇摇欲坠。具体就《文城》而言，肯定性共识尤为困难。余华本就是"特殊"作者，或主动或被动地长久游离在文学场域之外，这让他的审美追求格外具有陌生感，何况他还怀着某种进取之心想要更迭旧日之"我"呢？大家普遍承认（包括一部分对《文城》评价并不高的读者），《文城》在感性层面确有其动人之处，但动人的主观感受是难于分析的。《文城》的纯粹明净之美，以及有关"日月有情，人情敦厚"的抒发，可以感之于内，但是一说便俗。一个有趣的参照是，不止一位评论家抱怨说，不知这部小说想要表达的主题到底是什么。而对于习惯理性建构的现代读者来说，主题都不清楚，又该如何置喙呢？②因此，对于《文城》的肯定性评价往往流于抒情，徘徊在文本外部打转；而

---

① 丁帆：《如诗如歌 如泣如诉的浪漫史诗——余华长篇小说〈文城〉读札》，《小说评论》2021年第2期。
② 金赫楠即指出，"不同于以往作品明显的'主题先行'，《文城》的文本在不同的方向上用力伸展着枝杈，故事的起承发展中还穿插着大量的停顿与闲笔。读完，我们也没能从中轻易地得到显而易见的主体指向"。参看金赫楠《暌违八年，期待是否落空？》，《文学报》2021年3月18日。付如初也批评《文城》："通篇我们都看不到作家到底要表达什么。我们并非要求小说一定旗帜鲜明，但至少，读者的情感和价值取向要被唤醒，有安放之地。"参看付如初《现在的余华为谁写作》，《经济观察报》2021年3月22日。

理性分析则多少显得勉为其难，甚至支离破碎。相比之下，那些不喜欢《文城》的人所提出的批评似乎更加有力，至少，更加具体。就文本本身而言，批评者的指责主要集中在以下几个方面。

其一，情节设置多有不合逻辑之处。王宏图便不能理解：李美莲让亲生儿子陈耀武顶替养女林百家被土匪绑走，情理上如何能够说通？小美既然那么深情地记挂阿强，何以又主动委身林祥福？而既已裹卷金条离开，她又怎能心安理得回到林家，并确定林祥福一定会看在腹中胎儿分上善待于她？与之相应，阿强得知她怀了林家骨肉，又怎会只是冷漠置之？① 金赫楠亦收到同行激愤的微信，表达对情节设置的不满："《文城》中的故事算不算是'一个媒婆引发的惨案'？一个职业媒婆难道在做媒之前连女方是否聋哑都没打听清楚？还有，明明知道顾同年嫖妓，为什么林祥福还非要把女儿嫁给他，并不惜让陈友良再次背井离乡，这与前面反复渲染的兄弟情义矛盾了吧？林祥福对小美莫名其妙的一再包容，这也太假了吧？情节设计连基本逻辑都不顾吗？"②

其二，人物塑造也没有呈现出应有的复杂性。付如初将林祥福与《活着》中的福贵对比，指出林祥福因为缺乏后者那种与中国历史相伴随的命运，而失去了普遍意义。这个人物过于"成功"和顺遂，以至于像小说里其他人物一样缺乏复杂的性格，我们因此也无法看到人性是如何在具体环境中层层展开。③ 王宏图和林培

---

① 王宏图：《通向"文城"的漫长旅程——从余华新作〈文城〉看其创作的演变》，《山西师大学报》（社会科学版）2021年第7期。
② 金赫楠：《睽违八年，期待是否落空？》，《文学报》2021年3月18日。
③ 付如初：《现在的余华为谁写作》，《经济观察报》2021年3月22日。

源同样诟病了人物的僵硬与单薄:"主要人物从一登场起便是固定的,他们在情节推进和命运的大起大落中几乎没有引人瞩目的发展与转折,只是作为抽象的信义仁善的符号浮现在文本的字里行间。"①林培源更进而指出,人物的符号化令小说对人性和历史的思考都显得极为潦草,使《文城》沦为作者一意孤行的木偶戏:"《文城》似乎无意书写人性的幽暗之地,天灾人祸在占据故事前景的同时也构不成人性的试炼场。我们在其中难以看到现代意义上的具有'深度内在'的人,小说的诸多人物从一出场,其性格、功能便固定了下来……我们仿佛在行文中,看到叙事人躲在幕后,动作娴熟地操纵着提线木偶。"②而这一批评似乎又涉及小说的内容及其目的。

其三,在二十一世纪二十年代的今天,讲述如此古早的往事,究竟有何意义?历史当然是文学的好材料,然而在批评者看来,余华对待这材料的态度实在不够严肃。王宏图和林培源指出,尽管余华给了小说一个历史背景,但是"这一背景其实并不具备历史与时代的精确性,作者并没有悉心描摹诸多政治集团间的博弈争斗所触发的社会变迁,它更多是一种呈现在人们意识中的对于传统中国社会生活的概括性想象。尽管民国时期匪患在多地频现,但它与其他历史时期的同类现象并无鲜明的区别。在某种意义上说,它们只是作

---

① 王宏图:《通向"文城"的漫长旅程——从余华新作〈文城〉看其创作的演变》,《山西师大学报》(社会科学版)2021年第7期。
② 林培源:《大家熟悉的那个余华回来了,但好故事等于好小说吗?》,《北京青年报》2021年3月12日。

者叙述时随手借用的道具……"①付如初甚至就此将《文城》与《第七天》对比，表示尽管对余华正面强攻现实的成果感到失望，但仍愿意肯定《第七天》中锐意变法的努力姿态；相比之下，余华在《文城》里重新躲回自己擅长的题材，倒是更显颓势。②

除此之外，小说正篇与补篇彼此割裂又相互映照的叙事结构，尽管得到不少论者肯定，③却也不无质疑的声音。付如初就认为，"书的第二部分，补记小美的命运，在我看来也是一种完全不必要的续貂之举，是作家没有用心经营小说结构的怠惰消极。不仅文本的信息量有限，为塑造小美的性格、为行骗寻找合理性的功能也极其有限"。④的确，作为正篇故事中最核心的隐秘，小美怎么可以当真一去不回？ 正篇与补篇之间的那道鸿沟，不仅令纪小美与林祥福永不再见，也让读者满怀遗憾：以当代小说技术之精致繁复，难道不能

---

① 王宏图：《通向"文城"的漫长旅程——从余华新作〈文城〉看其创作的演变》，《山西师大学报》（社会科学版）2021 年第 7 期。并可参见林培源《大家熟悉的那个余华回来了，但好故事等于好小说吗？》，《北京青年报》2021 年 3 月 12 日。
② 付如初：《现在的余华为谁写作》，《经济观察报》2021 年 3 月 22 日。
③ 丁帆即高度认可这一形式以创造性的方式制造了悬念，乃是对传统通俗小说技艺的一种发展，足以促使读者在无常的命运与冷酷的历史面前加深对人性的认识："余华充分满足了小说读者的阅读期待（无论旧时代还是新时代的读者，阅读小说的兴趣都是首先需要满足窥视故事隐秘和人物的命运），不过余华下手太狠，为这部小说系上了一个巨大的'扣子'，从形式的结构上来说，'正篇'与'补篇'的设计正是作者巧妙构思的结果，本来一个完整的故事，活生生地被余华拆分为两个板块，前者是小说故事结构的表层，是读者看到的男主人公林祥福遭遇到的故事平面，而其背后所隐藏着的故事结局才是浪漫传奇的魅力所在。就'正篇'与'补篇'故事的时间长度来说，前者要比后者多出十七年，而后者女主人公小美的故事早在林祥福十七年寻找她的时候就结束了，作者故意把谜底放在最后才呈现，显然是浪漫传奇小说的绝活。"参看丁帆《如诗如歌 如泣如诉的浪漫史诗——余华长篇小说〈文城〉读札》，《小说评论》2021 年第 2 期。
④ 付如初：《现在的余华为谁写作》，《经济观察报》2021 年 3 月 22 日。

将补篇的故事结构到正篇当中，令其浑然一体？不过，针对这一质疑我倒是忍不住想提出几个问题：1. 作为精于小说形式实验的成熟叙述者，将正篇与补篇合成一体，对余华而言是很困难的事吗？2. 余华决定将小说结构作成现在的模样，究竟是力有不逮还是刻意为之？3. 如果将补篇并入正篇，则小美要如何行动，才能造成现在的叙事效果，或至少不落俗套？4. 如果将不告而别的小美硬拉回正篇的叙事之中，余华是否更有刻意设计安排的嫌疑？5. 即便余华巧作安排，完成了正篇与补篇的统一，那样的小说和我们面前的《文城》还是同一部小说吗？6. 而既然正篇与补篇呈断裂状态，那我们又如何能够确定两篇中的小美是同一个人，余华在补篇中是"补记小美的命运"而不是给出了小美命运的另一种可能呢？这些问题，我其实都不敢有笃定的答案，但我愿意承认，目前的结构形式自有其独特的况味。至于王宏图以为，删去补篇仅存正篇小说也可成立，而且恰与余华早期寓言化写作风格一脉相承，"小美这一人物的种种神秘莫测之处可为读者提供广阔的想象空间"——对此我也不敢表示同意。一方面，从对目前形式的质疑及我上述六个问题看，补篇不删，小美这一人物亦不可谓不神秘，想象空间亦不可谓不广阔；另一方面，真要做到那么极致，批评的声浪怕会更大，而《文城》里走丢的人也未免太多了——林百家和顾同年那么潦草地被甩出故事，已经令不少读者颇有微词了，[①] 所以，小说结构的断裂与留白岂止是发生在正篇与补篇之间呢？

[①] 参看刘杨、吕彦霖、李佳贤《化繁于简的精神之城——余华长篇小说〈文城〉讨论》，《西湖》2021年第7期。

不过，王宏图通过考察余华的创作演变，指认《文城》的先锋基因，倒是从根本上回应了针对《文城》的一系列指责。他指出，余华从写作伊始就致力于创作非写实的寓意化文本，并不以忠实反映现实生活及其内在历史发展趋势为宗旨，其小说情节缺乏现实逻辑，人物亦不具世俗特性，乃由来已久。为避免误会，他更引述海外评论用以说明，所谓"非写实的寓意化文本"不仅指余华早期先锋意味浓重的中短篇小说，即便在那些看似书写现实的作品里，余华也不是现实主义的。[①]而尽管丁帆或许并不认同"先锋"这一固化标签，却也通过阐发《文城》的浪漫叙事风格和辨析史诗与人性之关系，达成了同样效果。那就是将对于《文城》的阅读与阐释，与一般现实主义的审美思维断绝关系。既然余华根本就不曾在现实主义的规范中写作，既然他早已表态，"我始终为内心的需要而写作，理智代替不了我的写作⋯⋯我一直是以敌对的态度看待现实"[②]，那么基于现实主义逻辑施加给他的指责当然就统统失效：文学为什么必须书写现实而不可以揣度历史呢？人物为什么不能坚持一种强劲的性格而必须服从平庸的日常逻辑呢？而由这样的人物启动和参与的小说情节，又何必一定符合常识的预期呢？

同样认识到《文城》非写实特征的，还有李德南。但这位年轻评论家在面对这部小说时，既不像王宏图那样疑虑重重，也不像丁帆那样欢欣鼓舞。与前辈相比，他显得犹豫不决："沿着（丁帆的）这一

---

① 王宏图：《通向"文城"的漫长旅程——从余华新作〈文城〉看其创作的演变》，《山西师大学报》（社会科学版）2021年第7期。
② 余华：《我能否相信自己》，人民日报出版社1999年版，第144—145页。

角度，对于很多论者所指出的《文城》存在形象扁平、性格过于固定、社会景深偏浅等问题，也可以进一步思考，这到底是浪漫主义文学的特点，还是美学上的不足？ 抑或两者兼而有之？"① 事实上，令李德南难以抉择的判断，恰恰是这部小说聚讼纷纭的关键。肯定《文城》的人，固然会自觉地将它与现实主义逻辑剥离开来；而那些对小说表示不满的论者，又岂能不知余华绝非现实主义的信徒？ 围绕这部小说展开的争论其实议题复杂交错，其中一个重要焦点并不完全与余华或《文城》有关，而在于是否愿意认可一种非写实的小说创作，是否可以接受一部小说的主题、情节、人物与现实生活无涉，又是否能够时刻警惕，不贸然以一己经验作为评判虚构艺术的标准。金赫楠说得没错，对于余华这样的作家，我们关注的从来不是某一部具体作品的成败优劣，而总是会在当代文学创新与发展的层面考虑问题。②

可惜的是，这似乎不是一个可供讨论的学术问题，而是审美立场的问题。立场的选择有时与小说写得好不好没有关系，而取决于评判者的人生经历、职业身份、阅读史，甚至利益，甚至与作者的私谊。因此以李德南的经验、理念与趣味，其谨慎与犹疑，同样是真诚而明智的。

二

那么关于《文城》，我们还能够说些什么呢？ 我以为与其陷入各

---

① 李德南：《风格再现与自我总结》，《文艺报》2021年5月24日。
② 参看金赫楠《暌违八年，期待是否落空？》，《文学报》2021年3月18日。

执一词的褒贬评判，不如暂且搁置日常经验的参照，首先承认《文城》确是相对独立于当今现实的自足造物，然后小心翼翼地顺着文本内部逻辑去加以理解，那么至少可以尽可能地避免偏执与粗暴。无论《文城》是现实主义的，还是浪漫主义或先锋文学的，只要它是作者苦心经营的艺术品，就一定在其叙事艺术中隐藏着作者的诉求，即余华所谓"内心的需要"。尊重与发现这一需要，才能够判定那些被指为有悖常理的情节及人物，是否在叙事内部也缺乏说服力。事实上，依照这样的读解策略，那些与现实常识格格不入的情节恰恰会成为我们的路标，因为它们正是余华刻意而执拗地以虚构力量插入现实的钉子。重要的不是在我们看来，这些情节是否合理；而在于余华是否使之合理、如何使之合理，以及何以使之合理。

在我看来，小说中最初的不合常识之处其实还没有被明确指出，但它却是整部小说叙事动力的来源，那就是：林祥福为什么要离开他的家乡？林祥福是乡村中的有产者，是乡绅。他的父亲是秀才，母亲是举人之女；他家境富裕，即便在父母双亡之后，依然坐拥四百多亩田产、六间房的宅院和一百多册线装书籍。这样一个人，在安土重迁的乡土中国，居然会离开自己祖业之所在，定居他乡，这根本就是一件离奇之事。当然，我们都知道，林祥福离开家乡是为了寻找小美。那么，他对小美的感情又何以会如此炽烈，竟至于罔顾故土难离的传统？这感情仅仅是男女欢爱那么简单吗？

林祥福最初对小美动情，当然是在阿强和小美敲开他宅门的时候，在阿强身后，"林祥福看见了一张晚霞映照下柔和秀美的脸，这张脸在取下头巾时往右边歪斜了一下，这个瞬间动作让林祥福心里为之一动"①。然而，同样的心底波澜，在林祥福相亲时也发生过，甚至可能更加澎湃："她和林祥福倒是四目相望一下，那一瞬间她的眼睛一亮，林祥福则是感到自己热血沸腾起来。"②可是在后来的漫长岁月里，尽管林祥福也曾偶尔想起这个名叫刘凤美的女人，却从未将对她的好感形之于色，更不要说有所行动。当媒婆暗示他拒绝这门亲事时，尽管他内心惆怅，却并无反抗。由此可知，林祥福对小美的深情，岂止是知慕少艾而已？事实上，情欲从来也不是这一人物的驱动力，甚至可以说，他的荷尔蒙指数远低于一般文学人物，几近于无，否则到了溪镇之后，面对那位曾被他误认为是小美的妓女翠萍，他也不至于不能成事。

更重要的动情时刻发生在阿强与小美到来之后的那个夜晚。这对伪称兄妹的夫妇和林祥福在煤油灯前深夜长谈，"林祥福觉得这是一个愉快的晚上，母亲去世以后，这间屋子沉寂下来，这个晚上有了连续不断的说话声音"。在这段话后，小说明确告诉我们，"他（林祥福）喜欢这个名叫小美的女子"。③"喜欢"还远不是"爱"，更谈不上刻骨铭心，却足够提醒我们，必须理解在此之前林祥福处在怎样的状态，才能明白这次相遇对他意味着什么。林祥福五岁时父亲猝死，只剩下母亲与他相依为命，直到他十九岁时，母亲也撒手人寰。尔后五年里林祥福只是在重复过去的生活：他每日早起去田间查问，有时劳作；每年深秋他会将一年收成换成金条，那是在延续母亲乃

---

① 余华：《文城》，北京十月文艺出版社2021年版，第11页。
② 同上，第10页。
③ 同上，第12页。

至于祖上的习惯；就连去相亲也只是对母亲的模仿，看不出他有什么特别的期待。唯一变化的，是林祥福再也不去翻阅那些线装的书籍了，这意味着林祥福的精神生活已随母亲而去，五年间他不过是一具行尸走肉。这就是为什么小说要以那么内敛的笔调来叙述这番家庭变故，令林祥福始终处在压抑与沉默当中。小美出现之前的林祥福是一座老宅里的孤独身影，一个没"家"的孤儿。田氏兄弟还在，却只能"与他说些与田地庄稼有关的话"，林祥福还无法跟他们建立那种亲密的家庭情感。

刘凤美确曾提供某种可能性，可惜只是昙花一现。这个人物突兀出现又仓促退场，像是被生硬地插入叙事当中，的确显得奇怪——余华明明可以删掉这个人物，让小美直接出场——无怪乎批评者对相关情节颇感不满，将《文城》揶揄为"一个媒婆引发的惨案"。但如前所述，刘凤美充其量只是一节插曲，绝对无法构成这个故事的起源。余华刻意设置这一人物，除了与小美形成映衬关系之外，也让林祥福的孤独感更加浓重了。批评者质疑"一个职业媒婆难道在做媒之前连女方是否聋哑都没打听清楚"，这其实很好解释：彼时的媒婆又不是今天的婚姻介绍所，就算会做些基本的背景调查，又哪有什么行业规范？更何况媒婆被人所骗的情况也是所在多有。耐人寻味的倒是，为什么媒婆会暗示林祥福拒绝这门亲事呢？莫非真是出于职业道德，担心林祥福受骗？对此我倒不表乐观：其一，若真如此，事后这媒婆总该再去打听清楚，或还有亡羊补牢的机会；其二，从后文她二度出场的言行看来，这实是一巧言令色之辈，很善于拿捏人心，她之所以提及刘凤美已经出嫁的消息，无非是想迫使林祥福也急于聘娶；其三，拆散这段姻缘对她而言未尝没有好处，既然林祥福与刘凤美一见之下便彼此满意，可见两人都是婚配市场上的俏货，凑一双只能成一桩买卖，拆开来或可以卖与两家，何乐而不为？——其实，无论媒婆作何打算，这次相亲的挫折已足以让林祥福再度感到命运的恶意。这一回，恶意来自家门之外。值得注意的是，小说叙述及此，田氏兄弟、刘凤美和媒婆可算是林祥福家门之外仅有的人物，而三者当中，这位日日游走于乡间的媒婆最具行动力，也最具社会性。她游走其间的那些乡邻村民，在至此为止的小说叙述里始终模糊而无名，仿佛从未存在，这就让媒婆格外具有代表性和象征意味。因而相亲这一情节绝非可有可无，它让我们看到在林祥福孤独的身影背后，不仅仅是一座空荡荡的宅院，还有集体沉默了的村庄。失去家人的林祥福，同样无法真正进入故乡的社会结构。

理解了与小美相遇之前的林祥福，我们才能够明白，为什么在叙及两人的感情发展时，小说很少单纯从性别角度去渲染小美的魅力，而始终将她放置在一种"家"的情景中。小美从包袱里取出故乡的木屐穿在脚上，不啻宣告她已经以此地为家。此后林祥福去田里察看庄稼，小美便在家中收拾屋子，做好饭菜，等待他归来，这一定让林祥福感到一种久违的温暖。我相信林祥福真正爱上小美，是在母亲的织布机再次响起的时候，听着小美踏响的织机声，林祥福再次取出他的线装书籍，并且对未来产生了憧憬："有时候林祥福会有焦虑，看着小美在织布机前的身影，心想为什么没有媒婆来为她提亲？"[①] 孤

[①] 余华：《文城》，北京十月文艺出版社2021年版，第15页。

男寡女的结合难免与情欲相关，但那根本不是重点。小美钻进林祥福的被窝是在那个雹灾之夜，林祥福紧贴着小美的身体不是没有感到体内的燥热，但他什么都没有做。面对那具瑟瑟发抖的胴体，林祥福的保护欲多于情欲，那是一种传统男性对于爱人和家庭的责任感。因此天亮之后，林祥福能够那么沉稳而周到地为田东贵安排后事，仿佛一夜之间便长大成人。林祥福以他诚挚的哀痛和亲手打造的棺木真正赢得了田氏兄弟的忠诚，在此之前他们并未承受过他个人的恩情，只是忠于他的家族。林祥福对村中灾情的视察让他真正成为一名乡绅，从这一刻起，他家乡的那些村邻才在小说中露出面目，发出声音。在小美给那座宅院带来生气之后，这个村庄终于也活了过来。

就此而言，与其说林祥福和小美之间是爱情，不如说那是"五伦"当中的一伦。爱情基于情欲，像月亮一样善变；而五伦则相互关联，更为稳固也更加复杂。因此与小美成亲之前，林祥福必要先去坟前告知父母；而当小美归来，按照此乡风俗隆重补办婚礼，也就不是多此一举。我们必须在血脉传承与乡村结构里去理解小美这一人物，而不仅仅在两性关系当中。而既然小美所承载的意义远远不止于爱情的对象，林祥福离开故乡去寻找她就势在必行。更何况，此时他们已经有了一个女儿。离乡之前，林祥福隔着墓碑与父母告别，说："爹，娘，你们的孙女要吃奶，她不能没有娘，我要去把小美找回来。"[1] 如果小美仅仅是一个爱人，那林祥福当然可以另觅新欢；但

---

[1] 余华：《文城》，北京十月文艺出版社2021年版，第50—51页。

小美是妻子，也是母亲，林祥福只有找到她，才能在家庭伦常中确认自己的位置。

在我们终于找到林祥福反常出走的真实原因之后，很多问题也就迎刃而解。譬如，为什么这场寻妻之旅在出发时是那么破釜沉舟、志在必得，结果却莫名其妙地半途而废、不了了之？

林祥福怀抱女儿一路南行，终于抵达阿强和小美的故乡；但"文城"这个名字迷惑了他，让他继续向南。好在尽管周折，他的直觉还是让他准确地回到溪镇，并定居下来。这不能不让读者期待一个终将团圆的结局，但令人错愕的是，小说非但没有安排二人重逢，而且自打林祥福在溪镇落脚，故事便悄然改变了方向。在溪镇的十年里，林祥福或许也曾不时打探小美的消息；但至少在小说叙事的层面，这一主题慢慢退场，让位给溪镇保卫战，在那一系列战斗中，甚至连林祥福的出场次数都变得寥寥可数——《文城》正篇的讲述早已发生断裂，反而要到补篇里才能有所回应，这部小说在叙事结构方面的复杂性，其实远比它故意呈现出来的要复杂得多。

所以，这是小说的硬伤吗？如果溪镇或"文城"对林祥福来说仅仅意味着与小美破镜重圆的可能，那么的确如此；但其实早在折返溪镇之前，林祥福已然对找到小美感到绝望。"他意识到阿强所说的文城是假的，阿强和小美的名字应该也是假的。"[1] 而如果一切都是谎言，那么即便能够重逢，又有何用？他终归不再可能拥有一个正常的家庭了。因而，尽管后来林祥福"相信阿强所说的文城就是溪镇"，

---

[1] 余华：《文城》，北京十月文艺出版社2021年版，第61页。

他在这里日复一日的等待也不会是因为小美。读者当然清楚，所谓"文城"不过是"溪镇"的伪称与镜像；但是在林祥福看来恰恰相反，"溪镇"才是那个不尽如人意的赝品。在一个虚假的所在找到记忆中真实的小美，当然绝无可能。溪镇之于林祥福，必然有另外的意义。

那么，这意义到底是什么呢？答案一定藏在林祥福调转方向并终止旅途的决心之中。林祥福返回溪镇是因为命运神秘的召唤：就在他灰心丧气准备打道回府的时候，女儿发出了笑声。上一次他听到这个声音正是在溪镇，龙卷风之后女儿失而复得。或许那一刻林祥福认定这笑声便是女儿的暗示：回到那里，一家人便能团聚。但他一定没有想过，对于这个喝百家奶长大的孩子来说，"家"究竟是什么意思。再次抵达溪镇的林祥福赶上了雪灾，为了给女儿讨要奶水，他敲开本地商会会长顾益民的宅门。那时溪镇的乡绅们正聚集在顾宅，商讨如何祭拜苍天，让已经连下十五天的大雪能够停止。林祥福在顾益民家里得到了善待，然后他便看到了那场由溪镇乡绅与百姓团结合力举办的祭典，寄托了真诚、淳朴与善良。那时的林祥福还不能完全理解他所看到的事情，但显然对这个地方产生了信任："林祥福怀抱饥饿中的女儿，在只有白雪没有人影的街上走到城隍阁前的空地时，看见了溪镇的生机。"[1] 作为乌托邦的"文城"在林祥福的信任感里浮现出来了。而如果我们愿意相信正篇与补篇的确可以构成互补，那么恰在此时，小美死于祭拜的人群之中。作为小说人物的林祥福懵懂无知，他不知道在他的头顶，小说叙述者像命运一

---

[1] 余华：《文城》，北京十月文艺出版社2021年版，第65页。

样随意摆弄着他，但那个全知全能的声音分明已经告诉作为读者的我们：这位年轻乡绅离家探险的鹄的已经消失，林祥福在溪镇的新生活将会开启一个新的主题。

真正将林祥福留在溪镇的，其实是陈永良、李美莲夫妇。大概就在小美死去的那天，林祥福敲开陈永良的家门。这对夫妇来自五百里地之外的北方，那应该仍属长江以南，他们与林祥福既非旧故，也非乡亲，却让林祥福有了一种久违的温暖感。那夜他和这对夫妇聊到很晚，就像两年前的另一个夜晚。就在这一夜，林祥福改变了自己居无定所的习惯，在这对陌生夫妇的家里有了一个房间；也是在这一夜，他将自己的女儿命名为"林百家"，那意味着他开始明白，所谓"家"，也有可能与血缘和婚姻都无关系。他对李美莲说，"你就是孩子的妈"[1]；十年之后，当陈永良举家迁往齐家村的时候，他当年的话已经变成现实，"陈永良一家其实已是自己的亲人"[2]。

或许也可以承认，对小美的寻找和守候的确构成林祥福来到溪镇并留在这里的契机；但只有见过了顾益民和陈永良，林祥福才有可能在此扎下根来，才能够相信，异乡亦是有情的所在，而亲人未必出于血缘或姻亲。林祥福因此又一次在一夜之间成长蜕变，使小美的确可以放心离去。之后的十年里，林祥福在溪镇开创事业，购入田产，成为百里之内人人皆知的著名乡绅，不知不觉间不仅让自己和女儿成为陈永良家中的两个成员，也深深嵌入溪镇的社会结构当中。然后岂止是小美，连林祥福也从小说里长久地缺席了，土匪

---

[1] 余华：《文城》，北京十月文艺出版社2021年版，第76页。
[2] 同上，第155页。

张一斧的残虐侵扰和溪镇的持久反抗几乎聚集了小说的全部笔墨。但既然林祥福已经成为溪镇的一分子，且是重要一员，则有关溪镇的一切，都不能说和他没有关系。余华刻意将张一斧的恶写到极致，溪镇对张一斧的抗争也因此便壮烈到极致。为了保卫家园，溪镇百姓同仇敌忾，溪镇乡绅倾尽家产，作为溪镇知名的地主与商户，作为商会会长顾益民的亲家，林祥福绝无可能置身事外。共同的强敌激发了共同的情感，经由惨烈的抗争，林祥福才最终真正与溪镇结成了命运共同体，将个人的孤独感融化在群体当中，将对家庭的眷恋——无论是血缘的家庭还是情义的家庭——升华为一种更为无私的关于此乡此土的大义。在自愿接受赎回顾益民的使命之前，林祥福想到了女儿林百家，也想到了陈永良。这两个人，一个是血脉至亲，一个如结义兄弟，却都没有羁绊他慷慨赴死的脚步。临行之前，林祥福最后去了一趟翠萍家，十年来他不时光顾这位可怜的妓女，身体却始终抗拒。这次他头一回留在这里用膳，吃的是最家常的酱油炒饭，在柴米油盐的日常生活情景中，林祥福再一次确认：所谓"家"，何必基于血缘或情欲？因此他删去了遗书中最后一句话。的确，如果这广阔的大地都可以是故土，则叶落何必归根，人故何必还乡？当林祥福抱着必死的决心走入匪穴时，他不再是为了他的亲家顾益民，而是为了更正大的东西，在那一刻，他完成了人生中最后一次成长与蜕变。

因此，批评者认为林祥福性格单薄且一成不变，我很难表示赞同。从老宅里那个失魂落魄的孤独身影，到南北路上那个千里寻妻的丈夫与父亲，再到陈永良院中的异姓兄弟、溪镇闻名的厚道乡绅，终至于变成为道义而愤然一击的壮士,林祥福分明从一个孱弱封闭的小小自我不断走向远方,精神气象不断打开。某种意义而言,《文城》这部小说根本可以视为有关林祥福的成长小说。

林祥福的精神成长表现为情感结构不断丰富的清晰过程:先是爱父母、爱妻女,进而知朋友之谊、主仆之义、乡邻之睦,再进而此爱可推及不可知的远方、不相干的人们。这正是儒家所强调的"爱有差等",所谓"老吾老以及人之老,幼吾幼以及人之幼"(《孟子·梁惠王上》)。不知"老吾老""幼吾幼"则近于禽兽,但不能"及人之老""及人之幼"也谈不上是君子。余华以林祥福的人生,有条不紊地建立起"爱有差等"的森严变化,就此而言,我以为所谓"文城"的乌托邦,未必在溪镇,或至少不仅在溪镇,亦在林祥福这一人物。这提醒我们,《文城》中着意书写的美、善、仁义与温暖,其实有其确定的所指;而如果说这部小说讨论了人性,这人性也并非抽象的人性,而必须放置在传统中国的文化心理结构中去加以考量。

分析在《文城》中余华是如何书写"恶",或许可以从另一个角度帮助我们具体地理解他想要张扬的"善"。就此我们也可以回应批评者关于这部小说人物塑造的另一处质疑:对土匪张一斧的刻画是否过于极端,以至于使他完全沦为一个"恶"的符号?[1] 仅就张一斧而言,指责当然是有道理的:将"恶"推到极致的血腥书写,固然能够引发感官刺激,造成惊悚效果 —— 那正是余华一向以来的拿手好戏 —— 却也会让"恶"成为一种抽象之物,反而模糊了对于"恶"的

---

[1] 参看刘杨、吕彦霖、李佳贤《化繁于简的精神之城——余华长篇小说〈文城〉讨论》,《西湖》2021年第7期。

认识。但我以为，在讨论这一问题时，小说中另外两个人物不应被忽略，那就是北洋败兵的旅长和土匪"和尚"。《文城》的反面人物并非只有一个张一斧，余华其实是在一组人物的比较中建立起有关"恶"的序列结构，从而探讨"恶"的复杂性，进而说明他通过张一斧表达的"至恶"到底是什么意思。旅长纵兵祸民，"和尚"杀人越货，都绝非善类，但这两者并未对溪镇造成致命破坏，也并未被指认为罪大恶极。盖前者尚尊仁义，而后者仍存孝心，相比之下，张一斧则抛弃了以儒家思想为主体的中华传统文化所认可的几乎一切伦理准则，甚至连绿林好汉的道德底线"义"，也视如无物。以旅长和"和尚"为参照，其实也就是以仁义与孝为参照。余华借此说明，正因失去人伦纲常的约束，张一斧才会堕入那样极端的人性之恶，则他想要正面强调的是什么，也就不问自知。

将旅长放置在这样的序列结构中理解，还可以帮助我们回答关于小说的另一个质疑：在《文城》里，旅长几乎是唯一与大历史紧密相关的角色，然而他莫名其妙地出现，又莫名其妙地消失，是不是过于随意了？如此随意处理，不恰足以证明余华对历史的书写缺乏精确性和复杂性吗？但既然我们早已决定将现实暂且搁置，尽量避免基于现实主义立场的需索，那么上述质疑或许完全可以用相反的表述来提出：在这样一个模糊了历史背景的故事里，余华为什么要让北洋败兵突然到来呢？甚至，他又何必让国民革命军与北洋兵的战场离溪镇如此之近？余华此举有如在文本中强行撕开一个缺口，让历史强有力地介入到这个想象的乌托邦当中。那不是历史变得模糊的时刻，而恰是历史露出狰狞面容的时刻。我以为余华刻意如此，绝不会是为了自曝其短；而恰恰是要提醒我们，这个看似有关乌托邦的故事，绝不是处在历史的真空当中。

的确，《文城》里无一处提及具体年份，但若据此断定小说背景不具备历史与时代的精确性，就有失武断。正因旅长到来，大历史降临溪镇，让我们有机会将这部个人精神成长的故事放置在具体历史坐标当中。北洋军进入溪镇，是因为与国民革命军交战落败，可知时在北伐战争期间。溪镇位于长江以南六百里之地，而国民革命军与北洋军交战于这一区域，应在1926年底至1927年夏。当年腊月二十七，顾益民派去给土匪缴纳赎金的使者因遭遇两军交火无功而返，其后至少过去四天①，旅长才抵达溪镇，季节在寒冬，应未出丁卯年正月，公历为1927年2月。此时林百家十二岁整，而她又出生在夏天，可知林百家生于1914年。这一年林祥福二十五岁，则他与李大钊、刘文典同龄，生在1889年。由此，《文城》的时间表（见表1）可谓一清二楚。

表1

时　间	情　节
1889 年	林祥福出生。
1894 年	林祥福父亲去世。小美出生。
1904 年	小美到阿强家做童养媳。

---

① 腊月二十七顾益民派出三位使者，仅曾万福一人生还，其后不知过了几天，难民涌入溪镇北门，溪镇人开始准备逃难，两天后不少人因仓皇出逃而落水，又两天后，旅长的队伍方才抵达。可参看余华《文城》，北京十月文艺出版社2021年版，第100—108页。

续表

时　间	情　节
1908 年	林祥福母亲去世。
1910 年	小美与阿强成亲。
1912 年	小美被休。
1913 年	阿强带小美离乡，游上海，计划去北京投亲却囊中羞涩，秋天他们敲开了林祥福宅门。陈永良一家来到溪镇。
1914 年	林百家出生，小美两度不告而别，林祥福于秋日怀抱女儿离开故乡去寻找小美。
1915 年	林祥福于秋冬两季两次来到溪镇。年底雪灾，小美在祭天典礼中去世，林祥福与陈永良一家结识，定居溪镇。
1926 年	腊月十二，林百家定亲，遭土匪绑票，被陈耀武换出。
1927 年	北洋败兵与土匪相继为祸溪镇，溪镇组织民团。夏天，陈永良一家迁去齐家村。秋天，林百家被送去上海读书。
1931 年	张一斧攻打溪镇，遭民团顽强反抗。
1932 年	张一斧绑架顾益民。秋收时节，林祥福孤身入匪穴赎人，击杀张一斧不成，惨死。陈永良联合"和尚"，与张一斧决战，"和尚"牺牲。后陈永良于沈店码头杀死张一斧。田氏兄弟将林祥福尸体护送回乡，途中在小美墓前短暂停留。

由表 1 不难发现，《文城》看似模糊地处理了历史背景，其实对节令、人物年龄及事件之间相隔时长的记录极为准确。以这样自觉的历史感与时间意识，却将旅长及北洋兵相关情节处理得那么潦草，确实显得奇怪。就一般历史常识而言，这一时期，北洋军阀当然是

比土匪更为反动的力量。但余华却似乎是要以溪镇的遭遇提醒我们思考：1928年改旗易帜之后，至少在名义上，军阀时代已成历史；但是从民间生长的张一斧，却还将长久地游荡在溪镇周边——则两相比较，谁之危害更剧？军阀的产生，可以在政治和军事层面找到原因；而张一斧的存在，只能从伦理及文化角度解释。《文城》故事发生的时代，中国仍处在千年未有之变局当中，其变化最深刻之处在于，中国绵延数千年的道德观念与伦常秩序，于此数十年间遭到最强烈的冲击，几近土崩瓦解；而乡土社会，也就随之"魂飞魄散"。就此而言，那位旅长所代表的北洋军阀，尽管在当时的政治舞台上占据重要位置，却无法指涉最重要的时代变迁——武力割据在中国历史上频频发生，不也和匪患一样，不乏"其他历史时期的同类现象"么？但张一斧却因他罔顾人伦的极端之"恶"，有别于传统土匪，反而暴露出这一时期内在的历史断裂。外在的强力是历史学家可以讲述的，而内在的断裂则只能依赖文学去表达。因此，余华在《文城》中致力于书写的，的确不是"诸多政治集团间的博弈争斗所触发的社会变迁"，但也绝不只是呈现了"在人们意识中的对于传统中国社会生活的概括性想象"。他写出了历史的具体性与复杂性，并且是以文学的方式，深入到那几十年历史的最内部进行思考。

在那样的几十年里，林祥福当然找不到"文城"。有论者认为，《文城》提供了一个乌托邦符号[1]，其实倒不如说余华写出的恰是乌托邦的不可能性。王纲解钮的时代中，乌托邦大厦将倾，终会崩裂。

---

[1] 参看刘杨、吕彦霖、李佳贤《化繁于简的精神之城——余华长篇小说〈文城〉讨论》，《西湖》2021年第7期。

林祥福的玉碎固然是这崩裂的一部分，但更为内在的裂痕，其实是那几个在小说里有始无终的年轻人。顾同年小小年纪便练出一身流连妓院的好本领，实可谓不孝；林百家已经定亲却另作他爱，也是离经叛道；而李元成十七岁便做了北洋军的副官，更不会是礼教信徒；当然还有陈耀武，他跟他的父亲一起，先救顾益民，后战张一斧，以暴制暴，显然已不再是过去那个敦厚少年了。出生在二十世纪初叶的这一代，与他们的父辈大相径庭，传统伦理不再能够规范和约束他们。无论是好是坏，他们带来了新的气息。或许正因为此，余华毫无耐心地将他们草草逐出了乌托邦：顾同年颇具喜剧意味地被买去澳洲做苦力，林百家去了上海居然就再没回来，李元成抛下一番自恋的表白后随军开拔，陈耀武背着"和尚"的老娘也不知所踪，甚至就连他的父亲陈永良，最终都消失于江湖。丁帆和王春林都相信，这些年轻人不会消失，必将在续作中聚首，因而《文城》可能只是余华那部反复提及的世纪巨作的一个开篇。[1] 我非常乐于相信这一美好期许，只是以余华的谨慎或散漫，续作何时问世只怕又会是长久的谜。其实即便的确没有下文，这几个人物在小说中也绝非没有意义，他们从历史当中破茧而出，给林祥福所象征的那种乌托邦式伦常带来诸多变数，让小说始终处在一种强烈的紧张感中，从而造成了一种独特的阅读感受。

事实上，早在林祥福离家之前，乌托邦的隐患便已经埋下。小

---

[1] 参看丁帆《如诗如歌 如泣如诉的浪漫史诗——余华长篇小说〈文城〉读札》，《小说评论》2021年第2期；王春林《苦难命运展示中的情义书写——关于余华长篇小说〈文城〉》，《扬子江文学评论》2021年第3期。

说补篇之所以花费那么多笔墨去讲述小美做童养媳的生活，并不是没有缘由。那意味着，这个推动林祥福以人生实践去体认伦理纲常之人，本身即处于道德的暧昧之中。以今天的观念，我们恐怕很难理解小美为什么要弃林祥福父女而去——在温暖的林家老宅里，不仅有一个真心爱她的人，还有她和他的骨肉；相比之下，阿强对她的感情既不算浓烈，也未必纯粹。但是在小美的价值天平上，阿强这一边不仅有男女情爱，还有伦理纲常。传统的束缚是那么强大，让她没有挣脱的可能，因此她绝难在林祥福的宅院里找到归属感，正如她和阿强在现代性的都市上海，除了玩乐，无法获得更多的东西——这一情节显然也并非可有可无。正是依照这样的伦理逻辑，小说结尾处林祥福的棺木停放在小美墓碑侧旁，注定只能是咫尺天涯。那哪里是因为什么难以捉摸的命运，只是因为那座墓碑上，并不只有小美一个人的名字。有人统计，《文城》当中总计出现过十三次"命"或者"命运"[1]，但这些神秘而粗暴的偶然时刻其实全都可以得到理性解释：有时候，那是因为个体在面对宏大历史时可悲的有限性；也有时候，是因为在林祥福和纪小美共同信奉的那种伦常当中，深埋着某种有悖于今日之人性的东西。

因此在《文城》中，余华岂止是自觉而认真地面对了历史，而且对于历史，他有着严肃而公正的思考。然而，尽管故事讲述的年代里已经涌动着不少新的可能，尽管讲述故事的年代更是早有诸多辩证与批判的角度，余华还是执拗地书写了一个人在大地上的行走，

---

[1] 参看王春林《苦难命运展示中的情义书写——关于余华长篇小说〈文城〉》，《扬子江文学评论》2021 年第 3 期。

以他的精神完善铸就一个注定崩塌的乌托邦。这是一个作家最终选择的态度：无论世事如何轮转，他仍坚持发思古之幽情，强调在那些已然逝去的往事里依然有足以动人的瞬间。余华当然知道自己写的不过是一曲挽歌，但正因为是挽歌，才格外具有抒情的力量。

但是，对于我们这些对余华充满种种复杂期待的读者来说，一个不可回避的问题是：这个向着历史的尘埃里去翻找温暖的余华，与那个挖掘人性之恶的先锋作家余华，到底有什么关系？《文城》这样的写作，对今天的文学又有什么意义？

三

我想我们已充分证明，在《文城》中，并不是我们熟悉的那个余华再度归来了。与其说余华在这部小说里回到了自己的早期风格，不如说他回归的是一种颇具复古意味的伦理认同，而这其实与他早年的审美大异其趣。但如果我们认可，"先锋意识本质上就是一种探索精神，就是不停息的自我突破，敢于否定自己、超越自己的创新意识"①，那么余华否定旧日之"我"的努力本身，就是先锋的。

《文城》里，余华将人性之"恶"放置在文化结构动摇崩塌的时刻加以描述，这使他有关"恶"的书写，失去了早年聚焦人性本身窄向开掘的深度。尽管暴力和血腥依旧足够充分，可除了让人产生感官不适，已很难引发更多触动——事实上，这的确可算是小说的败笔，

---

① 陈晓明：《先锋的隐匿、转化与更新——关于先锋文学30年的再思考》，《中国文学批评》2016年第2期。

早已用老的招数如今再也无法击中目标。但余华写出了新的动人之处，那是久违的古老原则在现实中闪现出光辉。在土匪绑架林百家时，李美莲第一反应是让自己的长子陈耀武去把她换回来："你快去，快去把林百家替回来。你是男的，被他们'摇电话'就是疼一点，林百家被他们'拉风箱'了，以后一辈子都抬不起头来。"①如前所述，王宏图恰恰对这一情节深表不满，认为以人之常情，一个母亲很难做出这样的选择。但寻常情感因为亲切，容易激起读者的同理之心，固然是一种感染力；而超出想象之外的崇高，因为可望而不可即，其激发的向往心同样不容小觑。正因此举乃常情所罕见，因而远远超越了卑琐的世俗情感，才获得强劲绵长的抒情效果。更何况，李美莲那样的举动，常态下确实不会有，却不代表极端状态下不会有；现实中不会有，不代表历史上未曾有；即便历史中未必有，也不代表虚构中不可以有。写出常人心向往之但却未尝亲见之物，本就也是虚构的使命之一。

当然，如果这样的情节被处理得虚假、矫情，效果便适得其反。但李美莲的这一举动，在小说中有着非常稳固的支撑：其一，就情感而言，李美莲与林百家相处已久，情同母女；其二，就逻辑而言，作为男性，陈耀武入匪穴的危险确实远小于林百家，何况这是绑架，只要乖乖缴纳赎金，并不至于伤害性命；其三，最重要的是，小说借林祥福这一人物张扬的那种古老而正大的伦常观念，已经构成小说的一个强大背景，李美莲的行为置于其中，并不显得孤立和怪

---

① 余华：《文城》，北京十月文艺出版社2021年版，第92页。

异——无论现实逻辑已发生怎样的变化，在小说文本内部，这一行为是与整体结构自洽的，具有叙事学意义上的说服力。

这种就现实逻辑而言可能在意料之外，但是就叙事逻辑来看倒也在情理之中的情节设计，其实并非余华的发明，倒是一种古已有之，只是眼看就要失传的叙述技艺。《赵氏孤儿》不就是类似的故事吗？千百年来，人们从《左传》里读这个故事，在戏台上看这个故事，想必读者与观众日常生活里也断无这样的人情，可这并不妨碍他们一遍遍感慨，一次次落泪。《史记·刺客列传》里的豫让不是更加反常吗？他为了毫无意义的复仇，不惜毁容伤身，虽然最终白白牺牲了性命，却成为"士"之精神的最好范本。我们民族的历史当中，类似记载所在多有。耐人寻味的是，尽管见录于史书，这些历史的细节其实都与宏大历史无涉：赵武的童年往事和他后来的成就关系不大；而豫让作为司马迁笔下最为窝囊的刺客，刺杀既已失败，对历史便更无作用。但史官们还是郑重地记下了这些时刻，想必他们和余华有着同样的想法：那些轰轰烈烈的大事件固然有其价值，但精神的历史同样值得记取。史传的这一传统，后来在小说中继续发扬光大，无论唐传奇、宋话本还是明清白话小说，写奇情始终是大宗。像柳毅那样的君子，怕是在唐代也不多见（《柳毅传》）；而卖油郎对花魁的一往情深，整个大明又有几个（《醒世恒言·卖油郎独占花魁》）？写下这样的高义与深情不是因为现实中有，而恰是因为现实中无。现实中应该有却没有，这样的故事与人物才值得一写。此类传奇书写的目的不是提炼现实当中的典型人物，而是要提供理念当中的理想人物。不守传统现实主义规矩的《文城》，一定程度上回应的正是这一传统，余华自己将这部小说称作"非传统的传奇小说"，实在恰如其分，亦可看出作者在创作时确有其审美自觉。就此而言，余华的复古主义回归，不仅表现在对传统伦常的某种认同，更在于以传统伦常为依傍，重新挖掘出了几乎要被遗忘的壮美情感，以及与之相关的叙事技艺。

那么，钩沉与再造，是否也可以视为一种创新？世事总有重复，艺术的进步也不可能凭空发生，文学史上多少次先锋行为都是以复古的名义开展。而召唤往昔是否有其必要，其实是由现实的情况决定。1942年，傅雷在《贝多芬传》的译者序中解释自己何以要重译此书，说"现在阴霾遮蔽了整个天空，我们比任何时都更需要精神的支持，比任何时都更需要坚忍、奋斗、敢于向神明挑战的大勇主义"。[1]我绝不认为作为文学人物，林祥福比罗曼·罗兰笔下的贝多芬更有力量，也不认为《文城》的价值胜过《贝多芬传》，更何况今天也不是七十九年之前。但是和平年代里，傅雷当年深感痛心的"中庸、苟且、小智小慧"显然并没有销声匿迹，以至于不仅我们的文学习惯了回避崇高，甚至作为读者我们已失去了理解崇高的能力。在疲软无力的琐碎书写大行其道的时候，尽管我也认同批评者的某些意见，但仍愿意承认，《文城》作为当前文学的变数，毕竟有其价值。

（原发表于《中国当代文学研究》2021年第5期）

---

[1] ［法］罗曼·罗兰：《巨人三传》，傅雷译，安徽文艺出版社1989年版，第7页。

须一瓜式的结尾与作为奇观的小说
—— 论须一瓜中短篇小说

一、从欧·亨利谈起

谈到小说结尾,我们一定会想起欧·亨利。这位美国作家以其"意料之外、情理之中"的突兀结尾著称于世,或许在不少人看来,正是凭借这一精妙技艺,他才得以跻身世界三大短篇小说家的行列。但也正因为此,较之契诃夫和莫泊桑,人们对欧·亨利的尊重多少显得有些勉强。在小说艺术已经发展到如此精微的今时今日,依靠"抖包袱"般的意外结局来完成叙事结构,是否过于简单了些?"人们在毫无思想准备的情况下,突然出现意外事故或预料不到的打击",诚然会造成经久不忘的深刻印象①;但如果将小说作成谜语,重心仅系于谜底揭晓的那一刻,则尽管结尾能够凝聚读者高度关注,也不免令在此之前的叙述愈显平常,使小说失去平衡,亦失去可供一再玩味的价值 —— 既已知道谜底,又何必把谜面一读再读呢? 当人们想到欧·亨利那篇最知名的《麦琪的礼物》,脑海里一

---

① 阮温凌:《开辟文学的新纪元——试论欧·亨利小说的新结局》,《漳州师院学报》(哲学社会科学版)1998年第1期。

定会浮现出吉姆回到家中，面对德拉的短发时那种"近乎白痴般"的恍惚神情；如果想象力丰富一些，也不难想象当德拉得知手表已被卖掉，她的礼物和那套精美的发梳一样因彼此的深情而失去用武之地时，会有着怎样令人心酸的反应。在这命运发出恶毒坏笑的一幕里，的确有着强烈的艺术感染力，就像是从小说里重重打出的一拳。但这一幕是那么清晰，以至于我们很难再记得，在小说开头时，欧·亨利曾经对德拉有过极为细致的描写，她坐在那套房租只有八块钱的公寓里，一分钱一分钱地计算着家中账目，这可怜的姑娘扳着手指头眼看就要哭出来的形象，本身已足够动人。小说结尾过于强劲的戏剧性效果，令所有小说细节都黯然失色，变得没有意义；而人物也依附于情节，失去了应有的复杂性。因此在相当程度上也不能算是小说，而仅仅是故事而已，是有关都市或西部的一则则异闻传奇。好在，饱经磨难、阅尽世态的欧·亨利肚子里有的是这样的传奇。

但如果据此将欧·亨利看作一个靠"抖包袱"行走江湖的说书艺人，多少也有傲慢与偏见的嫌疑——欧·亨利只能写出那种简单的"欧·亨利式结尾"吗？其实较之《麦琪的礼物》《警察与赞美诗》等人们耳熟能详的名篇，我以为《双料骗子》的结尾更值得讨论。在得克萨斯州美墨边境上以好勇斗狠闻名的恶棍小利亚诺因赌博时的口角，失手杀死了一个与他年龄相仿的年轻人，只好被迫逃亡。阴差阳错中，他乘船来到南美海岸布埃纳斯蒂埃拉斯，在向当地美国领事报到时，那位嗜酒而胆大妄为的领事撒克看中了小利亚诺西班牙人的面孔和兼通西班牙语的本领，怂恿他参与一桩欺诈的生意：本地富豪乌里盖夫妇的儿子八岁时跟随几个美国人离开家乡，据说落脚的地方正是得克萨斯。从那之后十二年过去了，小乌里盖再也没有回来。这意味着那对苦苦等候的老夫妇不可能知道他们的亲生儿子长成了什么模样，于是小利亚诺便有了以假充真的机会。他只需让撒克在他的左手腕刺上马里盖家族的纹章，便可以摇身一变，成为浪子回头的小马里盖，住进豪宅，然后将保险箱里的财产盗窃一空。那笔财产足够让小利亚诺和撒克从此逍遥海外，在其他任何一个国家度过衣食无忧的余生——撒克的情报和刺青技术，价值此案标的百分之五十的收益。计划就这样实施了，但即便不熟悉欧·亨利的读者，根据小利亚诺的人物性格也足以作出预判，这桩生意必定会发生变故。果然，已经被人称为堂·弗朗西斯科·乌里盖的小利亚诺改变了主意，决心中止这场犯罪。就常识而言这实在无可厚非：既然能够舒舒服服地以富家少爷的身份继承家产，又何必铤而走险，与人分赃呢？如果撒克以为手握把柄就能够要挟小利亚诺，可就太过天真了，这个二十岁出头的杀人逃犯一定不介意再杀一个人来换取后半生的荣华富贵，没有人相信一个酗酒成性的合众国官员会是小利亚诺的对手。但如此顺理成章之事，当然无法构成"欧·亨利式的结尾"。在我看来，比起反悔，小利亚诺对反悔的解释更具有翻转的效果。他是那么温柔地回忆起他进入马里盖家的第一晚，一个从未享用过"真正的卧室"的亡命徒第一次躺在温暖的床铺上，那个认他为儿子的老妇人走进来道晚安，亲吻他，并流下泪水。"这情形我永远忘不了，撒克先生。那以后一直是这样，将来也是这样。我说这番话，别以为我为自己的好处打算。你不要以小人之心度君子之腹。我生平没有跟女人多说过话，也没有母亲可谈，但是对于这工作不甚公平而拒绝执行拆除要求,不愿做"软柿子"的愤慨与公权力造成的惶然始终折磨着他们,甚至一度想要拿宠物作礼,求得领导的照顾——无论如何,最无反抗能力的动物们总是人类的筹码,就像在这貌似现代的小区里,动物们所喜爱的田园风光与清新气味,从来不曾被认真对待。但须一瓜偏偏饶有兴致地让这群宠物来充当叙事者,以一种天真的口吻营造情感距离,令那些激烈的外在矛盾和内心纠结,都在从人类的眼光看来一定言不及义的叙述里得到淡化。因此,当最后姥爷像螺丝刀一样从高空坠下,的确足以令人心悸。但由于这一突兀转折的结尾出于人物的自觉选择,读者就不得不在震惊之余回忆与思考,整个过程中,在这个坏脾气的老人内心深处,到底发生了什么:从一个气味芳馨的所在搬到这个被宠物们公认为臭气熏天的新家,老人的心理是否也有微妙的变化? 物业和城管的咄咄逼人固然让人感到一种身陷网格之中的压迫,他们和有些业主的利益交换是否更让这位教育局前科长倍感心理失衡? 那把从天而降的螺丝刀除了刺伤姥爷的身体,是否也对他的精神造成了巨大打击? 更重要的是,老伴的猝然去世,将他一个人零余在这不时会送来整改通知单或法院裁决书的世界上,是否早已让他感到了无生趣? 在此意义上,须一瓜选择采用动物的视角绝非只是为了追求叙述趣味:在出于种种原因不能彼此理解的内心世界,谁不是像这些动物一样,有着一肚子话想要诉说? 谁又不是像这些动物一样,早已失去家园,却又在钢筋水泥的危险世界里手无寸铁?"和螺丝刀不一样的是,姥爷谁也没扎到,只是砸到了已经被放倒的秋千架。"须一瓜在这里借宠物狗大卫之口说出的俏皮话实则异常沉痛,一把螺丝刀就可以伤害甚至杀死一位老人，可是一个老迈生命的暴烈死亡却什么都改变不了。因此小说又何尝真是在这里便结束了？老人去世之后，宠物是否还要被带走？违建是否还要被拆除？姥爷纵身一跃激荡的余波因此不只是关乎他个人，更回应了小说中对社会治理与现代化进程的种种质询。

类似这样的死亡在须一瓜的小说里屡见不鲜。或许真是因为做政法记者见过太多的死亡事件，须一瓜常常让她的人物在小说结尾时断然结束自己的生命，《有人来了》里的姥爷死掉了，那篇著名的《穿过欲望的洒水车》里，和欢也驾驶着她那辆洒水车像翼龙一样从跨海大桥上飞出去，那死亡居然还伴着音乐与水花，在炫目的画面里有一种相当反差的抒情意味——这实在算得上是一个狠心的作者。从小说效果的角度而言，这当然可以理解：死亡是结束一个故事的最好方式，对于个体生命而言，还有什么比死亡更绝望，更能够颠覆结尾之前的所有叙述的呢？但须一瓜似乎并不是这么简单地处理死亡，更不是这么粗糙地对待小说。《雨把烟打湿了》是一个很好的例证。在小说开篇，须一瓜便明白无误地告诉我们：蔡水清对杀人罪行供认不讳，而且毫无上诉意愿。因而小说结尾蔡水清伏法，乃是意料之中。构成悬念的不是蔡水清的死亡，而是他何以如此从容赴死。在这里，死亡并非突兀到来的转折，而是弥散在整个叙述中，弥散在蔡水清提前结束的一生中。我们因此得以重新思考，这个出身农村，对妻子和她的知识名门家庭满怀高度隐忍之爱意的拔尖人才，究竟是以怎样坚韧的态度来扭曲自己的人生。也因此得以重新体会，当他在妻子一家面前长久遮蔽自己的故乡，当他不得不提前将难得来探亲小住的母亲送回老家,内心里一层层结下了怎样斑驳的老茧。看似完全不可理解的突然行凶,与行凶之后淡然甚至是欣然的反应,只有在这样的回顾中才能得到解释。因而在这篇小说里,重要的甚至不是杀人这一事实,而是蔡水清长久的自我压抑与改造,以及造成其扭曲人生的城乡差异的社会结构与渴求成功的意识形态。其实从文本看来,死亡本就不是小说的终结,真正的结尾是蔡水清被判定死亡的那个特殊时刻,是他临死之前想要搞明白的两个词:骊歌与丁忧。须一瓜用如此轻巧的方式结束了这篇始终笼罩在死亡阴云中的小说,让死亡的内涵变得愈加复杂。那至少会提醒我们:在母亲故世时回到多年睽违的故乡放声大哭的时候,蔡水清是否已经告别了什么?在那一刻,他的一部分是否已然死亡?或许他长久压抑,未能实施的丁忧,只有以那么暴烈和决绝的方式才能够真正开启吧。

这样轻巧的结尾方式,在须一瓜的中短篇写作中是习见手法。和欧·亨利不同,须一瓜的很多结尾不是钝重的一击,而是像《雨把烟打湿了》里的"骊歌"和"丁忧"一样,手指轻轻拨动,就撬动了整篇小说,将叙事导向某种复杂的、难以言说的旨趣。较之突兀转折,这才是须一瓜结尾更为本质的特征:结尾不是为了制造戏剧效果,使情节完整,而是为了使人物面目更为丰富。《海瓜子,薄壳儿的海瓜子》讲述了一个简单到有如寓言的故事:一对相依为命的父子因为儿媳产生了不可调和的龃龉。尽管须一瓜已尽量避免直接说出父亲的所作所为,但小说已表述得足够清楚,这位鳏居多年的老人的确耐不住长年累月的欲望折磨,做出了偷看儿媳洗澡的不伦行径。而后发生的事情似乎顺理成章，却也足够让人不安：儿子阿青对父亲拳脚相加并持续施以精神虐待；但多年的父子情深显然不可能因此便荡然无存，当沉默多日的父亲突然有一天深夜不归，阿青那种粗暴至极的寻找完全暴露了他愤懑、焦虑、悔恨、惶惑相交织的复杂情感。因而，阿青那么蛮不讲理地指责妻子晚娥有悖妇道，一定在某种程度上主动勾引或至少迎合了父亲，哪里真是怀疑这个可怜的女人？那大概只是因为在阿青内心深处，隐隐希望能够借此来减轻父亲的罪责。须一瓜有意遮蔽了阿青的心理活动，让我们只看到一个暴怒的儿子与丈夫，但晚娥的所思所想其实在相当程度上代表了阿青：她惧怕公公，厌恶公公，同时也无法对公公的忠厚与勤快视而不见；当看到阿青对父亲施以暴行时，她内心感到极为愧疚。阿青的行为与晚娥的心理被正面书写，构成小说的表层，但是在这两个人物背后，那个肇事者父亲始终是沉默的。他的行动谨小慎微，内心从未吐露。但小说结尾不出所料地将这一人物形象照亮：父亲更加沉默了，在自己的家里总像是有意躲着什么，甚至也不再和阿青、晚娥一起吃饭；但他依然做事，依然没忘记在院子里铺晒上两百个又大又净的丝瓜囊，没忘记他要为儿子儿媳，以及即将出生的孙辈，做一床"席梦思"。再一次，须一瓜轻巧的结尾令人感慨万千，不伦的情欲和慈祥的温情共同缠绕在那个在院中劳作的父亲身上，让小说逃离了一般的乡间野闻，成为富有人性深度的作品。

如果说，"欧·亨利式的结尾"有如当头一棒，让读者于错愕中警悟结尾到来之前那种语调平淡的叙述下所隐藏的命运感和时代性，使小说主题陡然清晰；"须一瓜式的结尾"则正好相反，她的目的不是让小说更加明白,而是让小说更加暧昧。这种暧昧让《有人来了》里的姥爷、《雨把烟打湿了》里的蔡水清、《海瓜子,薄壳儿的海瓜子》里的父亲等诸多形象变得立体而饱满,让读者难以简单地怜惜或控诉。而借助人物的复杂性,小说所涉及的社会议题,也因此无法简单地以是非曲直来加以衡量判断。《二百四十个月的一生》在结尾到来之前,可以算是一个义愤填膺的底层叙事。那个有钱有势的聂总,在撞死一个毫无过错的路人之后,凭什么只需要支付二十万元就可以息事宁人,依旧高朋满座,夜夜笙歌?他们是否知道,因为他们的一点任性和疏忽,事实上是断送了两条人命,毁掉了一个家庭?而又凭什么,乡下人的性命要比城里人的性命至少便宜八万块钱?阶层的差异,城乡的对望,因此同时聚焦在鹅洁用以窥探聂总家庭生活的望远镜片里,而在视线两端,那种"朱门酒肉臭,路有冻死骨"的强烈对比也因而格外令人感慨。但是小说结尾,女主人公有意无意地充当了一起入室盗窃杀人案的帮凶,并因此深感焦虑,又使小说在公共治理的层面上,对二元对立式的社会矛盾有了更为深入的思考。《西风的话》讲述一个扑朔迷离的杀人事件,在凤凰岛邻居们众口铄金的传言里,我猜读者已大多倾向于相信,那个曾经见义勇为的好保安的确谋杀了自己情同父子的忘年之交。尽管在这谋杀背后,或许还隐藏着一个令人瞠目结舌的乱伦情事,但无论如何,谋杀就是谋杀。然而小说结尾时,岛民们纷纷反悔,将此前的证词尽数推翻,令案件真相再度陷入迷雾之中。我们当然可以认为,须一瓜以如此手法讲述了人心之幽昧,那些从未说出真相的话语在制造谣言的快感中使《西风的话》成为一篇充满不确定性的先锋小说;但我倒宁愿相信，岛民们此前的供述其实基本可靠，结尾的反转并非出自他们为法律负责的谨慎态度，而恰恰是因为世俗道德的是非判断与人性当中暗藏的温情抗拒了冰冷的法律。更值得一提的是《鸽子飞翔在眼睛深处》。这篇小说讲述的同样是一桩入室盗窃案（未遂），却不仅仅关乎阶层与城乡，更是引出更富有历史感的庄严议题。一对男贼女贼机缘巧合地与一位1941年便参加东江人民抗日游击队的老太婆建立起友谊，尽管男贼一度只是为了偷出那柄值钱的青铜古刀而刻意接近老太婆，尽管女贼自始至终都跟老太婆关系不睦。但是长久相处的情感，尤其是老太婆那些革命往事的感染，令这两个职业窃贼在发现老太婆死亡的时候，都沉浸在深沉诚挚的悲痛当中，完全忘记了要趁机取走那柄古刀，忘记了他们的初衷。死亡仍然不构成这篇小说的结尾，我以为真正的结尾是粽子得知老太婆在跟女儿的通话里，始终将他描述为一位社区敬老志愿者的那一刻。为什么明明已经知道粽子是一个惯偷，仍要用这样的身份来欺瞒自己的亲人？仅仅是出于对粽子的信任，或仅仅是为了让女儿放心吗？那么为什么要强调粽子刚刚大学毕业呢？这不能不让我们想到老太婆在得知粽子家庭状况与成长经历时那种惊诧的反应。这位为人民幸福而奋斗了终生的老干部，是不是对于至今还有人会因家境贫寒而无法继续学业感到不可思议？更何况这个年轻人并非成绩不好，而是因为被教育部门调包而无法升学，才不得不因职业高中昂贵的费用被迫辍学，更进而走上犯罪道路。在讲述她的那些浴血往事时，面对这样一个青年，老太婆的心里作何感想？当得知粽子在派发广告之余也会偷些东西的时候，老太婆又怎能不为他做证，让他免于法律的制裁？在粽子因老太婆的介绍而被她的女儿反复感谢之后，小说其实还有最后一节。那一节已经和老太婆无关，讲的是因窃刀不成而互相埋怨以至于绝交的粽子和么么九如何重归于好。我将之视为小说在结束之后依然回响的背景音乐，那两段几米漫画的配文是那么伤感，唱尽了关于放弃与失去的悲哀，当中有一种强烈的错位与空虚感，似乎正与那老太婆的执拗与温情有关。

有论者早已关注到须一瓜小说中的温情，只是对此持有保留的态度："那种温柔我虽然愿意把它看作写作者对生活本身的善意，却也不得不指出它同时也是须一瓜在更荒诞和更残酷的人生图景面前的一种犹疑。她的温和的怀疑主义使她不断地在阴郁的绝望之门前徘徊，而不愿意深入，这构成她对特定的叙述方式的迷恋。作为一个有追求的写作者，须一瓜需要走出这种迷恋，只要这种追求仍然是直指人心，她也许就必须深入存在于心灵绝望的深处，在那里能够触摸到最为深刻的残酷的温柔。"[①] 但是，为什么只有绝对的才是深刻的？善意和犹疑是否同样甚至更加能够洞悉人生图景的秘密？前文已述，须一瓜已经可算是一个足够狠心的作者，作为政法记者，她对于血、恶、荒诞与偶然大概司空见惯，即便从小说里那些足够极致的情节亦可以看出，她的温柔绝不会是因为怯懦，而是因为对武断立场的警惕与反感。这是一种出自智性理解的温情，是看遍了世间百态，因而对任何一种理所当然且扬扬自得的断语，都保留一份怀疑。即便那种断语因为是从弱者的声带里发出而先天具有某种

[①] 毛丹武：《须一瓜小说简论》，《当代作家评论》2005年第3期。

道德优先性，须一瓜都愿意尝试着再听一听另外的声音。这不是说须一瓜的温情出于某种宽容的品质，毋宁说是因为她对于人的有限性有着至为深刻的认识。《淡绿色的月亮》大概是须一瓜最受关注的中短篇作品①，小说女主人公芥子因为一场突发的入室劫案，对自己的丈夫产生了不可逆转的情感变化。这个始终过着优渥生活的女子，安全感遭到彻底破坏。那种安全感来自宽敞明亮的房子、手脚麻利的保姆、令人踏实的社会治安，而对芥子来说尤为核心的，是她高大健壮的丈夫。但是在那个令人惊心动魄的夜晚，这个她一向依赖的丈夫做出了或许大部分人都会认为相当理智的选择：破财消灾，尽量满足歹徒的要求，以免招致人身伤害。芥子想象中那个勇敢的、有能力保护家人的丈夫形象轰然坍塌，令她无论如何都难以释怀。她和警察谢高之间的暧昧情感，似乎也因此马上就要发生质变。但须一瓜出人意料地让谢高扮演了一个君子的角色，他几乎是现身说法，劝说芥子去理解：即便是警察也有可能在那样的时刻选择最大限度地保全，而那种因英雄梦破灭而产生的芥蒂甚至愤怒，恰恰是盲目、自私和愚蠢的。芥子显然已经被谢高说服。事实上，她不可能毁掉自己安稳的家庭，舍弃中产阶级的生活。她能做的只有让自己改变想法，和那个在外人看来都足够理想的丈夫继续美满的婚姻。她主动提出要去购买他们夫妻之间小小情趣游戏的用具，便足以说明她认识上的变化。但是，当他们真正赤裸相见，像此前无数个夜

---

① "最受关注"云云自然不够严谨，这主要是依据评论文章作出的判断。截至 2021 年 9 月 19 日，中国知网（https://www.cnki.net）上针对须一瓜单篇中短篇小说的评论，关于《淡绿色的月亮》的有 8 篇，其余《西风的话》《雨把烟打湿了》《穿过欲望的洒水车》等不过 1 篇而已。

晚那样，熟练地操作那曾经不知多少次让他们兴奋不已的游戏时，芥子身体的木然和欲望的迟钝，终究无法欺骗自己的理智，也无法欺骗桥北。有论者将桥北说成"卑弱胆怯""懦弱自私"的，甚至据此指出芥子和桥北"表面浪漫美好的夫妻关系"其实有着丑陋的核心①。其实大可不必。既然须一瓜有意将谢高这一人物放置在他们夫妻之间，既然她特意让谢高讲出那个在"完满正义"与"有限正义"②之间断难抉择的故事，她就不是要指责或肯定任何一方。在这篇小说以及几乎她的所有小说当中，须一瓜都无意进行评判，也绝非只是表达困惑——她根本就不困惑，她只是在对人的理智、情感与本能充分了解之后，有着至为同情的无奈。这才是须一瓜的结尾总是难免温情，又总是难免犹疑的原因：她实在是太通透了。

三、须一瓜式的结尾及其价值

有足够的戏剧效果，但并非以制造戏剧效果为目的；可以给人以致命重击，却更擅长"四两拨千斤"的轻盈；较之斩钉截铁的叙事，更倾向于暧昧复杂的认知；而那些暧昧之处不是因为糊涂，恰恰是出于理智，因而既能造成无穷的余味，又能让人一再地恍然大悟——这就是我所谓"须一瓜式的结尾"。这样的结尾不仅仅是一种小说技

---

① 参见陈彦《对女性理想主义价值观的重审——读须一瓜小说〈淡绿色的月亮〉》，《当代文坛》2004年第1期；温彩云《须一瓜小说：复调的艺术》，《当代作家评论》2011年第6期。
② 参见张佳滢《幻想的崩溃与正义的思索——须一瓜小说〈淡绿色的月亮〉主题再探讨》，《新纪实》2021年第13期。

术,更表达了作者对于外在世界和小说艺术的深层认知。

几乎所有论者都一定会注意到须一瓜的职业,并发现须一瓜小说的某些特色与之不无关系:"她的创作几乎无一例外以那些她作为记者而熟悉的案例故事作为蓝本,罪犯、警察、律师、法官、记者在她的故事里频频出没。"[1]而须一瓜之所以有可能在城市书写还是文学领域中"相对空旷的地带"[2]时,就写出那么精彩的城市生活,当然也与此相关。她的职业让她成为一个合法且专业的城市漫游者,不仅看到了城市的外在景观,也有能力深入城市的内在肌理。因此她才可以在那些鸡毛蒜皮的所谓"日常生活"之外,写出极为丰富多元、令人震惊的异质性故事。

但是过分强调须一瓜的职业,也会让人产生一种错觉,以为须一瓜乃是依靠她独家掌握的那些都市传奇来进行的一种奇观化的写作。这样的错觉,既是对须一瓜的误解,也是对小说艺术中何谓"奇观"的误解。历史地看,小说这一文体的勃兴似乎与商品经济的繁荣、城市的发展不无关系。急剧增加的人口与空前蓬勃的商业,造成了前所未有的频繁的人际交往,较之稳定的农业社会,杂闻传奇自然层出不穷。但是如果只是为了记录下这些杂闻传奇,小说便完全不需要发展出今天这样繁复精巧的技术。仅仅呈现世态表象的小说不成其为现代小说。不应忽略的是,在社会结构日益交叠增生的过程中,人以及人对世界的认识,也随之发生变化。一切情感都被更新,一切价值都被重估:人们一方面变得漠然、迟钝,另一方面又

---

[1] 毛丹武:《须一瓜小说简论》,《当代作家评论》2005年第3期。
[2] 李敬泽:《须一瓜:尾条新闻,头条小说》,《中华读书报》2003年7月9日。

格外敏感与脆弱；人们的价值立场与意义判断一方面高度撕裂，一方面我们又发现，二元对立的双方其实在某种意义上不过是同一枚硬币的两面而已。发生在精神世界的这些变化，同样也是一种奇观，而且恰恰是小说更应该着意关注的奇观。借用李敬泽的表述，对于小说而言，重要的不是事件的奇观，重要的乃是"意义的奇观"。①须一瓜小说的价值并不在于她写出了那些平常人所不知道的刑事案件，而在于她在这些孤立的、作为事件的奇观背后，看到了系统的、作为意义的奇观。因此她笔下几乎每一桩具体事件，在意义的层面都可以横向地从城市延伸到乡村，涉及各个社会阶层；纵向地从当下上溯到革命年代，乃至更古老的历史深处。而这样作为奇观的小说之所以能够在两三万字的篇幅里得以成立，以极为轻盈的笔法充分呈现其内在的丰富性，正是"须一瓜式的结尾"之功劳。

（原发表于《文艺争鸣》2021年第12期）

---

① 李敬泽：《须一瓜：尾条新闻，头条小说》，《中华读书报》2003年7月9日。

辑二
穿过交叉的小径:文体的边界

模式的限度与细节的突围

——对《人民的名义》的文本分析

2017年1月，周梅森出版他的第十部长篇政治小说《人民的名义》；3月28日，由周梅森亲自担任编剧的同名电视剧在湖南卫视首播，经过清明小假期的酝酿，迅速受到广泛关注，成为2017年无可置疑的"现象级"作品。巨大的影响力引致海量评论，而在信息时代，这些评论大多由受众在互联网上以碎片方式发表，以至于很难进行整理和综述。不过大致而言，非专业受众的关注点当然大多在故事内容与现实的关系层面，就此提出了很多有趣的问题，譬如：一座美食城至不至于污染一大片天然湖泊，以至于非要关闭不可？① 或是：隶属于检察系统的反贪局究竟有没有权力实施抓捕？② 更有大量评论者表现出惊人的分析能力，敏锐指出故事的主角侯亮平显然背景深厚，和农家出身的反面角色祁同伟形成鲜明对比，由此引发出对故

---

① 参见《赵瑞龙的美食城怎么影响环保了，食品也污染？》，https://wap.kdslife.com/t_9476059.html。
② 参见王玉琴《侯亮平不是检察官吗？怎么像警察？》，http://www.lxlvshi.com/article/62.html；八爪小怪物《最帅检察官侯亮平的权利范围》，https://baijiahao.baidu.com/s?id=1564952204237425&wfr=spider&for=pc。

事的别样解读。①这在相当程度上已经溢出作品内容,而更多是基于现实处境的借题发挥,自浇块垒了。

  本文所要讨论的不是电视剧,而是小说《人民的名义》。当然,由于电视剧和小说之间尽管有所差异,但主线情节与人物设置基本一致,所以以上来自互联网的有趣讨论,理应也成为本文的前提。但是恰恰这些讨论让我感到有必要远离某种经验主义的泥淖:现实的可还原性对于一部虚构作品而言永远是相对的,且在细节的层面上难以穷尽;值得关注的仍是一部作品是否构成内在的说服力——即便侯亮平并不具备执法权,也并不影响在情节需要时作者让他驱车前往高速公路拦截嫌犯,毕竟在看《战狼2》的时候,谁也不会去追问一个退伍的特种兵会不会神勇到那种地步。另外,就《人民的名义》所涉及的宏阔社会问题发言显然并非一篇文学研究文章的责任,更非文学研究之所长,因此本文的讨论尽量关闭在小说的文本之内,通过对叙事的分析去理解周梅森究竟在这部小说中传达了怎样的意见。而这也是我选择小说而非电视剧作为讨论对象的原因。同时既为作家也做编剧,周梅森对于影视和小说的差异认识得非常清楚,在某次访谈中,他说:"做影视与写小说是不一样的,影视是一种集体的劳动,也是一种以资本为核心的经济活动。资本的趋利属性决定了资本在影视创作中是以利润为导向的。这么一来,艺术与资本就会在审美意识的认知上发生矛盾冲突……艺术家理所当然要捍卫自己的艺术理想,资本所有者肯定要千方百计收回投资,并谋取利润,角度不一样,对

---

① 此类讨论甚多,不胜枚举,以"侯亮平"和"背景"为关键词,在百度搜索上可以得到6万多条结果。

作品的拍摄要求也就不可能一样了。"①小说创作因为对资本的低依赖性,更有可能真实完整地表述作者意图;而可以潜入人物内心的叙述自由,也使小说可能抵达影视作品远不能抵达的深处。因而有理由相信,周梅森关于反腐这一问题的思考,在小说当中得到了更为完整的表达。而借由对小说的文本分析,也许本文可以证明,观众或读者的诸多评论,看似离题万里,实则可能正是题中应有之意。因而有关《人民的名义》的质疑或赞誉,大概也都在周梅森的意料之中。

颇具匠心的精巧叙述:叙述的两个层面及其有效配合

　　《人民的名义》能够获得如此巨大的社会反响,诚然一定程度得益于当前的反腐力度与新兴媒介的普及,但根本上还是因为,这确实是一部精心打造的佳作。反腐题材的作品并不好写,存在着某种天然的内在矛盾。有论者曾指出,二十世纪九十年代以来一批以党员领导干部为题材的长篇小说如何归类是一个难题:应该将之视为官场小说,还是反腐小说? 显然,同样写官场,同样也涉及腐败现象,张平、陆天明、周梅森的创作和王跃文、刘震云、阎真的创作就截然不同。邵国义认为,若不对反腐小说和官场小说加以区分,则对具体作品的评价将因标准不一而产生混乱。然而究竟该如何区分,文章却终究也未能给出明确结论。②这其实恰恰说明了反腐小说的难

---

① 高小立:《周梅森偏从大处"说"》,《文艺报》2003年11月6日。
② 参见邵国义《两个纠缠不清的命题:反腐小说和官场小说》,《社会科学家》2005年第6期。

度：一部小说以官场腐败为题材，就必然涉及两个层面，一是官场百态，二是打击腐败。前者要写好，需要对所谓官场的微观权力结构有体贴入微的描摹，这近于中国传统世情小说的要求；而后者要写好，需要的是跌宕起伏的情节和逻辑推动力，这又近于侦探小说的要求。对于《人民的名义》这样侧重反腐的小说而言，打击腐败当然是小说最强有力的主音，叙述的最终目标是腐败分子落网，因而整个叙述必然依照一个逻辑清晰、方向明确的反腐主线展开；但是这条主线只是叙述的骨架，它还要穿过错综复杂而富有质感的官场生态，大量的细节构成血肉，丰富它，使它免于概念化。——但同时又不能淹没它，如果过分沉溺于细节炫示，就可能模糊反腐主题，甚至沦为某种趣味可疑的官场指南。

因而《人民的名义》当然也有一条方向明确的反腐主线：赵德汉案发，咬出丁义珍 — 丁义珍出逃，陈海车祸，线索中断 — 大风厂风波，蔡成功举报欧阳菁，新线索出现 — 侯亮平调任，欧阳菁归案 — 审讯欧阳菁，确认为个案，主线遭遇挫折 — 侯亮平赵东来会师，新线索出现 — 陈清泉归案，祁同伟浮出水面 — 刘庆祝死因核查，山水集团浮出水面 — 刘新建落网，赵瑞龙浮出水面 — 侯亮平遭陷，高育良浮出水面 — 刘新建交代，腐败分子各有终局。依照这条有如侦探小说叙事结构的情节主线，故事呈现出邪不胜正的经典模式，人物也面目清晰地可以被归类为正面人物或反面人物：侯亮平、陈海、季昌明、沙瑞金等推动反腐者当然是正面人物；而高小琴、祁同伟、赵瑞龙、高育良、赵立春等腐败分子当然是反面人物。但是小说所讲述的当然不仅仅是这些，甚至我们会发现，像大风厂"九一六"事件、吕州美食城争端这样的重要情节都完全可以从这根链条中剔除。围绕这反腐主线，由丰富的细节共同织成的叙事之网，以及这张网密实紧致与否，才是体现周梅森叙事的用心之处。

侦探小说的难度在于，谜团终将解开，但是谜团必须缓慢地解开。因而必须先有迷雾蔽日，才有拨云见日。而《人民的名义》中延宕结局到来的最大悬念在于：队伍里当然有坏人，但坏人究竟是谁？是老谋深算、极富所谓政治智慧的省委副书记、政法委书记高育良，还是改革闯将、素来以强势著称的省委常委、京州市委书记李达康？在小说开篇为抓捕丁义珍而紧急召开的会议上，这两个人物就被周梅森摆在读者面前，构成悬念的开端。而为了模糊真相，小说在超过一半的篇幅里，对于二者的评判都是模棱两可的，甚至有意将疑点更多指向李达康——李达康确实太适合扮演一个坏人的角色了，周梅森在《至高利益》中就对单纯汲汲于政绩工程的官员有所抨击，更何况喊出"法无禁止即自由"口号的李达康确实有点为了 GDP 不择手段的意思。——因而小说共计384页，直到156页都在抓捕李达康的夫人／前妻欧阳菁，而后审讯欧阳菁审到了221页，终于发现欧阳菁的收受贿赂其实只是个案，完全不是主线案件的关键环节。

而如此延宕结局的难度在于，在很长的篇幅中，周梅森必须以某种"反讽"的手法来进行叙述：他所写的，和他所心知肚明的并不一致。为了让读者不至于立刻在高育良和李达康之间辨识出谁是真正的坏人，甚至为了扰乱视线，周梅森必须将李达康写得更像一个坏人，而高育良更加可靠一些；但是当谜底揭穿的时候，二者此前的表现，又必须完全符合其真实的角色定位，符合性格逻辑的统一性。正是在这一点上，周梅森表现出如世情小说般精微的笔法，将琐碎而丰富的细节，和清晰明确的主线有机地配合起来。

将疑点归于李达康的努力，从他的第一次出场就开始了。高育良紧急召集的会议，正是讨论是否以及如何配合最高检反贪局控制丁义珍。丁义珍是京州市副市长，更是李达康的左膀右臂，连李达康都承认，"有些工作呢，说起来是我挂帅，具体都是丁义珍抓！"这就让李达康天然陷入被动境地。更何况他在会上的表现也十足令人生疑：他"苦着脸"，表现出"绝不会轻易把丁义珍交出去"的态度，后来又坚持按照祁同伟的建议，请省纪委先将丁义珍双规起来，以争夺办案的主动权，力图将对丁义珍的处置牢牢控制在本省以内。而高育良尽管态度暧昧，打了一圈太极，但几经周章，意见仍旧是和李达康针锋相对，下令立刻拘捕丁义珍，交由最高检反贪局处置。既然丁义珍已然确定腐败，则保他的人和抓他的人，谁是好人谁是坏人，岂非一目了然？但是当然，周梅森很快就给出了解释：李达康的恼怒与焦虑并非因为和丁义珍有什么利益瓜葛，而是担心丁义珍具体负责的光明湖项目招商引资因此受到影响；而高育良此时并不清楚祁同伟和丁义珍有多深的牵连，当然乐于遵照沙瑞金的指示配合最高检工作，顺带还可以给自己的政治对手李达康一点难堪。周梅森在反腐主线之外，以细节编织而成的是一个多层次、多中心的关系网络，每个人物都同时身处不同的网络当中——李达康和高育良固然牵涉反腐主线当中，但同时他们有自己的工作职责，有自己的家庭生活，也有自己的派系势力——不同层面利益的考量很可能导致人物作出相类似的反应，若先入为主地单纯以反腐主线的逻辑加以判断，自然容易造成误解。

当然在这第一次会议的暗流涌动中，值得关注的还有祁同伟，这个在反腐主线中最为活跃的反面人物：会上，正是本不应参会的祁同伟主动给李达康出主意，让省纪委参与争夺丁义珍案的主动权。这一突兀的行为当然足以令读者起疑，但小说立刻给出了一个合理解释："陈海明白祁同伟的心思，这位公安厅厅长要上台阶，眼睛瞄着副省长，恩师高育良已经向省委推荐了，常委李达康的一票很关键，祁同伟当然要顺着李达康的意思来。"[1] 有趣的是，这里周梅森是特意以陈海的心理活动来分析祁同伟的动机。《人民的名义》以第三人称全知视角叙述，因而可以自由出入人物的内心世界，前文已述，也正因为此，它较之影视更能抵达灵魂深处。一般而言，内心活动当然较之人物的外在言行更加值得信赖，但周梅森却恰恰利用这样的心理惯性，一再利用内心活动制造迷阵。在这次会议结束之后，高育良非常严肃地思考究竟是谁给丁义珍通风报信，而李达康也相当焦虑地担忧自己会不会因丁义珍而遭受怀疑，读者难免因此而更加确定高育良绝无私心，而李达康的屁股则大概确实不干净。对叙事者的信任感很容易让读者忽略，由于主观上人格的复杂和客观上信息的缺失，人物对自己所说的话同样可能是虚伪或错误的。而在此，读者同样轻易地因为对正面人物陈海的信任，认可了他对

---

[1] 周梅森：《人民的名义》，北京十月文艺出版社2017年版，第11页。

于祁同伟动机的判断，这使得在很长一段时间里，尽管祁同伟的所作所为令人疑窦丛生，却都有了另外一个足够作为掩护的理由，成功地延宕了真相的揭晓。

而小说格外精妙之处在于，恰恰就是在给祁同伟以掩护的同时，作者又提供了另外的细节，足以暗示祁同伟和丁义珍案的关系远不像表面看起来那么简单：当李达康提出，突然抓捕丁义珍有可能造成京州投资商大面积出逃，影响光明湖项目时，祁同伟立刻附和："是啊是啊，丁义珍可是京州光明湖项目的总指挥啊，手上掌握着一个四百八十亿的大项目呢……"① 祁同伟是省公安厅长，关注范围不限于京州一地，而其工作又基本和经济关系不大，何以能够如此准确地说出光明湖项目涉及的金额？——此前在陈海的心理活动中，也只能够模糊地讲丁义珍"现任光明湖改造项目总指挥，管着几百亿资产"而已。② 我相信对这一细节的分析绝非过度阐释，是因为周梅森在叙事中的确表现出了对细节过人的处理能力，哪怕最微小的细节都没有被他轻易放过。在与李达康离婚之前，欧阳菁曾自怨自艾地回顾了自己的情感生活，关于这自怨自艾的地点，小说看似不经意地提及："王大路送的帝豪园别墅，是欧阳菁的栖身之地。"③ 单看这句话确实足够可疑：王大路为什么要送别墅给欧阳菁？李达康知情吗？这是否可以证明李达康确实也有经济腐败的事实？但在小说中这句话仅仅是作为对地点的说明，很快就被欧阳菁的幽怨不甘淹没，

---

① 周梅森：《人民的名义》，北京十月文艺出版社 2017 年版，第 13 页。
② 同上，第 11 页。
③ 同上，第 145 页。

甚至在后来的审讯中都没有人拿这栋别墅来做文章。但周梅森并没有忘记,很久之后沙瑞金突然向易学习问起别墅的事情,易学习说:"别墅欧阳菁也只是使用,房产证是王大路的。王大路还让我一家住呢,我没答应。而且,李达康是李达康,欧阳菁是欧阳菁,他俩根本不是一回事,他们的婚姻本身就是场错误。"①诚如契诃夫所说,周梅森在这部小说中挂到墙上去的每一杆猎枪,在之后的叙述当中,都在恰当的时机射出了子弹。可以说,从那根反腐主线中抖搂出来的几乎所有线头,都被周梅森小心地拾掇起来,这大概也可以算是一种"念念不忘,必有回响"。

正是在周梅森对于叙述如此强有力的控制之下,几乎所有的细节都精密周严地组织起来,它们不但没有漫漶主线的明晰,相反有效地配合了主线的节奏,构成了一种相当具有匠心的精巧叙述。而在此情况下,我们也就有理由相信,叙述当中的任何缝隙恐怕都不会是因为作者的倏忽倦怠,而应被视为一种有意构造的张力关系。

配合的缝隙:如何完成一部不可完成的小说

在《人民的名义》中,有没有和主线不相配合的细节? 当然所在多有。如前所述,其实大量重要情节,都很难说和主线有直接关系。这些细节或者貌合神离,或者昙花一现,因而并不至于模糊主线,却在主线之外生出诸多可能性,进而在相当程度上解决了我所谓"小

---

① 周梅森:《人民的名义》,北京十月文艺出版社2017年版,第211页。

说的不可完成性"。

一部小说必然是限于特定字数和篇幅,并呈现特定时间长度的封闭系统:有开头,有结尾。但是在小说结束之后,那些人物当然还将在想象的世界继续生活下去,他们更多的故事不可能为我们所知。譬如就《人民的名义》这样的反腐小说而言,小说就尤其限定在真相大白,案犯落网的主线目标之下。在这一意义上,显然世界上没有任何一部小说可以声称自己把故事讲完了。——尽管博尔赫斯曾多次幻想过不可穷尽的记忆、视角与书。不可完成性诚然是所有小说的宿命,但是对于《人民的名义》而言,这一问题似乎格外突出:在小说结束的时候,陈岩石已经故去,而陈海是否会醒来? 侯亮平会一直在H省担任反贪局长,还是功成身退回到最高检? 高育良落马之后,H省的政治生态将会发生怎样的变动? 李达康会如愿升任省长吗? 沙瑞金和他的配合会非常愉快吗? 一部主线明确的侦探小说理应将所有疑惑都定格在真相大白的时刻,英雄获得荣光,而恶徒万劫不复,并永远这样下去。但是周梅森显然无意于此,他用那些和反腐主线之间保留了相当张力空间的细节,给我们以更为复杂的暗示。

即以侯亮平为例,这位反贪局长当然是小说中无可置疑的正面角色,以至于不乏网友因其太过完美反而产生厌恶感。① 然而在小说中,周梅森真的是要把他塑造成为一位不食人间烟火,乃至于"何不食肉糜"的人吗? 侯亮平初到H省,沙瑞金和他进行任职谈话,

---

① 参见《看完〈人民的名义〉,也谈谈我为什么不喜欢侯亮平》,http://www.sohu.com/a/137624038_745988。

谈得投入慷慨,让侯亮平几度感到心热、动容,但即便在这样的场合他依然保持着另外一种敏感:"季昌明明显受了冷落,这让侯亮平隐隐不安。"①所以侯亮平何尝像他后来自己所说的那样,是"情商不高"? 在官场秩序方面,侯亮平对人心当中最细微的感受都有所顾及。当沙瑞金强调对腐败分子要依法追究,"不管他是哪个团伙,什么山头上的人"时,侯亮平立刻觉醒:"自己要注意这个问题,得把对H大学政法系老师同学的感情和工作分开,绝不能犯这种政治上的错误。"②那么和"政法系"的切割,是原则使然,还是因为"这位省委书记对H省官场的山头团伙状态已经心中有数了"? 尽管刚刚向季昌明郑重声明自己绝非"政法系",但是在最擅长于运用隐语、双关等文字艺术的场域里,"感情"和"派系"之间的关系真的判然可辩? 赵东来兴奋地告知侯亮平陈清泉成功落网时,侯亮平并没有像他的盟友那么高兴:"盟友初战告捷是好事,可他又该怎么向老师兼领导汇报呢? 这种无巧不成书的事只怕老师兼领导不会相信,必以为他和赵东来里应外合。又想到陈岩石对陈清泉的举报也是赵东来支的招,便觉得其中有蹊跷……"③这里的"里应外合",是什么之"里"? 什么之"外"呢? 侯亮平又何以对已经建立了深厚信任的盟友产生怀疑,感到蹊跷呢? 又为什么蹊跷? 是否因为赵东来是京州市公安局长,而京州市委书记李达康是高育良的政敌? 侯亮平或许确实不认为自己是政法系,但他也确实已经不由自主从高育良的角

---

① 周梅森:《人民的名义》,北京十月文艺出版社2017年版,第89页。
② 同上,第90页。
③ 同上,第199页。

度思考问题了。而陈岩石向侯亮平举报陈清泉的那一幕,或许更加耐人寻味:

> 侯亮平接过一看,材料是打印的,封面上赫然一行大字——关于H省前省委书记赵立春违法违纪十二个问题的举报材料。侯亮平愕然一惊,忙关掉实时录像,而后举着材料晃着,冲着陈岩石苦笑:陈叔叔,您是不是找错地方了?我们省反贪局可没有权限查处党和国家领导人啊!陈岩石这才发现材料拿错了,把材料要了回来,并郑重告诫说:亮平,这件事可要给我保密啊!侯亮平点了点头,劝道:不过,陈叔叔,您也悠着点,这么大岁数了,犯不上再为过去的事较真较劲!您老不是啥都想开了吗?连卖房款都捐了,去住了养老院……①

因为权限不接受对赵立春的举报,乃是理所应当;担心造成不良的政治影响,因而愕然一惊,关掉录像,也是人之常情。但何以侯亮平还要劝诫陈岩石,让他不要再较真?是因为不相信陈岩石确有实据?不要忘记,当初正是侯亮平告诫陈海,要对陈岩石的"第二人民检察院"多点理解和尊重②。那么,这位正面角色,英雄的反贪局长,真的是无法无天吗?

侯亮平以外的另外一位反贪局长,或许更值得分析。陈海几乎在案件一开始,就倒在了卡车轮下,那么,如果他没有倒下去,这个案子会怎样呢?尽管有效出场很少,但是周梅森依然给出了足够多的细节,令我们去修补陈海未能来得及演绎完的故事。在小说中

---

① 周梅森:《人民的名义》,北京十月文艺出版社2017年版,第191页。
② 同上,第96页。

的那第一次会议上,陈海几乎是一进会议室,就抱定了一个谨慎的态度:"陈海在政治上特别小心,这是因为他总结了父亲陈岩石一生的教训——老革命的父亲,省人民检察院前常务副检察长,外号'老石头',跟前任省委书记赵立春斗了大半辈子,结果离休时仍然是个厅级干部,硬是没能享受上副省级待遇。……陈海不愿意重蹈父亲的覆辙,也不愿违心处事,因而和谁都保持距离,连对老师高育良也敬而远之。但他心里得有数,心如明镜,才不会出大的差错。"①而整个会议当中,陈海的心理活动最为丰富,但所有的心理活动,实际上都在翻腾关于H省官场的人事纠葛。一个对于官场角逐如此熟稔的反贪局长,会在权力威压和工作原则之间作怎样的选择? 如果是他,会在机场收费站硬拦李达康的车吗? 估计他的回答至多也就和赵东来一样。当然,在会议后来的进程中,陈海还是挺身而出,坚持并催促对丁义珍下达抓捕的命令,但挺身而出之后是深深"沮丧懊恼":"关键时刻,修炼的火候还是差远了,说着说着就发急,露出一口小狼牙。这么一个汇报会,顶撞了常委李书记,还挨了老师高书记的批,主要领导都对你有看法,还要不要进步了?"诚然,陈海还是"本性难移,父亲给予的一腔热血总会在一定时候沸腾起来"②。但真的还是同一腔热血吗? 那么为什么对父亲关于丁义珍的举报,陈海从来没当回事,甚至不曾稍微留意;而H省如此严重的腐败窝案,陈海作为反贪局长,居然毫无察觉,倒是让北京先知道了?

---

① 周梅森:《人民的名义》,北京十月文艺出版社2017年版,第10页。
② 同上,第15页。

当然，这些细节其实并无损于侯亮平和陈海的正面形象，但至少明确向我们证明：侯亮平和陈海也并非符号化的正义化身、反腐英雄，他们同样处于小说以细节构建的多层次关系网络当中。而反腐主线因此生出枝杈，为那些未能讲完的故事提供发芽抽叶的依凭。

两个欲说还休的人物：李达康与沙瑞金

如果说在侯亮平和陈海这里，和反腐主线并不完全配合的细节，只是让人物的面目显得暧昧而又丰富；那么关于李达康和沙瑞金，那些细节可能指向周梅森所要表达的更深含义。

李达康当然是《人民的名义》中至关重要的角色，至少在小说的前半部分中，甚至主角侯亮平的笔墨也不过与之相持平。这位在反腐主线的前半部分被用作真正腐败分子替身的人物，依照一般惯例，总会伴随案情明朗而逐渐获得道德身份的颠倒。之前对他怀疑得越严重，之后对他肯定得就越厉害。至少电视剧播出之后的反响的确证实了这一惯例："在'反腐反到副国级'那自上而下的官方宣传之外，悄然出现了一场'达康书记的 GDP 我们来守护'这自下而上的民间狂欢。京州市委书记李达康这一角色忽然爆红，截图、语录和表情包全网蔓延。"① 小说中对李达康的肯定首先从沙瑞金开始。沙瑞金视察林城，对李达康当年利用采煤塌陷区建设开发区的环保意识极为赞赏。两人在潘安湖畔一边骑着自行车，一边进行的谈话，

---

① 薛静：《夹缝中的"李达康"：〈人民的名义〉如何缝合官方话语与民间逻辑》，《文艺理论与批评》2017 年第 3 期。

不但让李达康赢得了新任省委书记的好感,也赢得了读者的好感。李达康抚今追昔的那番表白何等慷慨激昂,令人振奋:"沙书记,我和林城市委一心一意谋发展,需要一定的速度,需要GDP,但绝不要落后的GDP、污染的GDP、血泪的GDP!"而随后以小说叙事者口吻补叙的部分,较之李达康的自我表白更加悲情,也更加具有说服力:"守住底线,就要牺牲自己,他由此丧失了一个上台阶的机会。那是个以GDP论英雄的年代,GDP意味着政绩,GDP下来了,你就别想上去了。于是,时任吕州市委书记的高育良进入了省委常委班子,他却在原地踏步。"①所以李达康当然不是为了政绩而追求GDP,他似乎因此而悄然摘掉了"GDP主义"的帽子。

但果真如此吗? 林城采煤塌陷区的改造和此前李达康在吕州对赵瑞龙美食城项目的拒绝,或许可以证明李达康不要落后的GDP、污染的GDP,但能否说明他不要血泪的GDP呢? 不要忘记,当孙连城向李达康报告"大风厂成了光明湖畔最硬的钉子户"时②,他是多么气急败坏;也不要忘记,大风厂之所以会发生"九一六"事件,正是源自李达康当着山水集团高小琴的面,对干部们撂狠话下指示("一周内把大风厂拆了,拆不掉,我和市委摘掉你们的乌纱帽!"③);更不要忘记,在"九一六"事件当晚,也是李达康最终下决心,听取祁同伟意见,执意连夜强拆大风厂。如果说最初李达康或许并不了解大风厂的矛盾何等严重,那么在9月16日的深夜,站

---

① 周梅森:《人民的名义》,北京十月文艺出版社2017年版,第133页。
② 同上,第38页。
③ 同上,第40页。

在大风厂的外面，面对着还未完全放松警惕的工人们，面对着还在不断从刚刚熄灭的火场抬出的伤员，面对着陈岩石的苦口婆心，他依然能硬下心、冷下脸下达指示，就必须追问：这位改革闯将，真的在意 GDP 是否沾满血泪吗？ 真的明白他是为谁在追求 GDP 吗？

尤其值得玩味的，是当李达康得知新任省委书记沙瑞金和陈岩石可能关系相当密切时，态度发生的陡然转变。他不仅立即下令停止拆迁，而且披外套、送早餐，对陈岩石极尽殷勤之能事。后来更把电视台请来，当着全市观众的面，演出了一场坚决维护工人权益的热血大戏。当在这样的演出中讲出"改革说到底是为了实现全体人民的共同富裕"时，那当真是他的心里话吗？ 他的锐意改革，殚精竭虑，是为了给党、给人民做事情，还是如欧阳菁所说，是为了自己的乌纱帽呢？ 当然，这二者之间并不存在矛盾，诚如论者所说："当高大全式的人物高喊'人民的利益就是我的利益'时，李达康则会羞涩一笑：'我的利益恰好也是人民的利益。'"[1]但是如果在整部小说叙述中，李达康几乎都没有想到过前者，而逻辑出发点都在后者，或许我们就有必要追问：李达康的利益是否真能够代表人民的利益呢？ 在小说之初那场紧张复杂的汇报会结束之后，高育良向祁同伟分析为什么李达康急于包庇丁义珍："现在刘省长快到年龄了，李达康迫切需要政绩啊！"[2]而就在几乎同时，李达康独自坐在专车里生闷气时，有着完全相同的心理活动："他李达康倒有可能在即将到龄

---

[1] 薛静：《夹缝中的"李达康"：〈人民的名义〉如何缝合官方话语与民间逻辑》，《文艺理论与批评》2017 年第 3 期。

[2] 周梅森：《人民的名义》，北京十月文艺出版社 2017 年版，第 20 页。

的刘省长退下来后继任省长。想想，这也合乎情理，他主政的省会城市京州，经他六年打造已成为逼近一线的经济强市，他又是省委常委，由此上位省长是顺理成章的事。却不料，在这微妙时刻，他手下主持光明湖项目的大将丁义珍落马。李达康怎能不痛心呢？"①显然，改革闯将李达康和他的政治宿敌、"政法系"盟主高育良，在对待问题的逻辑上是完全一致的。高育良并不是一个善于推动改革、发展经济的官员，从小说提供的信息看来，他的长处在于所谓"政治智慧"，这与李达康大相径庭；但两人的相同点在于，不同的手段都推动着他们不断获取更高的政治地位。科学健康的经济发展和城市建设，当然是符合人民利益的，但对于李达康而言那同时也是他能够屡次得到晋升的阶梯——当然这阶梯还有沙瑞金，而且当两个阶梯发生冲突的时候，李达康显然很懂得两害相权取其轻。

如此一来，我们也就不难理解，何以小说中李达康的言行与性格在不同情况下表现得那么分裂，那么富有张力——在下属孙连城和张树立面前，他是何等雷霆暴怒；而在沙瑞金面前，他又是何等和风细雨——当然，其实这也谈不上什么分裂和暴力，媚上者必然欺下，反之亦然，也是一种辩证法。因此，谁说李达康没有感情？李达康的感情是相当细腻而复杂的，以至于他能够极其理智地控制自己何时有感情，而何时没有感情。在面对"九一六"的熊熊大火和陈岩石的苦苦哀求时，李达康"压住心底的暗火，努力微笑着"，"绷起脸"，着实冷面无情；但在不久之后的省常委会上，当

---

① 周梅森：《人民的名义》，北京十月文艺出版社2017年版，第22页。

着沙瑞金的面,听陈岩石讲了些往事,李达康居然就"有了些激动"。所以尽管在小说中欧阳菁是犯了错误的,但作为李达康多年的配偶,她对李达康的评价不可不重视,她说:"你呀,太爱惜乌纱帽了!"①她还说:李达康"说起来是廉洁,其实是极端自私,是爱惜羽毛"②。我们当然深知欧阳菁的道德价值观是有问题的,她的话完全站在利己主义的立场,但依然可以提醒我们追问:一名干部,如果不是为了责任感而廉洁,而是为了乌纱帽而爱惜羽毛,是真的克己奉公吗? 那么他为了乌纱帽,会不会有意无意地干出违背人民利益的事情呢?

当然必须承认李达康确实有能力,是能任事的干部,但是如果任事的目的是模糊的,那么能否任事也就值得商榷。李达康督促修正信访办窗口之事,是小说塑造李达康爱民形象的重要情节。但奇怪的是,如此能任事的李达康,居然发了两通脾气还是没有办好这件事。这当中自然有孙连城的责任,但李达康为什么没有想起来追踪落实呢? 如果不是李达康家中保姆恰好也是上访群众,李达康又会不会了解到信访办的情况呢? 他此前居然从未踏入过信访办的大门吗? 反想丁义珍刚一出事,李达康就火烧眉毛般将孙连城找来交代光明湖项目投资之事,可想而知,在真金白银的GDP面前,李达康可不会发两通脾气就一走了事,更不会不反复督促落实。信访办的窗口没改好,李达康倒是积极督促赵东来展开了对山水集团的调查,直接导致了陈清泉的落马。当李达康怒气冲冲走进赵东来的办

---

① 周梅森:《人民的名义》,北京十月文艺出版社2017年版,第114页。
② 同上,第220页。

公室时,赵东来深感愕然:"李书记,您怎么来了?"①这意味着公安局的工作显然也不是李达康平时所关心的,而此时为什么关心? 因为侯亮平刚刚从他的专车上带走了欧阳菁。李达康对赵东来说:"欧阳菁的问题归欧阳菁,但是无论欧阳菁有多大的问题,都不能掩盖丁义珍和另外一些人的问题。你给我盯住山水集团的那个山水度假村! 据市纪委的同志告诉我,丁义珍过去常往那里跑,那个也许姓汪的厅长现在还往那里跑呢! 请问,他们都是怎么回事? 仅是吃吃喝喝吗?"②祁同伟始终将陈清泉因扫黄被捕,视为李达康在搞派系报复,真的没有道理吗? 政治作秀、揣测上意、党同伐异,当然也包括殚精竭虑搞经济,这些大概都是李达康的特点。它们有些是符合人民利益的,有些和人民利益毫无关系,甚至有损于人民利益,但它们只有一个共同点,那就是都对李达康的乌纱帽有好处。

当然李达康最大的特点,仍是强势和跋扈。诚如沙瑞金所说,"丁义珍出了事,你这个一把手首先想到的不是自省自查,照照自己的不足和责任,而是训人骂人,把人家市纪委书记张树立狠批了一通",正是表明"权力习惯了不受监督,非常危险!"③——发生在小说第三章的这一幕,临近小说结尾又被提及,再次证明周梅森对自己笔下的细节何曾稍有或忘? —— 欧阳菁被侯亮平当着自己的面带走之后,他暴怒不已,立刻向省检察长季昌明打电话兴师问罪,如果不是早已习惯了以权压法,何以有这样的反应? 当一名一定级

---

① 周梅森:《人民的名义》,北京十月文艺出版社 2017 年版,第 170 页。
② 同上,第 171 页。
③ 同上,第 329 页。

别的领导干部，跋扈到这种程度，就不再是个人性格问题了，而一定关系到组织的健康运转：李达康手下的三员大将丁义珍、孙连城和孙树立，要么贪赃枉法，要么尸位素餐，难道只是偶然吗？

丁义珍、孙连城、张树立如此，李达康将会怎样？或许小说对他的结局并非没有暗示。沙瑞金曾特意找李达康谈话，提醒他注意工作方法的问题，并进而围绕权力监督问题作了深入交流，以向他解释易学习调任京州纪委书记的人事安排。而易学习赴任之前，纪委书记田国富也对他殷切嘱咐："这位同志（李达康）很有能力，历史上有很大贡献，谁都不想看他中箭落马，但权力继续不受监督，谁敢保证李达康以后不栽跟斗呢？你易学习责任重大啊。"④ 但易学习能扛起这个责任吗？易学习到任后，由于李达康一再推托，专题研究纪检监察工作的常委会迟迟开不起来：李达康的任何一样工作似乎都比这个会重要，甚至他宁可亲自去查几个干部的岗，也不肯开会研究下如何从根本上加强纪检监察工作。易学习追到李达康家里，不但没有说服李达康，反而让李达康派了一件不相干的工作：抓京州钢铁产业整合的烂摊子。因而易学习和李达康的最后一次交锋充满了火药味：易学习告知李达康，他那位和他"一直合作得很好"的前纪委书记张树立出了问题，"已经被中纪委请到北京喝茶去了"，而李达康居然一无所知——大概除了信访办和公安局，纪委的大门李达康也很少踏入。即便如此，李达康仍对自己的清白充满信心，强调自己从未在主观上保护任何腐败分子。易学习针锋相对地指出：正因为李达康"眼里只有经济，只

---

④ 周梅森：《人民的名义》，北京十月文艺出版社2017年版，第369—370页。

有政绩,只有 GDP",客观上已经成为腐败的保护伞。这时候的李达康"被激怒了,浑身颤抖",显然他还充满了委屈,在小说中几乎是第一次,他指出 GDP 的价值在于人民福祉:"GDP 并不是冷冰冰的数据,是一个省一个市一个地区人民群众的冷暖温饱啊! 老易啊,我日夜努力,一片真心可对天!"但是为什么,当易学习意味深长地说出"党纪国法就是天"的时候,李达康勃然大怒,拍桌子大吼起来? 李达康的愤怒,是因为感到自己不被理解,还是因为内心的隐秘被易学习无意间戳中? 那大概是李达康自己都未曾意识到的隐秘吧。一场原本理性的谈话只能不了了之,易学习在叹息声中转身离去,留下一个余怒未消的李达康,而这也是李达康在小说中的最后一次出场。①——那个逐渐淡出的背影,究竟是易学习的,还是李达康的呢?

相比李达康,沙瑞金在反腐主线中更笃定是一个正面人物。甚至可以说,沙瑞金才是小说中的那个青天大老爷,而侯亮平不过是他手中的一把利剑而已。②但是对于反腐小说中的"青天大老爷"模式,周梅森其实早有自觉的反省。在《国家公诉》中,周梅森即有意识地力图摆脱清官模式,致力于"将反腐问题引向法制方面"③,所以在《人民的名义》中,他真的信任所谓"青天大老爷"吗? 有趣的是,沙瑞金和反腐主线的人物设定不相配合的细节,几乎全都与李达康

---

① 周梅森:《人民的名义》,北京十月文艺出版社 2017 年版,第 374 页。
② 在沙瑞金和侯亮平进行任职谈话时,侯亮平有这样的心理活动:"沙瑞金破例见他,代表省委和他谈话,不仅表明对他工作的支持与期望,也许还是一种强烈的政治信号,震慑贪腐干部的信号。省委书记沙瑞金同志或许就是想让大家知道,自己手里现在有了一把叫侯亮平的利剑!"同上,第 90—91 页。
③ 江胜清:《论新世纪之交"反腐小说"创作的症结》,《文艺理论与批评》2009 年第 1 期。

有关。那是在沙瑞金视察大风厂的时候——而在此之前,沙瑞金刚刚在信访办敲打过李达康,敲打的方式与李达康敲打孙连城如出一辙,沙瑞金的形象因而和李达康的形象颇有意味地叠而为一——但是在大风厂,沙瑞金表现出和李达康完全不同的态度,作为省委书记,他显然是在更高的政治视野中看待大风厂的问题,而不会为了京州的一个什么光明湖项目牺牲党的形象。因此他大手一挥,下令撕掉封条,打开厂门,并指示:"在光明区政府没切实解决工人工作场地之前,厂房不能拆,必须保证工人们光明正大地从事生产劳动!在社会主义中国,劳动不是做贼!"① 这一形象当然与李达康在9月16日夜晚的表现构成鲜明对比,但李达康仍然敏锐地嗅到了同类的气息:"李达康站在沙瑞金身边看着,为省委书记的大义凛然鼓掌,心里却想,其实沙瑞金应让光明区法院来撕封条,而不应该用手上的权力强撕,要依法行政嘛。"②——抛开立场,就程序正义性而言,沙瑞金的大手一挥和李达康咆哮质问季昌明有什么区别呢? 当然,尽管李达康心存疑虑,但他"嘴上却说:沙书记,您眼里容不得沙子啊!"③——如前所述,李达康尽管强势,可从来不是政治上的小学生,他可没有书生气。对于沙瑞金,他向来小心陪侍,恭顺有加,察言观色,顺着话头接话。不过在另外一处与沙瑞金有关的细节中,李达康倒是冲动了一下。那是沙瑞金跟李达康讨论一把手监督问题的时候,李达康几经扭捏,还是反问了沙瑞金一句:"易学习来监督

---

① 周梅森:《人民的名义》,北京十月文艺出版社2017年版,第259页。
② 同上,第259—260页。
③ 同上,第260页。

我,谁来监督您沙书记啊?"①就李达康的一贯表现而言,这话显然突兀了。而在小说如此精巧的叙述当中,这样的突兀显然只能解释为作者的有意为之。周梅森正是要借李达康的突兀提醒读者:青天大老爷并不永远具有道德豁免权,在小说的主线完成之后,故事其实远未结束,而在小说之外的远方,沙瑞金会是什么样子,还颇可期待。

经由李达康的提醒,重读那些有关沙瑞金的细节,就会发现在周梅森的精巧编织下,沙瑞金当然也不会只是反腐主线上的一个符号性人物:除了为反腐工作提供坚强后盾和有力支持,沙瑞金这位省委书记还有很多工作要做,还有很多错综复杂的关系要处理。侯亮平强势抓捕欧阳菁之后,高育良找沙瑞金长谈,明确将李达康指为丁义珍的利益关联人,并指出最有可能向丁义珍通风报信的人正是李达康。高育良的这次汇报,既是要抢在沙瑞金对李达康产生好感之前,扰乱李达康的形象;也是要借此为祁同伟晋升副省长再做争取——简言之,正是为所谓"政法系"的小团伙利益。而沙瑞金自然也心知肚明:"高副书记老辣啊,表面上是汇报,实则是在向他宣示一种不可忽视的政治存在。……高育良抛出李达康想干啥? 是出于公心,还是趁机内斗?"其实究竟是哪种可能,或许都不那么重要,重要的是接下来的心理活动:"高育良还提出了干部人事的话题,往好处想,是善意提醒,往坏处想,是手伸得太长。一把手管干部,高育良难道不懂吗?"②显然,沙瑞金对于自己的权力范围是相当敏感的。而周梅森有意在这段情节之后,立即安排沙瑞金和组

---

① 周梅森:《人民的名义》,北京十月文艺出版社 2017 年版,第 330 页。
② 同上,第 164 页。

织部部长、纪委书记商讨干部人事问题，当然就颇可琢磨。在这次小范围谈话中，沙瑞金态度格外强硬，尤其鲜明地提出了H省干部提拔任人唯亲和小圈子的问题，谈话后半部分，更明确点了祁同伟和高育良的名。这样激烈的态度，是否和高育良刚刚向他宣示了政治存在有关？而在讨论易学习的会议上，沙瑞金的话也是耐人寻味的，他说："干部任用我们一直有明确的规章制度、选拔标准和考察办法，但长期以来没得到很好执行，为什么？因为在某些时期，组织部不是党的组织部了，成了某位一把手的组织部了！""今天我们的组织部重新成了党的组织部，才发现了易学习等一批德才兼备的好同志！"[①] 小说中当然已经有足够多暗示表明，中央委任沙瑞金到H省任职，正是为了调查赵立春，因此沙瑞金在公开会议上批评赵立春的用人问题并不值得讶异；值得讶异的是，沙瑞金如何能够用一个简单的转换，就将自己等同于党，从而让自己在会议中始终处于道德和政治的有利位置？实际上，在小说中任何一次沙瑞金参与的会议上，他都表现出超强的掌控力，那不仅仅因为他是"一把手"，更因为他极擅借力打力，顺势引导。关于如何维护和提升政治威望，稳固政治地位，这位省委书记比李达康确实高明得多了。

和李达康一样，在小说中最后一次出场时，沙瑞金的形象显得格外暧昧。侯亮平觉得沙瑞金老了："仅仅半年，沙瑞金衰老了不少。头发白了，两鬓也斑白一片，眼角的鱼尾纹明显变深了。……反腐倡廉任重道远，远没到庆祝胜利的时候；H省经济遭遇二十八年来

---

① 周梅森：《人民的名义》，北京十月文艺出版社2017年版，第235页。

的第一次增速下降,主要降速体现在沙瑞金任职后的第四季度,让海内外议论纷纷。这位省委书记难啊,领导着一个六千万人的大省,相当于欧洲一个大国,他要不疲惫而是活得轻松愉快,反倒让人奇怪了。"① 对于一位省委书记而言,小说反腐主线上的胜利可并不意味着沙瑞金的成功,他还得在关系错综复杂的班子里树立起自己的政治权威,还得为六千万人口的民生和 H 省的经济发展负责,这都涉及他的政治前途。和李达康交心的时候,沙瑞金坦承自己当年也是一个李达康:"他从县委书记到市委书记干了好多年,干什么都是干一件成一件,不想干的事谁都干不成。下面反对的声音很少,除非他们不想要乌纱帽了。"② 如今,他面临了和李达康在林城时同样的困境,他是否能够不再变回李达康呢? 不要忘记,当李达康提出"谁来监督您沙书记"的问题之后,沙瑞金并没有提供令人满意的答案。直到谈心的最后,李达康的笑容都是无奈和勉强的。

一部自知无法自洽,并对此高度自觉的小说

关于反腐题材的小说,有两种批评声音始终不绝于耳。一是正面人物远不如反面人物精彩和丰富,"在这些反腐小说中,正义力量在某种意义上只是邪恶力量的映衬。这些小说提供给读者的反腐英雄大都具有概念化、脸谱化痕迹"③。就《人民的名义》而言,至少在

---

① 周梅森:《人民的名义》,北京十月文艺出版社 2017 年版,第 382 页。
② 同上,第 329 页。
③ 黄佳能:《长篇反腐小说粗鄙化倾向透视》,《安庆师范学院学报》(社会科学版),2003 年第 5 期。

不少电视剧观众看来，祁同伟的形象要比侯亮平饱满得多。[1] 而我希望借由本文的分析证明，这样的评价是有失公允的：并非反面人物较之正面人物更为复杂，毋宁说是反面人物之复杂更易为受众所辨识，而对于正面人物，必须深入细节，详加分析。恰恰因为如此，恐怕那些正面人物要格外复杂得多，至少更多地包含了作者想要说出，其实已经说出，但却未明确说出的话。

而对此类小说的另外一种批评，在于叙事的模式化：正义永远战胜邪恶，且永远是清官主导。[2] 在《人民的名义》中，这一情况看似也同样存在："《人民的名义》的吊诡之处，在于它的根本目标是展现一个理想、有机的政权体系，而方法上却诉诸故事、令其道成肉身，于是最终呈现的反而是'规则'与'人'合二为一，作为反腐行动强大后盾的沙瑞金，成了新时代的'青天大老爷'，'法治'变为'人治'，重新回到前现代叙述之中。"[3] 说得没错，却让人不由发问：在一部小说当中，对所谓"根本目标"的表达如何能够不"道成肉身"？小说不采取"诉诸故事"的方法，又能采取什么方法呢？要求小说像政论那样去正面强攻腐败问题，恐怕是缘木求鱼，拜错菩萨了。

---

[1] 参见《为什么大家越来越同情祁同伟，却不喜欢侯亮平？》，http://news.ifeng.com/a/20170419/50964472_0.shtml；《为何越来越多的人开始同情（怜惜）祁同伟的经历？而侯亮平高高在上不接地气的性格又是怎样形成的？》，https://www.zhihu.com/question/58562806/answer/157614743，这条知乎上的问题截至2017年9月7日被浏览183万余次，关注者2936人，得到回答675条。
[2] 参见江胜清《论新世纪之交"反腐小说"创作的症结》，《文艺理论与批评》2009年第1期。
[3] 薛静：《夹缝中的"李达康"：〈人民的名义〉如何缝合官方话语与民间逻辑》，《文艺理论与批评》2017年第3期。

如前所述,周梅森本人对于反腐小说千篇一律的清官模式并非没有自觉,但是仍然无法跳出这一模式:《国家公诉》里的叶子菁不也是一个清官形象吗? 任何从事此类题材写作的作家都必然面对类型的限度,也必然要建构类似于《人民的名义》的反腐主线:题材已经决定了此类小说的根本目标就是邪不胜正的大团圆结局;而在此根本目标之下,又一定需要戏剧冲突,因此必须有挫折;在官场反腐中,情节之所以遭到挫折,必然是权力者破坏了所谓"理想、有机的政权体系"运转——诚然,理想的情况是由该政权体系自身的力量修补损伤,从而完成对秩序破坏者的惩罚。但小说是以塑造人物为核心的艺术,无论如何修补的力量必然落实在具体人物身上,而该人物则无论象征着何种体系力量,都尽可以被解读为所谓"清官"。对反腐小说清官模式的指控,因而陷入死循环,变得毫无意义。

就此而言,周梅森当然相当清楚那条黑白分明、方向明确的反腐主线是必需的;而他当然也相当清楚这条主线会将小说封闭起来,无法涵盖他关于这一问题的所有思考。于是那些歧义迭出的细节,就成为周梅森更重要的表述工具。我们也因而在这样一场精巧的叙述中,看到了细节与主线那样多的悖谬和溢出。诚然,邪不胜正的主线将侯亮平、陈海、沙瑞金甚至李达康都划到了正义的阵营;但对于因"人治"而到来的正义之未来及其稳定性,周梅森早已在叙事的缝隙中有所回应。

甚至周梅森所回应的,还远远超出"人治"与"法治"的二元对立。周梅森在临近小说结尾时,特意为侯亮平和吴老师的告别留下了空间。侯亮平向吴老师提出了一个大概很多读者都希望得到解答,但其实心里都已隐约有了答案的问题：为什么一位高级知识分子、大学教授、有尊严的现代女性，能够忍受和一个已然移情别恋离婚再娶的前夫在同个屋檐下共同生活六年之久，并且还在同事和学生们面前积极配合，扮演一对举案齐眉的恩爱夫妻？吴老师的回答非常坦诚："老高需要我做幌子，我也需要老高的权力给我带来的荣耀和便利，而且我也不想让那些一直嫉妒我的人笑话我……你可以把我看作一个精致的利己主义者！"①当论者还在纠结于以"人治"替代"法治"是否会削弱规则意识，是否不利于以健全机制体制的方式来遏制腐败时，周梅森以吴老师这一角色提出了一个新的问题：到底什么是腐败的土壤？是机制体制的不健全吗？——陈岩石时代的机制体制会比陈海、侯亮平时代更加健全吗？但是陈岩石认为他的那个时代干部要廉洁得多！②——抑或是如侯亮平所说，个人道德水准的集体滑坡？

高老师的变化涉及当下社会和人心的病态。就说我的发小蔡成功，他是个奸商，有许多毛病，但社会环境放大和发展了他的毛病，反过来，他的不法行为，又加重了社会病态。如此恶性循环，后果实在可怕！我长期从事反贪工作，抓贪官，抓来抓去，也产生了疑问：抓得完吗？当官的成贪官，经商的成奸商，小百姓见点便宜也争的争抢的抢，一旦手中有权，谁敢保证他们不是贪官？所以，必须改造有病的社会土壤！大家要从自身的病灶着手，切断个人与社会互相感染的恶性循环。③

---

① 周梅森：《人民的名义》，北京十月文艺出版社2017年版，第379页。
② 同上，第35页。
③ 同上，第380页。

侯亮平对吴老师说的这番话，令人想起冯象写于多年前的一篇文章《腐败会不会成为权利》。文章颇为缠绕，似乎不大愿意将意思讲得明白，但显然是关于外在体制与内在道德的讨论。文章说，关于今天腐败为什么成风，大家给出了很多解释，但"唯有人民对腐败的容忍、迁就乃至辩护，作为一个道德立场和伦理价值问题，研究得还不多。"冯象通过对褚时健庭审的案例分析，暗示了一个骇人听闻的观点："腐败要成为权利……就首先要贬低道德。这在法治建设（转型）中的社会，即用大写的权利贬低道德，使之多元化'分大中小而区别对待、分化瓦解、争取转变'，逼它从'问题'和'是非'之域出走。然后，贪污是不是极大的犯罪，就可能作为道德中性的'纯'政策问题（例如经济效益）进入司法实践，要求法律回答。"[①] 即说，仅靠外在体制（包括法律）的健全恐怕并不能根除腐败——相反有了明确的规定和法条，不法之徒更容易去寻找其中的漏洞——除非和道德的提升相结合。当然鉴于冯象法学家与神学家的双重背景，对这一骇人听闻的观点或许需要谨慎辨析，但将这一观点与侯亮平的那番话相互对照，至少可以提醒我们：小说里的那条反腐主线尽管告一段落，但无限的可能仍在细节的翻涌中产生；不仅仅是那些想象中的人物，也不仅仅是那些同样在想象中的"体系"或"规则"，我们每一个人都构成一个细节，都与那条主线有关。

（原发表于《扬子江评论》2017年第5期）

---

① 冯象：《政法笔记》，北京大学出版社2012年版，第10—11页。

一桩命案的三重真相与再造文体的多种可能

—— 论东西《回响》

一

东西的长篇新作《回响》是从一桩残忍的刑事案件开始的，并沿着侦破案件的进程一路向前，这让一些熟悉他的批评家初读小说都多少感到有些错愕：优秀的严肃作家东西怎么开始写通俗小说了？

其实推理小说等通俗文学亚文类和所谓"纯文学"的耦合早已不算新奇。至迟在2015年刘慈欣斩获国际大奖之后，科幻小说便再次进入严肃文学视野，引发广泛关注。批评家在科幻文学中再次发现了"纯文学"业已失落的某种活力与敏感，将之视为在今天这样琐碎的时代里重建宏大叙事的一种可能。李宏伟、王威廉等一批烙有"纯文学"印记的作家，纷纷尝试以疑似科幻的方式去触及重要的现实问题与哲学命题，亦成为一时风尚。"纯文学"对推理小说的借鉴更是屡见不鲜：麦家的谍战题材小说中即有相当鲜明的推理因素；须一瓜因出身政法记者，常以刑事案件作为小说叙述的核心；而近年来颇受关注的"铁西三剑客"（双雪涛、班宇、郑执），在讲述东北老工业区的兴衰往事时,也时时聚焦在陈年旧案。事实上,几年前在讨论弋舟的《刘晓东》时,笔者即指出,即便那些表面看来毋庸置疑属于"纯文学"的写作,也在相当内在的层面吸收了推理小说的要素。①

历史地来看,无论中国还是西方,小说这一文体都是从市井当中生长出来的世俗艺术。中国的白话小说,无论脱胎于佛教的讲经还是产生自勾栏瓦肆中的说书艺人,都与随城市经济繁荣而滋长的市民娱乐需求不无关系;而狄更斯这样如今被奉为圭臬的现实主义大师,不也是因为在供一般市民阅读的报刊上连载作品,才获得了最初的名声? 新文化运动之后,为取悦读者而撰稿的通俗小说,被志在开启民智的闯将们所鄙弃,但最初梁启超在《论小说与群治之关系》中倡导这一文体时,不也说先要令读者沉浸其中,才能起警醒提高之效? 现代文学三十年,新文学固然是主流,但是以张恨水为代表的通俗文学作家从来也不缺乏读者,而且《太平花》《满城风雨》《东北四连长》这样抗战时期的作品里,又何尝少了事关家国的严肃主题? 新时期之后,图书出版与发行渠道日益多元,在渐趋纷纭的审美立场当中,文学"向内转"造成一种相对专业而小众的文学趣味认同,某种程度而言倒更像是保守的防御。通俗文学与所谓"纯文学"的分野于是再度分明,前者在市场占有率上远胜后者,而后者却从艺术的角度对前者充满偏见。

"纯文学"看低通俗小说的理由之一大概是:通俗小说以获取商业利润为鹄的,难免刻意迎合读者,降低精神追求,损伤启蒙能力,以

---

① 丛治辰:《侦探、游荡者与提线木偶——评弋舟的〈刘晓东〉》,《青年作家》2016年第6期。

模式化的反复生产耗尽了文学的思考功能,从而沦为仅仅供人虚耗时间的工具。那些有着严肃精神追求的作家认为,现代生活是如此复杂,又如此容易陷入精神的混乱与贫弱当中,因此必须以更为深刻的思考与更为精巧的技术来对其加以处理;粗糙地使用套路化叙事去表现世界,未免有失文学的尊严。如此质疑当然出自文学的正道,但既然小说本就出于市井,对通俗小说的摒弃就未免过于傲慢。并且,如果小说这一文体作为现代文学分类中最庞杂而精密的一种,真有包罗和开拓世间一切知识的野心,则通俗小说又何必被排除在它可资借鉴的资源以外?何况就现实境遇而言,过分强调"纯文学"趣味,其弊端也已日益显露。二十世纪八十年代以来文学的社会反响衰减,固然与社会结构的变化、娱乐方式的丰富以及媒体环境的变迁有着密不可分的关系,但文学自身的封闭与狭隘,以及对非专业读者的拒绝姿态,恐怕也是原因之一。对一种想象中的艺术标准执拗坚守,将使文学逐渐丧失和外部世界的有机联络,从而逐渐枯萎。今天,有些所谓的"纯文学"作品已经可以完全不面对广阔的现实,而只需要多翻几遍被指定的古旧经典,摆弄几个早成常识的陈旧主题,就被生产出来。某种意义上,这样的"纯文学"反而成为创意贫瘠的类型文学——然而,却还不如那些被斥为"通俗"的类型文学受众广大。对通俗小说嗤之以鼻的那部分"纯文学"作家或许无暇思考,如果一种叙事模式已遭反复使用却还能长久地为读者所欢迎,是否说明其本身亦具备更新的能力?是否其在相当程度上准确地切中了我们时代的要害和读者的内心隐痛?对类型化叙事所触及的社会与人性问题加以深度关注,本就应该是"纯文学"思考的题中应有之义。参照历史经验亦不难发现，通俗文学和"纯文学"从来都不是边界判然，而是保持着一种有益的互动。在精英文学趋于僵化的时候，往往都是因为吸纳了那些来自市井的新鲜审美元素，文学才被一次次激活。即便从最肤浅功利的角度说，吸取推理小说等通俗文类之优长，至少可以令"纯文学"得到更多关注，其精巧的匠心与严肃的思考，也能够获得更广泛的传播。今时今日，采纳一切可采纳的新鲜物料，使文学变得更加丰盈、充实而富有活力，无论如何都是值得肯定的尝试。

具体到东西这部《回响》。首先不得不说，选择推理小说作为新鲜的叙事参照，对东西来说实在再合适不过，东西显然对此经过了认真的考量。推理小说的核心通常是离奇惊悚的刑事案件，它们是现代都市生活中的奇观，而东西从来都热衷于也擅长奇观化书写。他的成名作《没有语言的生活》，让三位残障人士组成一个非常态的家庭，本身不就足够传奇？《后悔录》里，他不断将人物逼到绝境，去探讨在极端条件下人性的卑微，及从中绽放的微光，不也是奇观吗？而他的上一部长篇小说《篡改的命》中人物偷梁换柱，逆天改命，其离奇程度简直可以与网络小说相比了。东西喜欢传奇，更擅长从传奇当中探寻世界与人性的秘密，就此而言，东西从来没有那种固守"纯文学"的藩篱之见。即便在一个信息爆炸、神经麻木的碎片化时代，他也依然保持着一个传统说书艺人的好奇心，目光炯炯地关切着那些非常之事，并围绕这些非常之事组织起他对于世界的想象，从中发掘相当现代的命题与意蕴。

对《回响》而言，更重要的是东西选择以推理小说的方式展开故事，的确让他的叙述如虎添翼，令这部新作成为他所有作品中最具阅读快感的一部。这当然不是说他此前的作品可读性差,但必须承认,严肃文学的思考力度与深度难免会造成迟缓甚至停滞,单就阅读快感而言,毕竟会造成损耗。为表现世界与人的复杂性,"纯文学"长篇小说的结构往往呈网络状展开,繁复又繁复,纠缠再纠缠。那诚然足够深刻,却也对读者提出了相当高的要求。事实上,"纯文学"作品往往以种种方式设置门槛,自觉地对读者进行挑选甄别,如前所述,这或许也是受众日减的原因之一。但在《回响》中,读者从一开始就被大坑浮尸吸引,下意识地紧跟女警官冉咚咚的视线,并被卷入某种紧张而魅人的氛围当中。推理小说以刑事案件为核心隐秘,并承诺一切看似枝蔓的讲述都是揭开谜底的必要条件,在不断旁逸斜出的抒情、论辩与心理独白之后,一定会给出一个令人满意的结局。强劲的叙事动力与阅读动力由此形成,令读者有足够的耐心与热情,跟随冉咚咚从夏冰清找到徐山川,由徐山川找到沈小迎,而后顺藤摸瓜将徐海涛、吴文超、刘青依次接续到这一链条上,直到最后一环易春阳。庞大的社会网络,就通过这一环扣一环的探案/解谜链条依次展开,受惠于推理小说这一文类天然的线性叙事模式,东西在《回响》中建造的复杂世界丝毫也不显得杂乱,而有一种明晰的美感。

或许,也唯有借助推理小说的明晰结构与强劲叙事动力,东西才有可能讲出那么复杂的故事。在后记中,东西自述《回响》既要谈家庭,也要谈案件,涉及推理和心理两个领域,为此他甚至不得不写了两个开头。[①] 而诸多论者也都指出,这部小说是以单双章交错推

---

① 东西:《回响》,人民文学出版社2021年版,第347—348页。

进,单章讲案件,双章讲婚姻。①话的确是分了两头,但又岂能截然分开?事实上,小说中冉咚咚和慕达夫的婚姻、情感纠葛,始终与案件推理的部分缠绕在一起。若不是为破案而调阅蓝湖大酒店的资料,冉咚咚便不可能发现丈夫慕达夫两度开房的记录,则夫妻之间的矛盾也就没了由头;两人每一次争吵与疏远,几乎都与冉咚咚负责的案件遇阻有关;而两人约定的离婚时间,也是"大坑案"告破的时候;尽管感情破裂的速度远远超过理性承诺的约束力,但案情水落石出之日,在冉咚咚的情感生活中果然也随之发生重要事件——她终于可以坦然直面自己对邵天伟的感情了。东西将两条线索缠绕得如此自然,以至于我们很容易忽略,如果没有推理作为叙事强有力的主轴,则有关冉咚咚情感婚姻的部分可能根本就难以为继。须知无论婚姻还是情感,重要的往往都是大量琐碎的日常生活细节,很难形成面目清楚的事件;更何况冉咚咚婚变中唯一可供聚焦的出轨事件,完全是出自子虚乌有的猜测与幻觉。如果东西单纯讲述这部分故事,可想而知,小说的速度感和吸引力都会与现在全然不同。而借用推理小说的机制,"纯文学"找到了一个相当具有效率和力量的叙事结构。

不过,尽管不少"纯文学"作家始终对通俗文学的艺术性表示轻蔑,而不少读者,甚至包括通俗文学的读者,恐怕也会在心底隐隐表示赞同,但通俗文学其实也自有其特殊的规范与技巧,其复杂程

---

① 参看孟繁华《在"绝密文件"的谱系里——评东西的长篇小说〈回响〉》,《文学报》2021年3月18日,第9版;张燕玲《东西长篇小说〈回响〉:人生的光影与人性的回响》,《文艺报》2021年4月2日,第3版;郑文丰《东西〈回响〉:像侦破案件一样"侦破"爱情》,《贵阳日报》2021年7月25日,第4版。

度未必比"纯文学"低。通俗文学和所谓"纯文学"之间的关系，不是低级文学与高级文学的分野，而是不同审美趣味、不同写作法则的差别。那种差别有如天堑，任何写作者想要跨越边界，侵入另一领域，都绝非易事。那么，作为长期从事"纯文学"创作的严肃作家，东西突然写起推理小说，真的就能够天衣无缝，顺利转型吗？

二

熟读推理小说的读者其实不难发现，尽管东西以"大坑案"为筋骨结构了《回响》，这部小说实在还不能算是真正的推理小说。这倒不是因为东西缺乏设计严密推理的逻辑能力。作为从事创作多年的小说家，东西在这方面的技艺，绝不会比一名推理小说家差。长篇小说对作者的逻辑能力要求极高，就此而言，写小说和推理案件实有异曲同工之妙：都是先要设下一个谜底，然后小心翼翼地引导读者躲过真相，却又一步一步逼近真相。在此过程中，小说家相当于兼任了罪犯和侦探双重身份，作为前者，小说家需要设计犯罪计划，使真相得以成立；作为后者，小说家则要埋下线索，使读者能够按图索骥，发现"罪犯"的所作所为。《回响》之所以成功，就因为东西不仅在事理层面令"大坑案"能够成立，并且将人物情感变化的分寸掌握得滴水不漏，而其中千里伏脉、草蛇灰线的笔法，尤其令叙述本身有如完美的犯罪般精巧：吴文超、徐海涛和刘青在案件侦破中都几度出现，每次交代皆有所保留，直到最终才和盘托出，前后所述并不一致，但前一次的表现总是既隐藏了后一次的变化，又让人感觉那变化顺理成章,足以自圆其说;冉咚咚对邵天伟的情愫,直到小说接近尾声才显露出来,但此前冉咚咚索吻和慕达夫求助的情节,同样既突兀又合理地为结局做好了准备。

尽管在细节和逻辑上有如此匠心,但大概是由于对推理小说不甚熟悉,东西依然留下了一个明显的破绽:夏冰清的尸体最引人注目之处在于,她的右手被齐腕割去,冉咚咚在案发现场便注意到这一细节,并因此产生了强烈的心理不适。若在推理小说中,侦探不可能放过这一线索,则何以在那么长时间的案件侦破过程中,它却被冉咚咚完全忽略呢?其实不仅于此,几乎现场所有确凿的证据与痕迹,都被东西一笔带过,或简单地排除了:法医在发现尸体的地方和疑似案发现场都基本一无所获,这给了冉咚咚充分的理由可以不依赖物证去推断案情。无论是现实生活中刑事案件的侦破,还是在推理小说的叙事传统里,这样毫无物证线索的推理,恐怕都是相当罕见。正是这一破绽露出了东西的"纯文学"马脚——他执拗地选择通过揣测人物心理来逼近命案真相。

推理小说当然也不拒绝探究心理。完全依赖物证与理性的推理小说固然存在,但在推理过程中依据涉案人心理动机判定凶手,亦是常用手段;而制造心理恐惧并加以渲染,以营造悬疑气氛,更是推理小说家惯用的办法。那些最为经典的推理小说,从来就不会是单纯的智力游戏。但无论如何,像《回响》里的冉咚咚这样完全信任心理推测,以至于几乎忘记那只断腕的情况,仍然太过反常了。夏冰清的尸体发现之后,局里将这一案件交由冉咚咚负责,理由是"王副局长相信从受害者的角度来寻找凶手更有把握,而且女性之间容易产生共情或同理心"①,这从一开始便暗示读者,女警官用以破案的主要手法将会是"共情或同理心",而且她也具备共情或同理的能力。冉咚咚的心理不适证明了这一点:她迅速就在情感甚至感官层面与夏冰清建立起某种联系,以至于精神上感到无法承受——当然,这种共情体验显然也与她即将发生的家庭变故不无关系。在此后的侦破过程里,冉咚咚果然是更多以"共情或同理心"去揣摩那些嫌疑人在各自的身份、立场与情感关系中,应该做出怎样的反应。事实上,很多时候还不是"共情或同理心",而是"直觉",这才是冉咚咚反复提及的私藏利器。"直觉"当然未必是神秘不可知的,我们往往将复杂到难以分析的心理过程含混地命名为"直觉",正如我们会将难以理解或不愿承认的成功条件称为"运气"。但是这种或许最深不可测最微妙复杂的心理过程,一旦被含混地命名,便客观上成为一种完全反理性的东西,并的确带来了反理性的后果。当一个人对自己的直觉充满信心,直觉便成为一种强大的心理暗示,冉咚咚就是在这种心理暗示的作用下变得过分自信、自恋,乃至于刚愎自用的。"直觉"的积极效能与消极影响,同时或交替地作用于案件和人物,恰成为使这部小说如此惊心动魄的最重要张力。

可惜的是,冉咚咚的直觉其实远不如她自己相信的那么可靠。她几次启用直觉,指向的却都不是案件的直接凶手。尽管,的确,她或多或少都发现了她所怀疑之人的某些罪行,但那些罪行却无法在法律层面加以指控。它们可能是不正义的,不道德的,却大多不

---

① 东西:《回响》,人民文学出版社2021年版,第2页。

能说是触犯了法律。就此意义而言,冉咚咚的直觉断案法所能够揭露的,果然多限于心理犯罪。以共情与同理为主要手段的侦破,其具体操作方法是不断问话,语言因此在这部小说中占据大量篇幅。因而仔细玩味整部小说的第一组对话,或许不无意义。那是冉咚咚在发现尸体的江边询问报案者:

"有没有看见可疑的人在这一带闲逛?"

"在这一带闲逛的人就是我。"①

这样的对话显然带有揶揄反讽意味,正预示了此后冉咚咚的心理预判和现实相遇时将一再出现的窘况:她一直坚持不懈地依据直觉寻找可疑之人,但遭她指控之人却总能轻松地逃脱,并不忘向她发出一声不怀好意的冷笑。与之参照,尤为耐人寻味的,是她最终如何找到真凶:在刘青和卜之兰定居的埃里村,冉咚咚恰恰是(至少表面上)放弃了她的怀疑与追问,代之以有关案件本身的沉默,才反而造成强大的心理威慑,从而逼迫刘青自首。

当冉咚咚自以为是的直觉和心理战术不仅施展在她的工作上,还挪用到日常生活时,情况就变得更加糟糕。慕达夫在饱受折磨之后对冉咚咚坦率地表示,她的所谓直觉顶多只有百分之六十的正确率,而关于家庭、情感及她的丈夫也就是慕达夫本人的直觉判断,不在那正确的百分之六十当中。作为上帝视角的读者,我们当然清楚慕达夫即便在离婚之后,对那位妩媚的女作家也完全如柳下惠般坐怀不乱,因此冉咚咚的猜疑格外显得无理取闹。她猜疑,慕达夫

---

① 东西:《回响》,人民文学出版社 2021 年版,第1—2页。

解释，她提出新的怀疑，慕达夫继续解释……如此周而复始，正如一切丧失信任的夫妻一样。就连冉咚咚自己也深感苦恼："我怎么会变成这样？明明被他感动了却对他恶语相向，明明自己输了却故意对他打压，我是输不起呢还是在他面前放肆惯了？我怎么活成了自己的反义词？"[1] 冉咚咚的焦虑与任性一定令慕达夫极为痛苦，也造成一种特殊的艺术效果：无论在审讯嫌犯时，还是在和慕达夫进行日常的交流时（二者也可能是同一回事），冉咚咚大多情况下都一边说话，一边进行着激烈的心理活动。东西刻意没有使用引号，也不分段，令话语和心理密不透风地衔接在一起，给人一种极为压抑的感觉。读者犹是如此，身在其中的慕达夫心情如何也就可想而知，当然，同样受折磨的或许还包括冉咚咚本人。

而待到案件告破，小说行将结束，读者对冉咚咚的隐约不满很可能转变为明确的厌恶——不过，也可能会是同情。彼时从巨大工作压力下解脱出来的冉咚咚终于能够较为冷静地清理自己的个人生活，我们才和她一起赫然发现，原来那个毫不起眼的配角邵天伟居然暗恋冉咚咚已久，而冉咚咚本人也早已动心，只是因家庭羁绊而长期压抑了自己的感情。于是此前冉咚咚一切诡异的心理活动和所有因之产生的激烈行为，就都有了合理的解释：她对于慕达夫的那种纠缠不休的怀疑，归根结底是出于对自己的怀疑。小说由此发生反转，案件突然从一个变成两个，且"大坑案"可能才是相对不重要的那个。

---

[1] 东西：《回响》，人民文学出版社2021年版，第204页。

真正的案件是关于冉咚咚自己的，这位习惯于将自己放在正义位置的女警官或许才是最可疑的那个。她内心深处被压抑的那一点不甚正当的情爱欲念，让与她有关的所有叙述，尤其是她的心理独白，一下子失去了合法性。类似的情况在阿加莎·克里斯蒂的推理名作《罗杰疑案》中早已发生，那个向来被读者不假思索予以信任的叙述者"我"，最终被发现正是凶手本人，这让小说中探寻真相的整个过程都变成了谎言，而《罗杰疑案》也因此成为叙事学的一个经典案例。但《回响》与之相比仍有不同：《罗杰疑案》中的"我"乃是在清醒自觉的状态下有意隐瞒，使这部小说依然保持了推理小说的理性结构；冉咚咚的情愫则连她自己也未能觉察，是以一种扭曲变形的方式作用于她的感知、判断与行为，于是由冉咚咚主要负责推动的逻辑推理彻底破碎了，化作一团迷雾，在迷雾中隐藏着的是人性之幽深。不过，可疑的就只有冉咚咚一人吗？慕达夫两度开房，究竟是要做什么呢？小说其实并没有明确肯定他确是用于打牌。那么，在故事结尾处尽管他斩钉截铁地回答了"爱"，夫妻二人究竟能否破镜重圆，或许还不仅取决于冉咚咚。戏到了散场的时候，理应真相大白，却越发迷雾浓重，就此而言，《回响》哪里是一部推理小说呢？吴义勤在评论中指出，东西的这部小说实际上始终在追问关于"人"的一些重要哲学命题[①]，而如果我们将"纯文学"视作二十世纪八十年代为挣脱过分政治化的文学教条而发明的新概念，那么《回响》对于"人"内心世界的关切，及其在小说形式方面的努力，不正构成"纯

---

① 吴义勤：《探寻生活和自我的"真相"》，《南方文坛》2021年第4期。

文学"的核心内涵?

三

关于慕达夫,另有一处情节,或也可以算是《回响》的叙事破绽。冉咚咚在埃里村等待真相的时候,慕达夫向她提起过一首题为"故乡"的诗,并提醒她"侦破案件最好先读读这首诗"。诗是这样写的:"故乡,像一个巨大的鸟巢静静地站立／许多小鸟在春天从鸟巢里飞出去／到冬季又伤痕累累地飞回来……有的一只手臂回来,另外一只没有回来／有的五个手指回来,另外五个没有回来"。[①]《故乡》讲述的显然是进城务工的农民们可哀的命运,而这一命运的确与"大坑案"的谜底密切相关:一个打工人为一万块钱(九万尾款毕竟只是想象),就不惜铤而走险,结束了一个正值青春的生命。但问题也恰在于此:即便慕达夫出于对冉咚咚的深情,在离婚之后依然关注这一案件,也绝无可能比冉咚咚更了解案情细节,更无可能发现破案的关键。更加奇怪的在于,其实无须这一提醒,冉咚咚的心理战术也即将奏效:刘青马上就要走进她的民宿,向她坦白一切。就叙事而言,《故乡》唯一的价值,是让冉咚咚想起夏冰清那只被割掉的右手。然而《故乡》和右手,其实不过是彼此印证:它们只是因为对方而具有意义,对破案则毫无帮助;如果将它们一同从小说中删去,基本逻辑不会遭受任何损伤。在一部设计精密的小说中,出现如此显而易

[①] 东西:《回响》,人民文学出版社 2021 年版,第 301 页。

见的破绽当然不会毫无缘由，唯一的解释是东西刻意将此赘余之物放置进来，正是要借以提醒我们：这起案件、这部小说最终的真相，非但不是易春阳的犯罪，也不是冉咚咚的隐私，而是另有所在。

唯有回顾全部案情，追溯这一凶案究竟因何发生，才能找到罪恶的源头。冉咚咚直到最后，也不愿将易春阳落网作为侦破的结果，在她内心有法律之外的更高准绳：如果不是徐山川倚仗财势强行且长期占有夏冰清，则夏冰清就不会纠缠徐山川，徐海涛就不必去找吴文超来为自己的老板排忧解难，吴文超也就无须怂恿刘青去劝说甚至"色诱"夏冰清出国，刘青亦不至于在无法可想的时候利用打工诗人易春阳去杀死夏冰清。在整个犯罪链条中，源头当然是徐山川，或许还应该包括一个从犯沈小迎——尽管就连她也以一种诡异的方式对徐山川施加了报复，但若非她因贪恋身份地位和物质享受纵容了徐山川的恶，后者又何至于那么肆无忌惮？在小说中，东西对几乎所有涉案人物都寄予了相当同情，从徐海涛、吴文超到刘青、易春阳，更不要说夏冰清。唯有徐山川和沈小迎，东西几乎没有为他们提供任何可以在道德上脱罪的借口，甚至叙及这两人时，愤慨与厌恶都按捺不住地要从字里行间跃出。在东西和冉咚咚看来，凶手从来都是徐山川，而不是其他任何人，无论他用五十万层层嫁祸，雇用了多少凶手。为此，东西才特意让夏冰清失去右手，让慕达夫带来《故乡》，从而令易春阳这样的进城务工者得以讲出他的故事，让我们看到来自一个脆弱劳动者的温情与善意，是如何被扭曲成一朵恶之花。因此，这部小说何尝只是关乎一桩刑事案件和一场家庭变故？它指向的分明是贫富分化、城乡有别的大命题，正如东西上一部长篇小说《篡改的命》一样。

但是，东西的愤怒与批判又绝不只是简单地指向无节制的资本，他写出的是一个复杂社会结构里人的复杂认知，以及因此而注定发生的悲剧。徐山川的确可鄙可厌，但小说里的其他人物又何尝外在于徐山川的逻辑？冉咚咚对爱情不切实际也不负责任的浪漫幻想，不也是在某种自私、浮华而势利的社会价值观之下形成的？她对于初恋的想象便足够耐人寻味了——或许不能称为"想象"，而应该叫作"幻觉"，长期以来她居然将幻想中的校园爱情笃信为真，更证实人性之丰富幽昧远远超出想象——从她的想象不难发现，冉咚咚的理想男友除了样子要帅，经济实力也必须雄厚，否则像乘坐头等舱出国旅行这样远超一般学生消费能力的物质享受，哪里能够实现呢？所以，正义的冉咚咚当真和徐山川毫无相似之处吗？如果冉咚咚也有了那么多钱，她会怎么样？夏冰清、吴文超和徐海涛呢？他们的选择和结果是由性格决定，他们的性格与家庭教育不无关系，那么他们的家庭教育模式又是在怎样的社会结构里生长出来的？至于易春阳的悲剧到底根源在哪里，就更不必多说了。作为一名从农村走出的作家，东西始终将城乡差异与阶层分化作为他思考和写作的重要课题，在《回响》中，他的思考较之此前的任何一部作品都更加深入了。

而当案件真相和小说的野心抵达了这样深广的层面，我们无论将这部小说视为通俗小说向"纯文学"的渗透，还是看作"纯文学"对通俗小说的收编，恐怕都是有失公允的。东西的深层关切令《回响》超越了个人主义和精英主义意义上的"纯文学"，为推理小说这一通俗文类打开了更为开阔的可能性,从而也为今天的文学如何自我激活、不断创新,提供了有趣且有益的参照。

(原发表于《中国文学批评》2021年第4期)

诗歌的"小说性"

——论刘棉朵的诗歌创作

出于必要的自知之明,我很少敢于妄议诗歌,而主要从事小说研究。因此在机缘巧合地读到《呼吸》之前,我对于诗人刘棉朵可以说一无所知。这部最新出版的诗集促使我向从事诗歌研究的朋友请教,发现这并不只是因为我孤陋寡闻。刘棉朵的确是一位足够低调的诗人,尽管长期默默地致力诗歌创作,在诗歌界也不能说毫无声音,却绝非久负盛名的大家,更非长袖善舞的名流。诚如吴思敬所说:"在市俗的红尘遮蔽了诗的光环,伪劣诗人招摇过市、诗歌闹剧层出不穷的当下,刘棉朵是个独特的存在。这是一位内敛的、沉思的、甘于寂寞的诗人。"[1] 所以错过这位诗人的大概不止我一个,作为文学批评的从业者,我以为自己似乎有责任不要让更多人错过,尽管对于诗歌,我理应抱持足够谨慎的敬畏心。

事实上,或许恰恰对于我这样略有审美储备,却并不专事读诗的诗歌准门外汉,刘棉朵是足够亲切又足够丰厚的阅读对象。刘棉朵的大部分诗并不难懂,她不刻意经营枯瘦乏味或耸人听闻的意象,

---

[1] 吴思敬:《看得见的和看不见的——评刘棉朵的诗观与诗作》,"中国诗歌网"2023年11月28日。

也不过分玩弄佶屈的修辞，或填塞生僻的典故。她的诗句是富于质感的，却还足够清晰，有时甚至读起来像是大白话。她不为难读者，读她的诗总还能读明白是什么意思，尽管在这个意思之外或许还会有别的意思。我以为无论诗歌还是小说，或任何一种艺术，这都是很高的境界：每个读者都能读懂，懂得却未必一样。这意味着诗人要比每个读者懂得都多，意味着刘棉朵的诗句看似明白亲切，却包含着她对诗歌艺术自觉而深入的思考。在《每一个词语都有一番它自己要说的话》①里，刘棉朵写出了她对于词语的虔敬之心，更写出了她如何将词语和自己融在一起，以献祭般的同理心去解开每个词语当中的秘密。《橘子是一个词》里，刘棉朵告诉我们诗人如何通过词语抵达世界，甚至创造了世界；而《词语也是一条道路》中，刘棉朵又提醒我们，词语反过来也可以创造诗人本身。如果说在这三首诗里，刘棉朵通过诗人、词语与世界之间关系的辩证，宣告了她的诗歌理念，阐明了自己把玩、雕琢词语的姿态，那么《寻物启事》便堪称是这理念与姿态的一个范例，向我们展示了她究竟是如何展开她的词语游戏。在这首诗里，猫、狗和母亲当然都有其所指，而且那所指还可以非常具体：狸花猫，"灰色，5.6公斤／很有感情"；拉布拉多，"沙黄色，4岁半／它就像自己的孩子和家人"；母亲，"……67岁了／头发花白，穿咖啡色上衣／黑色裤子，间歇性老年痴呆"。但是当它们被放置在一起，尤其母亲被与猫狗放置在一起，一种荒诞的审美感受出现了——它们的所指似乎并不重要了，它们收缩进

---

① 刘棉朵：《呼吸》，长江文艺出版社2023年版。下文所引刘棉朵诗歌，均出自此诗集。

了词本身。动物保护主义者应该感到兴奋,在词语的层面上,动物和人终于得到了平等对待。甚至动物得到了更好的对待:猫"很有感情",狗"就像自己的孩子和家人",而母亲只有"间歇性老年痴呆"——或许不是母亲痴呆了,而是我们将有关她的记忆选择性遗忘,令她只能表情呆板地坐在"打印纸上的黑和白"之间。刘棉朵以词语为标尺,衡量事物、世界与我们之间的距离,揭露和重写我们习焉不察的情感谬误。在此基础上,当我们读到诗歌最后的诘问时,我们才会将"他们"一词平等而又不免有区分心地分解成"猫""狗"和"母亲",共情的视线在它们/他们之间游移不定,获得一种由讽刺、羞愧、愤懑、自哀等种种情绪共同构成的曲折反复的诗意:"不知道他们为什么要离家出走/在这个春天/到底对什么失望了/才走向外面的世界"。——我们由此更加清楚地认识到,刘棉朵的简单恰恰是一种难度,一定需要极为艰苦的雕琢才可能完成。她挑选词语,玩味词语,从词语出发去审视世界,由此表现出一名诗人面对生活时的艺术态度和伦理底线。

但不止于此。从《寻物启事》里,我发现了令我倍感熟悉的东西:在三个词语的能指/所指关系背后,有一个声音在饶有兴味地讲述;这个声音让这首以词语为标尺的诗歌不是在玩什么语言游戏,而是有了世俗人间的温度。这样的声音和这样的温度让我想起了小说。小说以叙事见长,刘棉朵的诗歌当中当然不缺乏叙事性,那首《橘子在曲阜火车站的一种吃法》完全就是一篇动人的小小说。但我以为较之诗歌评论中亦经常使用的"叙事性","小说性"这个概念更适合讨论刘棉朵的诗歌。因为刘棉朵的诗歌未必每篇都有叙事的成分，但却总是有某种和小说气质暗通款曲之处。譬如在《寻物启事》中，其实我们看不到什么连贯的叙事，可是那些词语分明是以一个个小说中才有的细节呈现在读者面前，那种足以令我们从不同角度审视的复杂词语关系，分明是一种现代小说的精神。又譬如《玻璃》，一个女孩子擦着擦着玻璃，就穿过玻璃，到了玻璃的另一边，那种迷幻的轻盈感不能不让人想起马塞尔·埃梅的《穿墙记》，这显然也是一种往往在小说中才能体会到的有关虚构的快感。

在"小说性"的层面令人印象最为深刻的，还是《娜拉之死》。"娜拉"这个符号已足以引起文学史的诸多联想与回忆，但是我倒不想追问这个娜拉是哪个娜拉。她不必是易卜生或鲁迅的娜拉，她／它就是一个名字，这个名字是所有女性的名字，甚至也可以是所有人的名字。这个名字传达出了一种境遇，这种境遇脱离了具体的用典、人物和事件，可以抽象为一种形而上的命运。就像《呼吸》这部诗集里第一首诗《找斑鸠》，那里面的孤独感也不是具体的孤独感，不是扔下了妹妹或被妹妹抛弃的孤独感，而是一种抽象的形而上的孤独感。

《娜拉之死》中有非常复杂的叙事，它由明确的时间锚定了一个个场景和情节："娜拉死了一天了"，送冷冻肉食的送货工在气喘吁吁地敲门，说"太太，你打电话订的鸡肉送来了"。这里出现了一个声音，但其实不止一个声音，除了送货工之外，还有一个叙述者的声音、上帝的声音。然后上帝的声音挤占掉了送货工的声音，跳出来说话了：它对着娜拉说话，说"你看，你的冰箱里贴满了字条"；它其实更是对着读者说话，说你看，"这个是今天的晚餐，这是礼拜四的午餐"。读者和娜拉的距离一下子就被拉近了,像是"咻"的一下,把我们每一个人拉进了诗歌所营造的场景当中,就好像我们正是娜拉的客人,我们能够看到她在厨房里准备的食材,通过这些食材我们看到了那么温馨的日常生活场景,从而让娜拉的死亡更加令人惊悚地被凸显出来。"娜拉死了两天了",娜拉的医生、娜拉请的钟点工、娜拉的儿子和表姐都来了。他们还是没有破门而入,他们在门口呼唤娜拉,他们的声音显得可疑——"你怎么还不出来开门"。这是他们的声音,还是那个叙述者/上帝的声音?那个声音因此忽远忽近,却漂亮地完成了诗句的过渡,从场景的客观描述旋进了对娜拉的问询。这是非常出色的现代小说技巧,叙述者在不同的视角间穿行,在不同的声音里游走,形成了一种微妙而丰富的戏剧感。这样的戏剧感即便在小说当中都非常难得。在此意义上,诗歌与小说,乃至于戏剧,在文学性的层面上达成了沟通。

在医生、儿子和表姐站在门外的时候,他们和上帝混杂在一起的那个声音,带着我们游进了门后,看到屋里有一个信封,上面有未干的笔迹——已经去世了两天了,墨迹何以还没有干?——我们的视线似乎一直很低,于是我们看到一只猫,她替娜拉推开了门——已经死去的娜拉,为什么还需要推开门?我们发现,在这首诗里,刘棉朵以最精简的笔墨,在一栋封闭的房屋里,制造出一种空旷荒凉的悬疑感。这种悬疑感在第三个诗节被进一步加强。拉比,或者那个叙事者上帝在替代我们质问娜拉:"娜拉,你选择在逾越节自杀/是不是在开玩笑"?这里似乎揭示出了娜拉的宗教身份,在这个宗教里,大概就像很多宗教所规定的那样,自杀的人是被神责备而不能进入墓园的。那么我们也不禁要问：娜拉到底为什么自杀呢？"你的神在哪里？你的信仰到底是什么"？诗歌里这两句发问，我们不知道是谁问出的：是拉比，还是（现实意义或叙述意义的）神本身？叙述视角因此像是发生了一次巨大的晃动，让娜拉的房屋、整个情节，乃至于死去的人物都在晃动中变得形象暧昧、边界模糊。在此后的诗节里，悬疑还将不断翻新："娜拉你变成了一朵雏菊还是百合"？娜拉为什么会变成雏菊或百合？这两种或许娜拉经常选择的花，有没有什么特殊的含义？娜拉餐桌旁拉出来的餐椅是为谁准备？这餐预谋已久的聚会为什么尚未开始，女主人就自杀了？而最令人感到惊悚的是那一句诗："娜拉你别装死了"——所以，娜拉死了吗？

我们是多么希望诗歌在这里设置一个反转，将此前的诗节全部推翻。但是诗人做得比我们能想象出的还要好。诗人提到了娜拉的前夫乔治，诉说他们在离婚之后多年里如何以特殊的方式持续地"相爱"。乔治透露给我们，娜拉经常以这样自杀的方式来引起别人，可能主要是他的注意——"你们结婚后又离婚／已经隔着一条街，斜对着窗户住了二十年／她已经死了十四次了／这一次你也不相信是她最后一次向死神撒娇"——这让我们对诗歌的反转更加充满期待——"说不定，她还会乔装打扮一番／拍着自己的房门，叫着自己的名字"。但诗歌居然并不是以一场动人的虚惊收场——真正动人的是诗歌的倒数第二节。在这一节中，娜拉并没有死而复生，但是诗歌的叙事者／抒情者，也就是那个"上帝"，现身了。那可能是乔治，也可能是别的男人，甚至是每一个读者——假如我们愿意认为娜拉可以是任何一个我们熟悉的男人或女人——他在最后一个诗节告诉我们,"娜拉已经死了一年／又七天了",因此这一切诗节中的时间都是在回忆中完成,叙事者在回忆的虚构中穿越了时间,一天、两天、三天……都重新再经历一遍。那是何等的深情呢?这即便对于一个出色的短篇小说而言,都是足够令人难忘的结尾。

我们在这首并不很长的诗歌里看到复杂的视角变换、多种叙述手法的交错运用,以及对于时间和空间的游戏把玩,这一切,一般而言都是在讨论小说时才会经常谈及的技术手法。刘棉朵将吴思敬所说的那种看得见和看不见的、实在的叙事和实在叙事之外的无尽况味都处理得特别出色①,这就是我所说的"小说性"。这种小说性其实还不但体现在像《娜拉之死》这样极富叙事性的诗歌中,而且弥散在刘棉朵的几乎所有诗歌里,这是因为她始终高度自觉地在和这个世界对看。我以为小说的重要价值就在于作者和读者能够通过小说不断变换视角,从不同角度去看待世界,发现这个世界中我们平常断难发觉的隐秘。刘棉朵正是这么做的。就像《水挤在深夜的水管里等待》这首诗里,刘棉朵甚至让自己成为一滴水,去等待天明,去期待歌唱,去经历漫长的旅途。一个人怎么会把自己压进黑暗的下水道里,想象如果自己成为水会怎么样?这种想象力不是一个小说家的想象力吗?

在为刘棉朵召开的新诗集研讨会上,不止一位研究者谈及刘棉朵对生活的书写。②这里的"生活"其实需要认真定义。刘棉朵所书

---

① 参看吴思敬《看得见的和看不见的——评刘棉朵的诗观与诗作》,"中国诗歌网"2023 年 11 月 28 日。
② 牛莉:《刘棉朵诗集〈呼吸〉在京首发研讨》,"中国诗歌网"2023 年 11 月 26 日。

写的生活并非静止的生活，不是那种挂在墙上的山水；刘棉朵书写这种生活，也不是简单地把外在世界作为客观对象来书写，而是不断把自己像水一样渗透进生活中去，跟世界形成持续的互动，这才有了她对于日常生活的强调。在生活当中，要看到看不见的东西，必须把强大的自我，把个人的思考压进看得见的日常生活里去。这让刘棉朵对日常生活的强调与一般关注生活、书写生活的诗人还有所不同。我很喜欢那首《历史上最无聊的一天》，她说1954年4月11日是世界上最无聊的一天，因为没有重要的事情发生，但是刘棉朵追问说，没有重要的事情发生，这一天就不重要了吗？也许这一天，有一个女孩子在自己的房间里织着毛衣，但是心里却在想拆掉这所房子，搬去太阳系；也许她骑车去小树林散心，看到风中的鲜花，听到自己的心跳和鸟鸣声奇妙地合奏在一起；甚至也许她只是从衣橱里拿出棉衣，迎着晃眼的灿烂阳光晾晒……这些，就不重要了吗？一只远行的蜜蜂，一个在幻想和创造的小孩子，对世界来说看似无足轻重（却也可能"改变了星的轨道、大气的压力"），但对具体的个人来说，对诗歌来说，对美来说，都可能是至为关键的时刻。

刘棉朵的小说性，甚至在于某一部诗集的系统规划，或者说在于她写作的整体，而并非单独的哪一首诗。刘棉朵的写作是有连续性的，这意味着她的思考是系统而持续的。

不妨随便做个实验，让我们翻开《呼吸》，从目录中随便找到一卷，比如卷三吧，把目录里诗歌的标题连起来，我们会发现，那居然又可以构成一首诗：

一百五十二平方米的女王

一边看书，一边给自己熬药

（过着）鼹鼠的生活

草木之人

骑自行车，走路

一切秩序好像都将被重新安排

清扫

审判

（衡量）一首诗与土豆的关系

自画像

眯起了眼睛

生活中的每一个词语都将被爱重新擦拭

虫子们

我一说当下，当下就碎了①

  这并不是玩弄文字游戏。如果我们把诗集继续翻下去阅读那些

---

① 参看刘棉朵《呼吸》，长江文艺出版社 2023 年版，第 4—6 页。必须承认，为了通顺，我颠倒了《生活中的每一个词语都将被爱重新擦拭》和《眯起了眼睛》的次序。考虑到篇幅，我还删掉了第 6 页中的很多诗，让这首拼凑起来的诗迅速结尾。其中括号中的话是我擅自增加的，而第二句我画线删去了"我"字，这样语法更便于理解，尽管诗歌可以不那么在意正常的语法，但即便做了这些小小的改动，如此"巧合"也足够让人讶异。而且，其实在主题更为明确的卷二，这样的连缀工作更易于操作。

诗歌，我们会发现，这种标题之间的彼此关联并非偶然，那些诗歌的确在彼此呼唤着。比如在《呼吸》当中，前文提到的那几首讨论词语、玩味修辞的诗是连在一起的。在诗集里，刘棉朵经常会有连续的几首诗讨论着共同的或近似的话题。当然很难判断这是因为编辑的精心安排，还是刘棉朵的写作顺序本就如此，但无论如何，刘棉朵的诗集会呈现出一种长篇小说一般的结构感。这或许暗示我们，刘棉朵本就是以一种沉静、内敛的态度，一直在生活中进行着诗的思考，连续不断地观察自己的内在世界，去发现隐秘的真相。

在这样的艰苦内察当中，刘棉朵甚至提供了一些类似小说人物形象的东西。比如在诗集《呼吸》中的《好父亲都会回家的》《父亲的信》《你给我的第二封信》《给父亲的第二封信》《谢谢你用三种身份来爱我》，这连续的五首诗，都共同在处理一个"父亲"的形象。那几封信，从题目看便一目了然，彼此之间存在着密切的联络。读《好父亲都会回家的》和《父亲的信》的时候我甚至还在想：难怪刘棉朵的诗写得这么出色，原来是有家学渊源！她爹蛮有文化的呀，读的都是些品位颇高的名著，做的都是些资深文艺青年会做的事儿。但即便在这个时候我也已经有些怀疑了：诗集《呼吸》卷二中的诗，基本都是在向名著和文学巨匠们致敬，何以会突然闯进来一个"父亲"呢？待读到《你给我的第二封信》时，我的困惑愈发难以抑制。这首诗并未明言"你"就是前后几首诗中的"父亲"，因此那些句子多少显得有些暧昧："在这个傍晚，我再一次把你的信当作一首诗歌／这样摘抄、复述下来，当作是你给我的药，重新喝下／我也是在黑与白、远与近的交替中，寻找一种平衡"。这与其说是写给父亲，不如说更像是写给爱人——莫非"父亲"是一个热恋中的昵称？而当我把这几首诗全部读完，我笃定这个"父亲"绝非一般意义上的父亲，甚至也不是爱人，而是被发明出来的一个文学形象。它也可能是生物学意义上的父亲，可能是情感上的父亲——爱人，还可能是精神的导师，更可能是这诸多父亲组合起来的一个虚构之物。他有日常生活的面目，也有哲学的纵深，甚至有宗教的崇高感。这个形象所体现出来的复杂性，和刘棉朵在她众多的诗歌中体现出来的复杂性是一致的：在日常生活中发现深远的文化和宗教，以及人心的隐秘。

而这样的复杂性让我想起大洋彼岸另一位写作者，那就是加拿大的小说家门罗。尽管一位是小说家，一位是诗人，一位在美洲大陆的北部，一位在欧亚大陆的东端，但是刘棉朵有着和门罗一样的追求和气质。就此而言，我愿意说，我所阅读和理解到的刘棉朵是一个书写分行文字的小说家，她堪称中国的门罗、青岛的门罗、一个致力于写诗的门罗。

（原发表于《诗探索》2024年第1期）

辑三

向广阔的外部：文学的立场

从小说技术的精微处理解历史、时代与"新人"

——论赵德发《经山海》

2019年，赵德发的长篇小说《经山海》荣获第十五届精神文明建设"五个一工程"奖，理所当然地受到了广泛关注。不过严格来说，"五个一工程"奖并不能算是单纯的文学奖项。它由中共中央宣传部组织评选，对获奖作品的艺术水准当然有很高要求，但尤为重视作品的内容和主题是否有助于促进精神文明建设。大概正因为此，迄今为止有关《经山海》的研究大多聚焦在小说的内容和主题层面，对小说所绘制的时代画卷表示振奋激赏，至于小说的叙事艺术，则少有论者涉及。

格外关注《经山海》的内容和主题，其实无可厚非，那的确是这部小说的重要价值所在。赵德发以吴小蒿这一基层女干部为焦点，叙述出了一个蓬勃、丰富而宏大的时代，以及这时代昂扬奋发的精神。吴小蒿的名字不起眼，级别也不高，但这个普通乡镇干部的经历却极为典型地联络起新时代的一系列变化。吴小蒿到楷坡镇任职以来所承担的几乎每一项工作，都与中央政策和时代风尚存在着或隐或显的联系，甚至个人生活里不少事件也同样与大时代息息相关。譬如她对李言密年节礼物的拒绝，便可以看出"八项规定"的影响；而不断被母亲和由浩亮以软硬两种方式催生二胎，又与"全面二孩"政策的实施有关。据此，《经山海》在内容、主题层面与时代之关系不言而喻，甚至可以说相当自觉。赵德发本人在小说后记中主要谈的也是小说的内容和主题，并披露这部作品其实乃是应邀之作。而《人民文学》和安徽文艺出版社约稿时即明确表示，希望作家创作的是一部旨在"反映新时代"的小说——更具体地说，是表现新时代背景下的"乡村振兴"。① 当然，约稿如果不能与作者的长期积累与思考相契合，断难产生《经山海》这样令人满意的结果；但这样预约定制的创作模式仍难免让人想起那个关注"写什么"多过"怎么写"的文学时期，这似乎已经足以为论者仅仅聚焦在内容和主题层面提供充分理由。

但是一部文学作品的内容、主题和它的写法，真的能够截然分开吗？伊格尔顿在他的一部早期著作中便曾引用马克思本人及卢卡奇等多位马克思主义理论家的观点，对形式与内容、意识形态的关系进行了充分讨论。他指出，尽管马克思主义者从来反对文学中的形式主义，但这绝不代表他们对形式问题缺乏重视，事实上，文学形式本身就是意识形态的，"艺术中意识形态的真正承担者是作品本身的形式，而不是可以抽象出来的内容。我们发现文学作品中的历史印记明确地是文学的，而不是某种高级形式的社会文件"②。这一辩

---

① 参见赵德发《写一部有历史感的小说》，《经山海》，安徽文艺出版社2019年版，第330—331页。
② 伊格尔顿：《马克思主义与文学批评》，文宝译，人民文学出版社1980年版，第28页。

证的结论足以提醒我们，仅仅关注《经山海》的内容和主题而不讨论它的写法，绝非一种科学的态度，而且很有可能使我们难以更加深刻地理解小说的内容和主题。本文因此选择从《经山海》的技术层面切入，希望能够发掘出埋藏在文本褶皱当中更加微妙、丰富和隐秘的信息。

结构：历史与现实的多重面孔及其与个人的复杂关系

对于长篇小说而言，结构大概可以算是最为基本也最为重要的技术命题。在《经山海》的结构中，赵德发精心构造了一个醒目的装置，令几乎所有论者都不可回避地提及，那就是设在每章前面的那份"历史上的今天"大事清单。在小说后记的一开篇，赵德发便谈到构造这一装置的根由："我多年前购得一本《历史上的今天》，读得入迷，因为我从中发现了历史的另一种面貌。我们在常规史书上读到的历史是线性的，这本书上的历史却是非线性的。常规史书是现实主义写法的，这本书却有魔幻色彩。"[①] 赵德发购书、读书、被书启发的经验以及此处引述的这段话，在小说中被几乎原封不动地挪到了吴小蒿身上[②]，可见作者对这一经验的重视，以及该结构装置对小说意义之重大。然而这意义究竟是什么，论者却语焉不详。对此赵德发本人在后记中亦有表述，但只是点到为止，并未说透："我一直

---

① 赵德发：《写一部有历史感的小说》，《经山海》，安徽文艺出版社 2019 年版，第 330 页。
② 赵德发：《经山海》，安徽文艺出版社 2019 年版，第 31—33 页。

认为，一个人，无论从事什么职业，都应该有点儿历史感。没有历史感的人，对当下的时代与生活，就不能有深刻的感受与思考。因此，我让吴小蒿习惯性运用历史眼光，将自己面对的事情放在历史背景下思考，因而，她在楷坡镇的一些作为便具有了历史意义。她喜欢《历史上的今天》一书，在书中记下自己的一些经历，女儿点点也效仿母亲。于是作品每一章的前面，都有一组'历史上的今天'：书中记的、小蒿记的、点点记的，一条一条，斑驳陆离。读者会看到，新时代的历程与个人的历程，都处在人类历史的大背景之下，耐人寻味。"①论者大多循此说法，认为"历史上的今天"联系起了个人与历史，令小说有了历史感，有论者将此历史感指认为"'总体性'诉求的显在话语形态"②，也有论者更为辩证地指出，"'大历史'的叙述背景不仅为《经山海》带来宏阔的精神视野和历史意识，而且为吴小蒿的'小历史'提供了诠释的思想底色和命运发展的历史大逻辑。"③但总体而言，这些讨论都未曾对"历史上的今天"这一结构装置作更为细致的考察，因而"历史感"和"总体性"除了给予小说以宏大的气象和笃定的方向以外，是否有更细微的作用？而"历史大逻辑"究竟是如何作用于吴小蒿，吴小蒿这一个体又怎样感受和反作用于历史？这些便都不得而知。

---

① 赵德发：《写一部有历史感的小说》，《经山海》，安徽文艺出版社2019年版，第332页。
② 王金胜：《总体性的现实主义文学镜像——以〈经山海〉为中心论当下小说的若干问题》，《小说评论》2020年第1期。
③ 任相梅：《以历史眼光观照现实当下——评赵德发长篇小说〈经山海〉》，《中国当代文学研究》2019年第3期。

简单地以"总体性"来理解"历史感"其实包含了某种危险,就是将历史之大与个体之小建构为某种二元对立关系,似乎后者为前者所决定,而历史本身则有如滚滚奔流的大河,沿着既定不移的路线勇往直前。但事实上如果对"历史上的今天"中的大事条目彼此对照,并与小说中的情节相互参详,便很容易发现,所谓"历史"其实面目暧昧,斑驳不清。

赵德发显然是精心挑选了小说中的八组"历史上的今天",令世界级的历史大事能够与吴小蒿、点点的个人事件构成一定的呼应关系。譬如放置在第一章前面的,是1月1日的"历史上的今天"。元旦是万象更新的一天,这一位置又在小说的开篇,因此这一天的历史大事无不指向某种"开启":《资治通鉴》成书意味着产生了一种新的审视历史的眼光;顾拜旦诞生预兆了现代奥林匹克运动的发起;《联合国家共同宣言》签订标志着国际反法西斯联盟正式形成,并为建立联合国组织奠定了初步基础;中美建交开始了两国关系的新阶段;中国正式成为国际原子能机构成员国,必将在相关国际事务中发挥更加重要的作用;中共中央、国务院出台活跃农村经济新政进一步解放了农村生产力,促使农业生产从按国家计划生产转变为面向市场需求生产;而世贸组织的成立,则为国际贸易与世界经济稳定发展提供了新的保障。与之相应,吴小蒿和点点的"历史上的今天"同样多具有开启性的意义:2002年元旦,吴小蒿参加在隅城的山大校友聚会,其实暗示她即将在这一年毕业,回到隅城工作,开始人生的新阶段;2003年结婚,当然更是新生活的起点;2014年女儿点点在全市少儿主持人大赛获奖,对于一位母亲来说无异于开启了一个关于未来的充满希望的想象；2016年"全面二孩"政策实施，对于很多家庭来说都是一个新的开始，对吴小蒿也是一样——只不过她的遭遇和大多数人不尽相同。而点点在她的记录中提到的洛天依，其实是一个以数码方式存在的虚拟偶像，2017年洛天依在湖南卫视跨年晚会上隆重亮相，意味着虚拟技术已经，并将越来越深刻地介入人类的生活与历史；2018年点点的身高和体重都超过了吴小蒿，则让读者们明白，无论愿意还是不愿意，属于更年轻者的时代正在到来。①

——以此视之，赵德发的确借助"历史上的今天"这一结构装置，成功地将个人与历史巧妙而紧密地联结在了一起：个人身处在历史的光辉笼罩之下，而个人的历史又构成大历史的组成部分。作为小说主人公的吴小蒿显然会对这样一种个人与历史的关系深表认同：在小说中吴小蒿曾两度明确谈及自己对这一问题的看法，即与此完全一致。② 作为山东大学历史专业的毕业生，吴小蒿始终怀有高度自觉的历史感，由此我们便不难理解，为什么她最重要的几项政绩如《斤求两》申遗、建造渔业博物馆、重造楷树林、促成丹墟遗址开掘、开发"香山遗美"旅游项目等都无不与历史有着直接关系。这样的人物和情节设置，当然是为了更加方便和凸显地表达历史感，这也让她最初到楷坡镇任职时分管的是文化与安全工作，多少显得合

---

① 赵德发：《经山海》，安徽文艺出版社2019年版，第1页。
② "我是想，人类是由个人史组成的，尽管我命若草芥，就像我的名字一样，是一棵小小的蒿草，但如果把自己的经历记下来，也能折射时代，反映历史。""古罗马的著名人物西塞罗说：'如若不了解你出生以前发生的事情，你始终只能是个孩子。'如若人类的生活不与其祖先的生活结合起来，并被置于历史的氛围中，那它又有什么价值？"参见赵德发《经山海》，安徽文艺出版社2019年版，第32、第251页。

理。这位副镇长下车伊始，当然要对辖下的文化资源有所了解，因此我们得以在小说开始不久便跟随她考察了楷坡镇的一系列文化遗存，令小说早早就散发出浓郁的文化气息。

然而将个人讲进历史中去的办法所在多有，何以必须采用"历史上的今天"这样的形式？赵德发在创作《缱绻与决绝》《君子梦》《青烟或白雾》时并未使用这种结构装置，难道我们就没有从人物的命运起伏中读出厚重到不可抗拒的历史感吗？其实用"历史上的今天"来制造历史感，反而有其怪异之处，如赵德发所说，那是将"线性"的历史打成了碎片。将不同年份的同一天拼接在一起，实际上是用一种看似必然的偶然性来建立历史框架，与其说是呈现了历史的总体性，不如说是拆解了总体性的表层面貌并加以重构，在此过程中，适足以让读者认识到历史作用于个人时自有其参差与错位之处。

仍以1月1日的这组"历史上的今天"为例。尽管看上去几乎每一事件都具有开启性的意义，但并非所有开启都是令人鼓舞的。吴小蒿回到隅城工作，实在是情非得已，她本想留在山东大学继续攻读研究生，却遭到了由浩亮一家的反对与胁迫。而与由浩亮结婚对吴小蒿来说，更非幸福生活的开始，倒像是进入了一个经久不醒的噩梦。吴小蒿的人生之所以会陷入这样的悲剧当中，很大程度是因为她出身农村贫苦家庭，在考上大学缺少学费时，不得已接受了由浩亮的"资助"。很显然，1985年元旦发布的《关于进一步活跃农村经济的十项政策》尽管极大推动了农村的改革进程与经济发展，出生于1970年代的吴小蒿却还没有赶上享受这一政策的红利。这至少足以说明，当宏大的历史作用于具体的个人时，将经过复杂周折的过程，最终呈现出来的未必是简单的对应关系，其作用与反作用也未必指向正面或一致的方向。

回到吴小蒿考察楷坡镇文化遗存的时刻，便会更加容易理解，所谓"历史感"未必总是令人感到振奋。吴小蒿的上任考察之旅其实还有一个向导郭默，这位文化站站长的名字让吴小蒿想起晋朝那位曾经和王羲之担任过同一官职却劣迹斑斑死于非命的古人，这无异于再次提醒我们：历史的偶然联系未必可靠。而将楷坡镇与历史联系在一起的那几处文化遗存，其现状果然都不容乐观：楷坡上曾经有过的楷树"早就叫人杀没了"，"全国重点文物保护单位"丹墟遗址显然没有得到什么像样的保护，凶险雄奇的海滨景观"霸王鞭"被有黑恶势力背景的神佑集团占据，就连藏于深山的摩崖石刻"香山遗美"都红漆落尽。倒是曾经的楷树林里那块青石碑，尽管经过断裂重接，总算还留在原地；只是碑上刻着的那首本地乡绅步韵施闰章《子贡手植楷》所写的五律，较之施诗少了大气慷慨，却多了伤感凄惶，正像是对楷坡镇所有文化遗存的哀泣。如果说这些文化遗存正是历史的具象化表现，那么显然在小说刚刚开始的时候，历史在楷坡镇已然败落，急需修复。而历史的败落甚至还不止于此，更表现在乡村日常文化生态遭到破坏，以至于出现楼房养牛的荒诞奇观，以及年轻人演奏《斤求两》时的荒腔走板。①

在小说的开头将世界描述为混乱颓败，以便让故事里的"英雄"人物有机会挽狂澜于既倒，当然也是亘古以来叙事艺术常用的手法。

---

① 参见赵德发《经山海》，安徽文艺出版社 2019 年版，第 16—24 页。

但如果真将吴小蒿的考察所见作此理解,便意味着认定在历史当中曾经有过某种理想的时刻,只是如今不复辉煌,如此一来似乎反而陷入了某种复古主义的奇怪思维。或许不应忘记,吴小蒿在此之前其实还做过一项工作,就是跟随镇长贺成收到鳎岛检查渔业安全。吴小蒿在这次鳎岛之行第一次见识到了基层工作的粗犷风格,也见识到渔民独特的性格与文化。吴小蒿上岛之前便想起了"鳎人"的传说,岛上居民的那些对抗官府的先祖,令这座岛预先笼罩在神秘而野性的气息里;因而万玉凤的外号"东风荡子"会让吴小蒿立刻意识到,"渔民的语言就是别致,和农民用语不是一个系统";而万玉凤本人也对吴小蒿表示,"鳎岛是孔圣人没到过的地方,不懂礼道,你多担待"[①]——鳎岛之人被描述得犹如化外之民,令历史突然绽开它内在的多元层次,提醒吴小蒿(或许也包括我们这些读者)她所熟悉的历史与文化并不唯一。历史当中往往容纳了齐头并进的多种存在,历史发展也总是会有旁逸斜出的不同可能,它们或许最终都将汇入到历史的总体性当中,但是有些逐渐变得强劲,而有些日渐消亡。其间更有大量的历史碎片,顽强地穿过时光的筛网,作用于今时今日,令身为历史后来者的我们所身处的现实有如历史的沉积岩,在那上面历史会以各种意想不到的方式留下痕迹,甚至是化石。

因此吴小蒿在考察楷坡文化资源时的所见所闻并非什么历史的败落,而是历史在以一种更为复杂的方式作用于现实。当代社会发展的主潮自然是高歌猛进,但是被抛掷在时代身后的那些曾经的存

[①] 参见赵德发《经山海》,安徽文艺出版社2019年版,第2—3页。

在与可能,却未必不会在局部发挥其影响。吴小蒿初识王晶晶时,王晶晶和她谈到镇里的灰色收入:"逢年过节送礼呀。眼看要过中秋节了,又要买卡买礼品了。昨天听所长说,要买两百盒海参,花二十多万。另外,要到市里最大的购物商场买十万块钱的购物卡。这些钱都没有着落,怎么办? 只好挪用上级拨下的一些专款,譬如防火经费、水利经费等等。"①当时吴小蒿对这种宁可做假账也要给上边送礼的行为深感惊讶与愤怒,但很快她自己也遇到了同样的情况:镇安检办主任本能地将购物卡和收缴的无证鞭炮送给她作为年节礼物——这甚至还是在"八项规定"出台之后②。如此顽固的官场"陋规"其实渊源有自,晚清谴责小说《官场现形记》《二十年目睹之怪现状》中都曾提到过"节敬",不少学术著作亦对此"传统"有所论述③。而在民间,"二道河子"这样的渔霸同样可以追溯到久远的过去,王松在他最新的长篇小说《烟火》中,即记录在一百年前的天津城,垄断渔业产品专卖批发已经是黑恶势力牟利的一种手段。④——这些也同样是历史。历史就是这样有明有暗,有正有反,有明修栈道也有暗度陈仓,由这样的历史所累积形成的现实当然并非单面,而"历史上的今天"所建构的历史与个人之关系,也就当然不能作简单的理解。

不过吴小蒿所面对的现实之复杂,还不仅仅来自历史的作用。现实本身就有如一团乱麻,头绪繁多又彼此纠缠。如果说赵德发以"历史上的今天"这一结构装置重新切割了纵向流淌的历史,让我们

---

① 赵德发:《经山海》,安徽文艺出版社2019年版,第37页。
② 同上,第55页。
③ 参见张岂之《中国历史十五讲》,北京大学出版社2004年版。
④ 参见王松《烟火》,《人民文学》2019年第1期。

深刻认识到它的丰富与混杂；那么他同样必须找到一种方式，去拾掇起作为历史切面的当下现实中，横向衍生的那些纷纭事务。这就涉及《经山海》结构的另外一个独特之处：小说中的事件总是会不断中止，插进新的事件，完全缺乏必要的过渡衔接，而被中止的事件在后来又往往会同样突兀地重新回归读者的视线。譬如小说第五章第3节中，吴小蒿正月初二一大早还在医院检查身体，一句简单的交代，时间便转换到正月初三，吴小蒿来到孙伟和王晶晶家做客；而后一个电话，令吴小蒿和孙伟立刻赶到丹墟遗址，并联系方治铭教授讨论考古挖掘事宜；方治铭教授在第3节结尾处的答复似乎意味着对丹墟遗址的挖掘与保护正要开始，但第4节的内容却又跳转到甄月月的"南极之行汇报茶会"，看上去和丹墟遗址毫无关系。要一直等到第七章，方治铭教授带领的中美联合考古队才会来到楷坡，而其间已经发生太多事情，以至于读者简直要把丹墟遗址和方治铭教授忘记了。这样的写法并非偶一为之，而是贯穿全书始终，构成小说结构的又一怪异的特征——尽管不像"历史上的今天"那样被凸显出来——这显然会在相当程度上影响读者的阅读体验。

那么，是不是赵德发的小说技术有所欠缺，以至于无法讲述一个连贯的故事呢？恐怕难以作出这样的论断。且不论在此前近三十年的创作中，赵德发提供了多少叙述完整气脉通畅的小说精品，仅在《经山海》中我们便可以轻易找到不少匠心独运笔法精微的证据。赵德发显然深谙中国古典长篇小说草蛇灰线伏脉千里的技巧，在小说中多有精彩的前后照应，令种种事件尽管屡遭切割，却仍不至于散成一地鸡毛：在贺成收警告吴小蒿安全工作难做之后不久，便发生了鞭炮爆炸事件；除夕夜神佑集团的孝道文化晚会上，派出所所长刚刚拿低保问题打趣过民政所所长袁笑笑，老常就在初一早上大闹镇政府食堂；而第四章里，吴小蒿偶然听到鳁岛干部抱怨"海越来越穷"，渔业转型困难重重，更远远地为引进"深海一号"项目埋下了伏笔。除了这样并不复杂的前后呼应，《经山海》的叙事结构设计更有精彩之处：尽管小说中连续发生的几个事件未必构成因果联系，却总是存在着某种内在的关系。吴小蒿宿舍里的水仙花开了，让她想起了点点，于是母女俩通话，对水仙花之美赞叹不已；紧接着由浩亮的奸情却在点点班的家长微信群里暴露出来——两件事同样与点点有关，却美丑相映，对照鲜明。婚姻矛盾激化到如此程度，离婚当然算是情理中事，可小说又偏偏在吴小蒿去找律师之前，插入了一段与工作相关的细节：镇委书记房宗岳要求楷坡镇所有干部周六照常上班，只休周日一天。这样的举措难免引起抱怨，却在无可奈何中令读者更为深刻地了解到基层工作人员难以兼顾家庭与工作的为难与辛苦，正可以说明吴小蒿的婚姻悲剧固然有其特殊之处，某种程度上却也有典型意义。以这样左右撕扯的常态为背景，小说选择让慕平川诬告吴小蒿等人的险恶行径在此时浮出水面，显然也不无深意：作为楷坡镇最大的黑恶势力，慕平川向来与吴小蒿交道不多，因此这部主要从吴小蒿视角展开的小说①，便难以将他的恶行讲得穷

---

① 在后记中，赵德发自己也表示这部小说尽管采用了第三人称全知视角来叙事，但主要聚焦在吴小蒿身上："对吴小蒿的这份情感，还改变了我的写作手法。我有这样的经历：外孙女住我家时，我因为特别喜欢她，看她时常常舍不得转移目光。写这部书时，面对吴小蒿，我也是'目不转睛'，虽然用的是第三人称、全知视角，但一直聚焦于她，'一镜到底'。"参见赵德发《经山海》，安徽文艺出版社2019年版，第331页。

形尽相；但是工作中所遇到的"恶"与家庭生活中的"恶"相继呈现，读者便可以自然而然地将对由浩亮的厌恶挪移到慕平川身上。

由此可见，反连贯的叙事结构不但是赵德发有意为之，而且还作了精心安排，背后自然有其用意。在经典的现实主义小说中，孤立的事件按照因果关系被有逻辑地组织成连贯的叙事链条，体现的正是总体性的原则。但其实在现实当中，没有任何人可以如此轻易地体认世界的总体性，因此这样一种叙事安排反而稍嫌虚假做作。作为乡镇干部的吴小蒿，所面对的现实更加纷乱复杂，她（以及她所代表的"他们"）每天要面对形形色色的人，要处理各式各样的事。一件事情还未办完就被另外一件事情打断，一项工作紧接着另外一项完全不相干的工作，而工作以外，生活上的琐事同样会不断带来烦恼——这才是乡镇干部的真实处境。因此，《经山海》所选择的叙事结构，其实与它所要表现的内容和塑造的人物高度贴合，正是小说在艺术形式上合理创新的成果。

诚如论者所说，作为一部反映新时代精神的小说，《经山海》当然不仅仅满足于对琐碎现实的被动模仿，而成功地重构了总体性。但与此同时，小说并没有放弃在艺术和思想两个层面对复杂性的追求。赵德发有意地将一般认为应当连贯的时间和叙述都拆开打乱，反而袒露出历史和现实长久隐藏而易被忽略的褶皱。有了这样的褶皱，才有了吴小蒿必须去经历的"山"和"海"，有了个人必须去回应历史、再造现实的必要性和可能性。赵德发以小说结构层面的两种特殊手法，其实为他的人物提供了存在的前提和活动的舞台，而总体性要重构完成，还将有赖于吴小蒿面对这样的历史与现实，如何积极地行动与成长。

对比:"新时代新人"到底"新"在何处?

吴小蒿这一小说人物及其成长,可以说是关于《经山海》讨论最重要的一个焦点。在中国作协为《经山海》召开的研讨会上,几乎所有与会专家都谈到这一问题,胡平、张陵、李一鸣、徐刚等还明确将之称为"新人"。[1] 王金胜在他的文章中,更进一步规范了这一命名,认为吴小蒿是"新时代新人"的代表。这不仅是对吴小蒿这一小说人物的高度评价,使之与新中国成立之后二三十年间的小说中那些"社会主义新人"形象站在一起,而且也由此将《经山海》抬到经典之列。在红色经典小说中,"社会主义新人"的塑造方式多种多样,彼此间并不完全相同,对此王金胜指出,比较而言,"在描述成长方式和'成长体验'方面,《经山海》与《青春之歌》颇为近似",也就是说,吴小蒿可以与林道静相比拟。[2] 这一论断的确颇有见地:两部小说都是以女性成长来印证历史总体性,而吴小蒿和林道静也同样都是在与自己的婚姻纠缠搏斗过之后才汇入到宏大的世界中去。然而不可否认,两者的差异也显而易见:成长于旧社会的林道静,是一路跌跌撞撞,从无到有地建立起对于历史的总体认识,和对于未来的坚定理想;而吴小蒿出生时新中国已经成立近三十年了,林道静经过艰苦

---

[1] 阎晶明、何向阳、黄发有:《赵德发长篇小说〈经山海〉研讨会纪要》,《百家评论》2019年第5期。

[2] 王金胜:《总体性的现实主义文学镜像——以〈经山海〉为中心论当下小说的若干问题》,《小说评论》2020年第1期。

成长才获得的理想信念，吴小蒿从来就没有怀疑过，更何况除此之外她还有丰厚的历史传统可以依靠——早在大学时代甚至更早，吴小蒿就对个人与历史的关系相当自觉——那么吴小蒿的成长究竟体现在哪里？"新时代新人"所要抵抗的"旧"又是什么呢？

新与旧的二元对立，意味着在讲述"新人"的成长时，必然要采用对比的艺术手法——旧的"我"与新的"我"，必然大相径庭。但是"新人"之"新"，亦未必是自我比照，余永泽与卢嘉川、江华，乃至于觉悟之后的林道静，同样可以构成对比。吴小蒿出生于新中国，成长于新世纪，又在积极地参与建设新时代，她的"新"与"旧"未必像林道静那样呈现为一种断裂式的成长，因此也许转而考察她与小说中其他人物的差异，能够更加清楚地了解这位"新时代新人"何以为"新"。

吴小蒿是赵德发着意塑造的新时代乡镇干部典范，首先能够与她构成对比关系的，当然是小说中那些大大小小的公务员。《经山海》中涉及的领导干部上至省级，下至科员，既有干练之材，也有贪墨之徒，然而与吴小蒿相比，的确都多少有其缺憾。来春祥这样的贪权庸吏与袁笑笑这样的官场帮闲自不必说；一块搭班子却搞到"党政不合"的贺成收与周斌，倒都富有相当的工作能力与热情，但贺成收江湖气过盛，周斌则太重文牍又无担当，失之于虚浮；继任的镇委书记房宗岳倒是实干的人才，却多少有些保守[①]。不过这些人物所担

[①] 吴小蒿向房宗岳汇报"深海一号"项目时，房宗岳态度便不很积极，如果不是后来市里开展"碧海行动"，推动海洋渔业转型升级，小说中这一最为振奋人心的工程恐怕将会不了了之。房宗岳的慎重其实不无道理，但是多少也暴露了他不愿意尝试新鲜事物。参见赵德发《经山海》，安徽文艺出版社2019年版，第262、第271—274页。

任的职务与操办的具体事务和吴小蒿并不一致,因此以上对比其实有欠严谨;倒是小说中一个毫不起眼的角色,在开展特定工作的过程中,可以作为吴小蒿最好的对比项。房宗岳上任之后第一项重要工作,就是为即将开工建设的 QL 高铁项目完成征地拆迁。为打好这"一场战役",房宗岳将镇委镇政府的"所有同志编成七个工作队,组长由包片镇领导担任,分头到七个村庄做工作"①。如此一来,无论原本主抓哪一方面,在高铁征地拆迁这项工作中,每个工作组组长的责任是一样的,在此情况下,镇副书记池家功和时任副镇长的吴小蒿便有了最严格意义上的可比性。吴小蒿接到任务之后,首先充分与自己负责的黄城村支书进行沟通,而后召集村民进行动员,一条一条解释补偿规定。整个过程中,她跑断腿,说破嘴,甚至不惜下跪,以柔克刚地啃下不少肉骨头,也打动了很多人,终于得到拆迁户们的共同谅解。而池家功的做法则与之完全相反,他为了能够填补空白当镇长,急于立功,采取的是一种强硬的拆迁手段,直接将挖掘机开到了村头,把一场"没有硝烟的战斗"搞得"硝烟滚滚",引起了村民们的强烈反弹和对抗情绪。同样是高铁征地拆迁,同样代表政府,所面对的村民也同样难免因情感或利益的原因而有所抵触,但工作的结果却大不一样。这种不同表面看是因为所采用的工作方式有所差异,其实不同的工作方式背后仍有深层的心理动因可以挖掘。吴小蒿在进行这项工作时的用心,始终放在两个方面:其一,这是组织交给的任务,作为党员干部必须不折不扣地完成;其二,

---

① 赵德发:《经山海》,合肥:安徽文艺出版社 2019 年版,第 197 页。

充分理解村民们故土难离的心情，充分为拆迁户的利益着想。这两方面用心都是为公的，为他人的，因此她才能够放低身段，从对方的角度去考量开展工作的办法。而池家功虽然或许也不乏为公为人之心，但是更重要的却是为己。他操之过急地推动拆迁，固然是为了能够尽早完成组织交给的任务；但完成组织交给的任务，却是为了给自己捞取升迁的资本。早在清朝末年，刘鹗在《老残游记》中便对那种为了升迁而施行苛政的所谓"循吏"大加挞伐，认为这样的官员有才干不如无才干，即便清廉，对百姓的残害也有甚于贪官。可见池家功这样的"能吏"自古有之，绝不新鲜；而吴小蒿做官行事的出发点，才真正符合新时代对于领导干部的要求。

如果说池家功这一人物可以在具体的工作当中与吴小蒿形成对比，那么郭默则可以在更多层面作为认识吴小蒿的参照。诚然，作为镇文化站站长的郭默与先后担任副镇长、镇长的吴小蒿，在工作内容上一定不尽相同，但至少都涉及乡镇文化保护与建设。不过郭默能够担任文化站站长，很大程度上应该与她能跳会唱有关，至于对文化的了解，却十分有限。在面对被砍伐殆尽的楷树林仅存的那块青石碑时，吴小蒿读着碑上的五律，抚今怀古，感慨良多，而郭默却没心没肺地评价说："哦，这人感情还挺丰富！"这不仅让吴小蒿，也难免令读者哭笑不得。[1]在香山发现仍有老人会演奏纯正的《斤求两》时，尽管郭默也眼睛一亮，但却止于对乐曲本身的兴趣，而吴小蒿却能将其背后的文化历史渊源讲得头头是道。[2]这当然在相当

---

[1] 赵德发：《经山海》，合肥：安徽文艺出版社2019年版，第19页。
[2] 同上，第23、第51页。

程度上是因为二者接受教育的程度有所不同，但是恐怕还不仅如此。吴小蒿将《斤求两》的相关情况写成文章，署上她和郭默两人的名字投给省报，郭默表示出从未有过的激动："我太激动了，太激动了！我一直想发表文章，评上中级职称，涨工资，可我不会写，这篇文章给我帮大忙了！"① 不难看出，郭默对于"评上中级职称，涨工资"的热情远比对《斤求两》更大，因此后来她偷偷把投给国家级报纸的文章署名作了调整，将自己变成第一作者，也就不难理解。郭默的理想还不仅仅是评职称涨工资那么简单，更要以此为跳板离开楷坡，到区里工作。她之所以想要"进城"，似乎倒不是像池家功一样追求升迁，而另有三方面原因：其一，如小说当中明确提到的，是为了孩子上学方便，得到更好的教育；其二，或许与她的婚姻状况有关；其三，究其根源，作为农家女子对于城市的向往难免形成某种隐秘的执念。而恰恰从这三项原因当中，能够看到吴小蒿与郭默更为内在的差别。因为母女分隔两地，吴小蒿的女儿点点同样面临教育问题，但吴小蒿在努力给予点点引导与关怀的同时，并未放弃自己的乡镇工作。当然，吴小蒿不肯回到区里，也与她的婚姻悲剧有关，可无论由浩亮多么令人厌恶，吴小蒿始终未曾在离婚之前有过背叛婚姻的行为。相比之下，小说对于郭默的婚姻其实着墨很少，只隐晦地提到她的老公严森是楷坡中学的音乐老师，他"大腹便便"，"要比郭默大十来岁"。② 这样老夫少妻的匹配背后，当然既可能隐藏着一段并不美满的姻缘，也可能有着因趣味相投而可歌可泣的忘年恋

---

① 赵德发：《经山海》，合肥：安徽文艺出版社 2019 年版，第 52 页。
② 同上，第 52 页。

情，但是郭默向周斌发去的暧昧短信，却至少说明她在情感生活上并不安分。婚姻恋爱诚然属于"私领域"的范畴，但却足以看出，与吴小蒿相比，郭默显然更少顾及他人，更在意自己个人的"幸福"。更何况，在文学作品中男女情欲的确往往被用来暗示人物的道德水准——《经山海》中黑恶势力的代表人物慕平川，不就在这方面也同样作恶多端吗？而乡村出身固然容易造成对城市之向往，表现在吴小蒿身上似乎也要开阔很多。早在上大学之前，吴小蒿就将对城市的向往转化为对更宏大之物的向往：历史总体性框架下对无数的人无尽的远方以及美好的未来之深切关怀。这让吴小蒿不但能够从乡村考入城市，也能够跳出城乡二元对立的陈旧观念，放弃城市中的清闲岗位，回到乡镇任职。而相比之下，郭默接到要求她回镇工作的电话时的种种表现，就不但令人尴尬，甚至多少叫人齿冷了。

  在与池家功和郭默的对比当中，吴小蒿的难得之处都在于，无论是在具体工作中还是在人生选择上，吴小蒿都首先从历史总体性的高度去考虑问题，将世界与他人放在比自己更为重要的位置，把公心放在私心之前，在必要的时候，她甚至愿意为他人、为理想去牺牲自己。因此有些论者特别关注到小说中"鲸落"的意象，拿来说明吴小蒿的人生情怀：当鲸鱼在海洋中死去，它的尸体会沉入海底，庞大躯体中的所有养分都奉献给芸芸众生，喂养着许许多多的海洋生物，这一悲壮、浪漫而美好的景象深深震撼了吴小蒿，让她不由自主地想到了"造福一方"这个词。①——吴小蒿心里下意识蹦出的

---

① 参见李恒昌《〈经山海〉：乡村精神的回归与重建》，《山东文学》2019年第9期。小说中的原文参见赵德发《经山海》，安徽文艺出版社2019年版，第174—175页。

词汇令人很容易意识到，小说中用极为细腻唯美的笔法描绘的那一幅蓝色画面，其实讲述的道理早就应该为每一个共产党员所熟知，那就是毛泽东同志所说的"为人民利益而死，就比泰山还重"，是他赞赏白求恩同志的那种"毫不利己专门利人的精神"，是他在悼念张思德同志时提出来并始终写在《中国共产党党章》中的"为人民服务"。这样一种情怀与信念，正是《青春之歌》中的林道静经过成长之后才获得的真理，而池家功和郭默显然某种程度上已经淡忘。显然，即便生在新中国，也未必都是"社会主义新人"，可见"不忘初心"的警醒实在有其必要。但是我们此前的疑问仍然没有得到解决：池家功和郭默固然遗落了"社会主义新人"之"新"，可是吴小蒿却自始至终都怀有一种强烈的历史意识、奉献情怀与责任感，那么她的成长究竟体现在什么地方呢？

好在"鲸落"这一意象足以提醒我们想到小说中另外一个人物：甄月月。"鲸落"那幅画面正是到南极旅行归来的甄月月在汇报茶会上讲述的。在那次汇报茶会上，甄月月高屋建瓴得像是一个圣母，不愧是从"这个星球上唯一……一片净土"回来的人："面对这块净土、这种静寂，我觉得内心突然安详下来，平静如水。我还觉得，我面对的是一面无比巨大的镜子，它照见了我的种种俗念、种种可笑之处，也照见了人类的可怜与狂妄……"[1] 如此无远弗届的思想高度和宇宙级别的人生情怀，无怪乎长久以来吴小蒿都将甄月月引为知己和偶像，而即便池家功和郭默听到这样的话，大概也多少会感

---

[1] 赵德发：《经山海》，安徽文艺出版社2019年版，第173页。

到自惭形秽吧？但有趣的是，这位心怀宇宙、世界和全人类的甄月月，尽管任职于隅城图书馆，也应该算是公职人员，小说中对她的工作情况却只字未提。如果说，池家功和郭默作为吴小嵩几乎每天都可能与之打交道的同事，天然应该出现在小说当中；那么甄月月其实游离在小说的必要讲述之外，甚至在吴小嵩的个人生活中她都是可有可无。如此一来，赵德发特意塑造这一人物形象，并给予不少笔墨，甚至将"鲸落"这样近乎点题的片段都托付给她，就显得耐人寻味。这在相当程度上可以证明，从小说中的人物对比入手去理解吴小嵩的成长与"新"，尽管是出于一种阅读策略，但应该相当程度上符合作者的设计：赵德发的确在叙事的必要性之外，有意为吴小嵩提供了参照系，譬如甄月月。

那么作为吴小嵩内心暗暗追随的偶像和榜样，甄月月到底有什么样的过人之处值得学习呢？吴小嵩的成长，是否就是长成又一个甄月月呢？在吴小嵩看来，甄月月有一种"骨子里的高贵和优雅"，她"生在济南一个高级知识分子家庭，爷爷是省文史馆馆员，父母都在文化部门工作"①，而丈夫是一个画家；她聚餐要去设计感极强的餐厅，消磨时光要去咖啡馆，假日里要到风景怡人的郊外野餐，而年度的计划是南极旅行——无论从家庭出身还是生活方式，甄月月确实都应该比吴小嵩更有文化，更有历史感。但是，历史感仅仅是一种知识或趣味吗？

甄月月是吴小嵩感情最好的闺密，但她在小说中第一次出场时，

---

① 赵德发：《经山海》，安徽文艺出版社2019年版，第10页。

却把吴小蒿劈头盖脸地痛骂了一顿:"好,好,叫你下乡,叫你抱负远大、壮志凌云,叫你放着好日子不过,非要跑出城去三十公里当那个副镇长。你等着吧,时间不长,你就成了满身酒气一口脏话的妇女干部,说不定还和满身腥臭的渔民崽子滚床单——不,是滚沙滩。我警告你,可别生出一个带着鱼鳃的返祖娃娃抱给我,我不敢看,我吐!"[1]这番连珠炮式的指责里,当然有闺密之间口不择言的亲昵,但仍未免太过粗野了一些,尤其令人感到不适的,是甄月月对基层或民间那种居高临下的污名化想象。很显然甄月月对吴小蒿到乡镇工作意见很大,更不能理解基层工作的艰苦与重要——不要忘记她自己选择从省城济南到隅城工作,只是因为"向往海边生活",身为公职人员的责任感,或许从来没有在甄月月的考量之内。因此无论吴小蒿如何美化这一人物,甄月月其实从一开始就表现出她真实的身份:她正是红色经典小说中同样经常出现的那种城市小资产阶级知识分子,而且是其中最典型的代表,小说称为"骨灰级小资"。自二十世纪二三十年代以来,对于小资产阶级知识分子的文化性格及革命性的讨论即所在多有,新中国成立之后逐渐偃旗息鼓;但是伴随改革开放,从二十世纪九十年代开始,尤其是到了世纪之交,小资产阶级无论作为一种实在的阶层还是作为一种文化的身份,都越来越受到关注,时至今日,甚至成为主流审美趣味不可忽视亦难以逃脱的一支力量。[2]而赵德发在《经山海》中能够如此自觉地将其作

---

[1] 赵德发:《经山海》,安徽文艺出版社2019年版,第9页。
[2] 参见拙文《何谓"东北"?何种"文艺"?何以"复兴"?——双雪涛、班宇、郑执与当前审美趣味的复杂结构》,《中国现代文学研究丛刊》2020年第4期。

为一种反思的对象,不能不说极富洞见。"小资"与那些缺乏理想信念的人不同,他们不但有知识有文化,而且也不乏情怀,甚至常常表现出对于革命格外狂热的情绪,只是这种情怀并非出自对历史与现实的深切思考与体验,而只是一种文化姿态和自我想象。① 要从话语层面去区分"小资"与真正的革命者或"新人"是困难的,只能看他们的行动 —— 因此在谈及南极之行和描述"鲸落"的时候,甄月月只是沉湎在那壮美的景观,停留在她自己美丽的话语,却没有进一步的思考和行动,倒是吴小嵩本能地想到"造福一方"这样切实的词汇。

所以,如果说将吴小嵩与池家功、郭默对比,是回应了"不忘初心"的主题,那么甄月月这一人物的存在则提醒我们"知行合一"的重要性和紧迫性。吴小嵩曾经和甄月月一样,都是一名小资产阶级知识分子,或至少带有"小资性",这才是吴小嵩成长的起点。只有在现实的历练中经过摔打,吴小嵩才会明白如何将自己在知识层面始终认同的历史感转化为行动,真正成为"新时代新人"。这大概可以解释,为什么赵德发会在吴小嵩的语言上下那么精细的功夫。在刚到楷坡镇的时候,吴小嵩的语言里有着明显的小资产阶级腔调 —— 了解到养殖的对虾尽管被圈在小小的池子里,仍依照古老的洄游天性沿着池子边缘一圈圈游动时,她会觉得很可悲哀②;而在她那个做渔民的侄子锄头跟她讲述了萤火海和琥珀海的奇观之后,她也会情不自禁地说:"这么神奇呀! 锄头你干脆写诗吧。"③—— 这种

---

① 参见南帆《小资产阶级:压抑、膨胀和分裂》,《文艺理论研究》2006年第5期。
② 赵德发:《经山海》,安徽文艺出版社2019年版,第42页。
③ 同上,第48页。

腔调在咖啡馆里或许显得高雅，在基层工作中却多少让人尴尬。而随着吴小蒿基层经验的不断丰富，这样的尴尬情况越来越少，她的语言逐渐变得干练、务实，又因为心怀对普通百姓的理解与同情，而包含了一种特殊的抒情味道。语言与审美是小资产阶级平衡自己与世界关系的重要倚靠，语言的变化当然也就能够在相当程度上表征吴小蒿的自我改造。有论者曾经指出《经山海》的一点缺陷，认为吴小蒿在工作当中所遇到的挫折未免太少，影响了小说的真实性与丰富性。的确，小说在情节设置上永远可以更曲折一些，以避免人物形象因过分理想化而显得虚假；但其实赵德发在上述语言细节处早已写出了吴小蒿的挫折、历练与成长，那或许不够外露，不够具有戏剧性，却极具微妙之美，而且对于吴小蒿这一人物而言，相当内在。正是伴随着语言表达方式的变化，吴小蒿的精神世界发生了根本转折，她慢慢不再在意甄月月装模作样的嫌弃，甚至在和闺密们聚会时愿意坦然自称是"乡下女人"；她也逐渐学会了如何使用渔民的语言，融入他们的文化，所以当由浩亮因不了解地方民俗而触犯禁忌时，吴小蒿能够立即明白问题所在，让我们几乎想不起来她第一次登上鳃岛时也同样狼狈不堪；她更渐渐明白了，现实既不像小资产阶级想象的那样糟糕，也不能用概念化的理想主义去过分苛责，而必须在复杂的行政运作中寻找到解决问题的办法——若非如此，便不能想象她能够那样高效而稳妥地完成高铁征地拆迁工作。

关于吴小蒿的成长，决定性的情节或许并非发生在她的工作岗位上，而仍是在和闺密甄月月的相处之中——作为吴小蒿曾经的偶像和榜样，甄月月比任何人都更有资格来认定吴小蒿的最终长成。

在吴小蒿因遭遇家暴而离家出走的那个夜晚,跑来陪她的甄月月目睹了她如何在这样凄惨的个人遭遇之中,仍能冷静而艺术地帮助孙伟解决困难,并捎带解决了渔业博物馆建设和运营的问题。曾经被"鲸落"打动的甄月月这一次被吴小蒿打动了,她由衷地表示:"我越来越欣赏你了。"① 若非如此,恐怕很难想象甄月月会高高兴兴地把丈夫法慧也送到自己曾经鄙夷过的楷坡镇,担任蒺藜岭村的第一书记。而不久之后,为了帮蒺藜岭的父老乡亲推销煎饼,甄月月在吴小蒿的启发下决定在微信朋友圈广而告之:"没想到,我这么一个整天玩清高玩优雅的,竟然当起了煎饼店老板娘!"②——吴小蒿最终没有长成甄月月的模样,反而是甄月月对自己的"小资性"有所反思,并作出了改变。甄月月曾经评价吴小蒿是"自度度人",而当甄月月本人也被吴小蒿所"度",向着"新人"的方向成长,或许我们可以说,吴小蒿真的无愧于"新时代新人"这一称许了。

反讽:好的小说在结束时才刚刚开始

在这部以女性成长来塑造"新时代新人"、反映新时代的小说中,"对比"这一看似基本和简单的艺术手法被运用得如此广泛,的确也是良有以也。但是赵德发的运用是那么微妙,以至于总是令人疑心,在不少对比底下,还埋藏着另外一种隐秘的技术:反讽。

对比和反讽当然是两种完全不同的文学技巧,但是彼此之间并

---

① 赵德发:《经山海》,安徽文艺出版社2019年版,第215页。
② 同上,第266页。

非没有关联。在《论反讽》一书中,米克指出或许"有可能归纳出一个涵盖整个反讽领域的定义",那就是"表象和事实的对照"。①表象与事实的对照似乎指的是同一时空下同一事物表面与内在的对立,但是任何伪装成与事实不相一致的表象,总会随着时间推移而显露出真相,因此在《经山海》中大量的前后对比,的确产生了反讽的效果。吴小蒿对甄月月的"崇拜"与最终二人关系的颠倒,就显然带有反讽的意味,而这样的情况,在那些不够坦诚清白的领导干部中,更比比皆是。在自认为即将接任镇委书记的那几天里,贺成收的迫不及待与张扬跋扈让隐约了解内情的吴小蒿深感不安,而此时读者们也同样从周斌调职前留下的话里预感到了这位强势镇长的下场,这就让贺成收的一举一动都有了强烈的反讽效果。与贺成收有异曲同工之妙的还有袁笑笑。神佑集团的孝道文化除夕晚会上,被派出所所长打趣低保问题的袁笑笑,当时一脸正色地表示自己在这方面都是秉公处理,但转过天来就极为粗暴地对待上门闹事的老常;当他因为帮闲帮得好,被上级领导打招呼提拔成镇党委委员之后,是何等志得意满,绝不会想到很快自己就会在群众路线教育实践活动中落马。这一结局看上去是对这一小丑般的反讽性人物最"圆满"的终结,但其实还隐藏着更深的反讽:袁笑笑被带走了,那么,那位提拔他的领导呢?

——《经山海》中最耐人寻味的反讽,其实并不在那些轻易可以捕捉的前后对照当中,而必须依靠这样的质询才有可能发现。在

---

① [英]D.C.米克:《论反讽》,周发祥译,昆仑出版社1992年版,第14页。

吴小蒿执行高铁征地拆迁任务的过程中，便隐藏着极为强烈的反讽。高铁征地拆迁和吴小蒿的大多数工作相比都不大一样，那不是吴小蒿立足于楷坡镇现实和人民需求，依靠自己的历史感而主动开展的工作，而是一项被派给的任务。这项任务被新上任的镇委书记房宗岳描述为"一场战役"，并统一配备了绿褐相间花纹的迷彩服作为工作时的统一着装，似乎真是要与那些被拆迁的村民进行一场殊死较量，这让吴小蒿从一开始就感到有些不适。不过如前所述，这一点心情波动并没有影响吴小蒿高质量地完成任务，只是在抵达黄城村的时候，吴小蒿久不发作的"文艺病"似乎突然复发了：站在黄城村，她突然想起了温庭筠的诗句，进而又一次涌起"小资产阶级"式的感怀："吴小蒿走近了端详，看到枳花下密密麻麻的绿色锐刺，心里像被它扎了一样。她想，这么一个在十五世纪建起的村庄，历史悠久，承载了几十代农人的记忆，现在要在二十一世纪的第十五年里突然消失，怎能不让人留恋，让人伤感？"[1]吴小蒿的抒情似乎还仍有余音，小说便粗暴地将她拉进了村委大院，让她对着村民大讲修建高铁的好处和征地拆迁的必要。如此迅疾的转折造成了鲜明的对比，让吴小蒿外在行为与内在心理的参差不需要经过时间来显影，而直接暴露出来：尽管她坚定不移地执行镇党委的指示，想尽办法做好拆迁动员，但是内心深处始终有另外一个声音在回荡——那声音似乎同样也萦绕着作者的笔尖，回荡在小说的字里行间。所以即便吴小蒿以最大的耐心和同理心去与村民沟通，在面对那一户无儿无女的

---

[1] 赵德发：《经山海》，安徽文艺出版社2019年版，第199页。

老夫妻时，仍然不可能说服对方，甚至不可能说服自己。"几十代农人的记忆"在那时极富情感冲击力地具象化了，那是两个年过八十时日无多的老人自家磨道里埋着的三儿两女的胎盘，是一对渴望为人父母的夫妻前后五次经历的兴奋期待与痛苦绝望，是一个老妇人几十年来担心被人指责不能生育的耿耿于怀。尽管在理智的层面，不仅吴小蒿，或许任何一个局外人都可以解释清楚修建高铁的必要性和征地拆迁的合理性，但此时此刻没有人能够用理智去抵抗住情感的压力。因此吴小蒿的解决办法唯有一跪，这其实很难算是工作方法，更不足以构成可供借鉴或肯定的工作经验。事实上，在拆迁工作另外一桩被详细讲述的个案里，吴小蒿的"工作方法"也同样乏善可陈。在了解了那最后一家钉子户的苦衷之后，吴小蒿表示："他们有这些顾虑，情有可原，但村庄不拆不行，必须把他们说服。"[1] "情有可原"是吴小蒿从一开始就认同的，但村庄为什么"不拆不行"的原因，却自始至终都付之阙如。因此吴小蒿当然也无法从理性上"说服"那对夫妻，最终问题能够得到解决，居然是因为那位妻子过分泼辣的行为将吴小蒿吓晕过去，让她的丈夫动了恻隐之心（又或者是怕担上人命官司）。在和池家功的对比当中，吴小蒿的拆迁工作做得可圈可点，她的思路、指示和行动，也的确值得肯定。但是这些思路、指示和行动都仅仅限于概念化和轮廓性的描述。依照常理而言，小说应该通过详细叙述她与村民具体沟通的过程，来让读者更为形象地感受到吴小蒿的工作能力。但吊诡的是，恰恰在被详细讲述的两

---

[1] 赵德发：《经山海》，安徽文艺出版社2019年版，第203页。

个个案当中,吴小蒿既没有机会施展足够有效的工作方式,也无力去讲出那些足以服人的大道理——这样一种反常的叙述当中,难道没有反讽吗?

这样的反讽其实很难确定是否是作者有意为之。赵德发未必不想找到一种合理的解释框架,或者提供一种完满的解决方案,但是矛盾却牢固地内植于现实的复杂性之中:究竟要如何处理未来与过去的关系、理智与情感的矛盾,而在整体的利益与个体的牺牲之间,真的可以武断地作出选择吗? 这样的矛盾在小说中绝非孤例,因而这样一种很可能出于被动的反讽亦屡见不鲜:在渔业博物馆即将建成的时候,无意之间为博物馆保存了丰富渔具藏品和珍贵风俗记忆的船老大却小脑萎缩终致死去,那么这样的博物馆是延续了历史,还是封存了历史? 历史是这样,那么未来呢? 《问政安澜》这样的节目,似乎足以说明新媒体技术及其带来的互动模式正反推传统媒体发生改变,这个社会在朝着交流更加畅通、信息更为透明的美好明天迈进;但是吴小蒿收看完《问政安澜》,就发现点点用她的支付宝为法不二买了《X者荣耀》的皮肤作为生日礼物。——2020年5月4日,深受年轻人喜爱的bilibili网站发布了演员何冰的演讲视频《bilibili献给新一代的演讲〈后浪〉》向青年人寄语,其中满怀热情地赞美:"你们把自己的热爱,变成了一个和成千上万的人分享快乐的事业!"[①]但是该视频很快遭到年轻人不乏揶揄意味的戏仿,在他们以何冰原声为素材制作的新视频《libilibi献给爷一代的演讲〈前浪〉》

---

① https://www.bilibili.com/video/BV1FV411d7u7?from=search&seid=16828049801337190471。

中,上述何冰的那句赞美被配上了《王者荣耀》的游戏画面①。——这一现实中的小闹剧,似乎令《经山海》上述情节里原本就有的反讽之意更为明显了——更加进步的科技,更加自由的选择权利,真的会让未来更好吗? 即便这些反讽并不全都出于作者的有心设计,但是在"历史上的今天"这一结构设置中早已充分认识到历史复杂性的赵德发,当然明白今天乃至于未来,同样是历史的一部分,也同样难免泥沙俱下、头绪纷纭。因此,尽管《经山海》以吴小蒿的个人成长成功地塑造了"新时代新人"的形象,并借此充分阐明了历史的总体性,但是赵德发并未因为多少有些主题先行的特殊创作过程就简化了现实。他充分认识到:历史还在不断展开,一定还会出现新的困难和挑战。因此重要的不是吴小蒿这一个"新人",而是伴随历史的展开而不断涌现的无数个"新人";重要的不是吴小蒿已经解决了什么样的问题,而是以吴小蒿"不忘初心""知行合一"的内在精神,"新人"们必将有能力不断解决历史提供的新的问题。这大概就是为什么《经山海》会选择在吴小蒿悲欣交集、生死未定的时刻戛然而止——尽管第二章前的"历史上的今天"早已暗示她将有惊无险②——一部好的小说,往往在结束的时候,又昭示着新的开始。

而对于《经山海》来说,它的完成格外昭示着新的开始。在中国

---

① https://www.bilibili.com/video/BV1LK4y187Gf?from=search&seid=12495601165727870114。
② 小说所讲述的时间从 2012 年到 2017 年,根据小说最后一章几处时间描述很容易推知,吴小蒿落海发生在 2017 年 7 月 9 日,但是第二章的"历史上的今天"中却出现了 2018 年 3 月 23 日的记录。可参见赵德发《经山海》,安徽文艺出版社 2019 年版,第 46、第 323—329 页。

作协为《经山海》召开的那次研讨会上,有专家发言指出:"小说创作,从发生学讲应是创作主体的自觉冲动。但《经山海》是约稿在先,题材在前,写作在后。有约在先的主旋律创作和主题性创作能不能写好?怎么写好?思想性与艺术性或文学性能不能很好结合?包括《经山海》在内的一些作品,探索了一些经验。"[1]这意味着,在反映新时代方面,《经山海》是有开创性意义的,它一定将对后来的作者和作品构成重要启发。《经山海》的确是一部"题材在前,写作在后"的作品,但是赵德发却以一个小说家的专业精神,在小说技术的精微处下功夫,没有让小说变成一般"赶任务"式的作品,而是有力地印证了伊格尔顿的论断:即便是承担了明确意识形态任务的文学作品,也应该是以文学的方式去写成,而不能等同于社会文件。回顾1942年《在延安文艺座谈会上的讲话》发表以来涌现的那些至今仍然脍炙人口的红色经典小说,会发现它们同样佐证了这一论断:即便时过境迁,它们所涉及的一些话题已经不再新鲜,但是如果能够从众多同类质的作品中凸显出来被长久记住,一定是因为艺术上的精湛。这大概是《经山海》能够给予后来者最重要的启发:作为小说家,唯有以精益求精的小说技术,才能够更好地理解和书写我们的历史、我们的时代,和不断从历史与时代中成长起来的"新人"们。

(原发表于《东岳论丛》2020年第10期)

---

[1] 阎晶明、何向阳、黄发有:《赵德发长篇小说〈经山海〉研讨会纪要》,《百家评论》2019年第5期。

茅盾文学奖的"表"与"里"

——以茅盾文学奖评语及授奖辞为中心

一

作为官方层面国内文学界的最高荣誉，茅盾文学奖当然一方面有着难以拒绝的吸引力，另一方面又极具争议性。事实上，此二者说的恐怕是同一件事：如果这一奖项毫无令人渴望之处，就必定萎死于尴尬的沉默之中，而绝不至于像现在这样聚讼纷纭。因此，诚然有不少文学从业者对茅盾文学奖颇有微词甚至大为不满，却或许反倒证实了他们的莫大兴趣。如此论断似乎在质疑知识分子淡泊名利的美好品质，容易被斥为"小人之心"；但实在说，写作者的名利之心不仅应该是正当的，大概也是必要的。写作是孤独的事业，真正能以无畏的勇气和坚韧的耐心与世界对抗，并在自己的精神孤岛里开拓出一方天地者其实寥寥无几。更何况，有能力如此执拗的文学苦行僧也未必个个值得崇仰与讴歌，更常见的情况是，越是偏执自恋，其勇气就越近乎鲁莽，其耐心就越近乎盲动，而其孤岛也真的不过只是孤岛而已。——文学写作的过程或许必须孤独地完成，但是文学的来源与意义一定指向广阔的世界,参评获奖无非是世界与作者的一种互动问答方式,对此又有什么羞赧的必要呢? 惜乎无论张牙舞爪,还是犹抱琵琶,毕竟追求者甚众,奖项名额却极为有限,因此就只能择优录取。偏偏"文无第一,武无第二",在文学这件事上,任何人都很容易(哪怕只是在潜意识里)认为自己才是最好的,远胜于同侪,因此在有关茅盾文学奖的种种言说中,批评的声音总是高过肯定的声音,似乎也是理所当然。

外在反应与内心诉求的有趣反差,会以一种更为有趣的方式反向投射在对茅盾文学奖"表"与"里"的认知上。茅盾文学奖呈现于大众面前的"表"当然首先是历届评出的获奖作品。如此重要的国家级奖项,奖掖的又是公认最具文学体量、最考验作者能力的长篇小说,如果获奖作品不被公众认可,众望所归之作却成了遗珠之憾,就难免令人猜疑。而事实上,就连茅盾文学奖的组织者与评委也不得不承认,的确不乏文学杰作"由于种种自身原因或非自身原因落选了",而"茅奖也有一些作品,当时轰动一时,时过境迁,因艺术粗糙而少有人提起"①。对于"表"的质疑难免导致对于"里"的猜测:这些奖到底是怎么评出来的? 其中是否有一些不可告人的隐秘? 茅盾文学奖因此像是一个带锁的漂亮盒子,以最常见的人性,人们往往更愿意相信盒子里黢黑幽暗,甚至龌龊不堪,而这种龌龊首先指向参与者的道德与人格。这或许就是为什么,胡平在回忆茅盾文学奖评选过程时,总是反复强调评选的公正性和评奖过程中的"双百"气

---

① 雷达:《我所知道的茅盾文学奖》,《小说评论》2009年第3期。

氛，有意识地凸显评委的人格与气节①——尽管在预判有罪的前提下，当事人的任何辩白与说明都显得颇为无力。事实上，有关评委个人道德的揣测一方面无从辩驳，另一方面却也毫无意义。当然必须承认，评委并非机器，难免会有种种难以明言的因素影响他们的文学判断，但这些因素即便超出审美标准之外，也未必只与个人道德水准之高下有关，更未必只是简单的钱权交易、人情往来。个别质疑者若仅有能力沿着一些不堪而简单的思路去想象评奖过程，一方面固然暴露了自己的促狭，另一方面也多少让人慨叹其思维能力之局限。很显然，他们对于一种文学制度之复杂，对于人性之幽昧，实在还缺乏足够的理性认知，从而使其发言仅仅是无足道哉的意气之争。

更具学理见识的论者其实早已指出，如果说茅盾文学奖有令人失望之处，那恐怕也并不能简单归因于评委个人的因素。王彬彬便曾谈及"文学奖的非文学因素"："影响文学奖的非文学因素，可就太多了。……这种种'规则'，首先决定着谁能当评委谁不能当评委，首先保证着谁'必须是'评委谁'决不能'是评委；其次，才决定着谁能获奖谁不能获奖，才保证着谁'必须'获奖谁'决不'获奖……"②

---

① "这里面关键的地方在于作协领导和会议主持者事先没有在《白鹿原》的问题上定调子。主持者即使提出倾向性的意见也不代表一级组织，一切仍然依凭全体评委的判断为准。这样，会场上便始终保持着'双百'式的宽松、活跃的气氛，并无剑拔弩张之势。"见胡平《我所经历的第四届茅盾文学奖评奖》，《小说评论》1998年第1期。"实际上，除非出自特殊原因（如政治原因），一部真正厚重的作品在评奖中落选的可能性并不大，评委们都会有起码的气节。"见胡平《我所经历的第七届茅盾文学奖》，《小说评论》2009年第3期。

② 王彬彬：《文学奖与"自助餐"》，《文学报》2004年11月25日。

这里谈的仍是评委，但特意使用的几个引号显然提醒我们，王彬彬真正指向的并非个人，而是某种制度性的存在。对此黄发有的解读更为明确："新时期以来的全国性文学评奖，感觉总是受艺术标准以外的因素影响太多，而艺术标准在政治、商业、时潮、读者舆论、宗派与圈子等种种声音的夹击下，往往成为最早被牺牲的代价。……文学评奖过程，是权力、商业、人情等各种力量犬牙交错、相互博弈的过程。"①黄发有以布尔迪厄的场域理论对茅盾文学奖加以分析，其实指出了导致幽昧人性纠结选择的种种因素，这些因素不仅与茅盾文学奖有关，而且存在于一切文学制度当中。这在相当程度上也有力地回应了那种因为茅盾文学奖的官方色彩而对其有所质疑的论调：除了权力（亦未必是政治权力）之外，还有太多因素在左右着评奖结果。因此一段时间里人们对民间文学奖的呼吁，其实同样不能根本性解决评奖公正性的问题。诚然，评奖主体之多元或许有助于丰富和活跃文学场域的生态，但是民间文学奖一定比官方文学奖更加可靠吗？今时今日，民间文学奖层出不穷，似乎已足以给出答案。正如识者所见："我们的官方奖还是很正规，程序意识很严肃、很认真对待；如果是一个民间的奖，更容易形成一个小圈子，更容易操作，非正常的因素会更加浓重。中国的民间奖没有所谓民间的客观公正、公平正义的体现，体现民族多元的声音；恰恰相反，越是民间的越是小圈子。官方的奖在某个方面，尽管呈现意识形态，但也有尽量弥合某种差距的努力尝试。"②

---

① 黄发有：《以文学的名义——过去三十年中国文学评奖的反思》，《社会科学》2009年第3期。

② 张丽军、房伟、马兵、赵月斌：《我们依然期待"茅奖"，期待伟大的中国文学——关于茅盾文学奖未来发展走向的对话》，《艺术广角》2009年第6期。

根据以上对茅盾文学奖之"里"的认识,论者似乎只能寄希望于以更为合理的制度设计,来约束那些不可预测的非文学因素,以促使茅盾文学奖更为健康积极地运转。洪治纲在那篇影响甚大的《无边的质疑——关于历届"茅盾文学奖"的二十二个设问和一个设想》中,便指出茅盾文学奖的评奖制度之痛,认为评委结构欠合理,而其过分特殊的权力,又令读书班的存在几乎丧失意义,从而为非文学因素的介入提供了极大便利。[①] 或许正是因为类似质疑的声音日益强烈,从第八届茅盾文学奖开始,评奖改用大评委制,而取消了读书班(初选审读组)—评委会制度。这一改变的确令人振奋,而第八届茅盾文学奖的获奖作品,也被认为是具有说服力的,但即便如此,不同见解仍在所难免。用制度解决人性缺陷,似乎在很长时间以来已经成为理所当然的惯性思维,但是制度真的能够完全扼杀掉一切不合理之可能吗? 根据最基本的辩证法,绝无破绽的制度是不可能存在的,因此永远不能杜绝有人致力于在制度中寻找漏洞;而凡事有一利必有一弊,因此任何制度的确立都难免是两害相权取其轻的艰难选择,都不得不在消除某种不公正性的同时造成新的不公正性。正如大评委制建立之后,其实也经过些微调整:第八届、第九届茅盾文学奖在结果揭晓的时候,向社会公开了最后一轮的评委实名投票情况;而第十届茅盾文学奖则取消了这一举措。或许不少人会认为实名公开更能够逼迫评委们赌上自己的专业声誉,从而得到更为公正的结果,但这样的想法未免有些想当然耳。多届茅盾文学

[①] 洪治纲:《无边的质疑——关于历届"茅盾文学奖"的二十二个设问和一个设想》,《当代作家评论》1999年第5期。

奖评委谢有顺就曾表示:"我是赞成实名制投票的,因为只有让评委具体承担责任,他才能接受艺术良心的监管。但我又觉得没必要把每个人的选票都公之于众,因为这样一来,那些想坚持自己艺术判断的人,就会束手束脚了。……评奖如果不透明,会有暗箱操作的嫌疑,但如果太透明了,也有可能导致公正性的崩溃"①——实名公开,直接让评委们感到压力的或许并非文学从业者和读者们的监督(何况对于文学作品的评判本就难免人言人殊),而首先是那些待选作者的人情债务,那同样会导致评委们放弃自己的艺术坚持。就此而言,很难用一种完美主义的标准去要求一项文学评奖,哪怕是茅盾文学奖也不成——诺贝尔文学奖又好多少呢?我们恐怕不得不以一种历史的、辩证的、宽容的眼光去看待茅盾文学奖,在承认其有效性的同时也接受其偶然性,从而认识到,试图推动茅盾文学奖内部机制的改变来求得更令人满意的评选结果,其意义很可能并不像通常所想象的那么重大,尤其是在茅盾文学奖评奖制度已经发生了相当改进的今时今日。相比之下,不如在接受现有评奖结果的前提下,透过已知的"表"去探求更为内在的信息。

因此也有学者回避评判茅盾文学奖之合理与否,而选择在新时期以来的整个文学生态中去探讨其价值。张丽军就指出:"新时期文学评奖的尝试已经从当初的文学评价的暂时性安排中走出来,渐渐在文学评奖的实践中,建构起来一种具有新质的、通向现代性的文学制度建设。而且,更为重要的是,文学评奖这一现代性制度的建

---

① 汪政、谢友顺、郭春林、何言宏:《多元博弈的文学评奖——"新世纪文学反思录"之九》,《上海文学》2011年第11期。

立，以一种肯定的、鼓励的积极性方式代替了以往的否定的、惩罚的消极方式，为中国当代文学经典的诞生、为文学回归艺术审美属性提供了具有积极促进意义的制度性保障。"① 但是以茅盾文学奖为代表的评奖行为究竟以怎样的审美标准在引导文学创作？而该审美标准又是否令人满意？在此层面，同样容易聚集激烈的争论。洪治纲的质疑就极具代表性："纵观十八部获奖作品，我认为其局限性主要表现在四个方面：对小说叙事的史诗性过于片面地强调；对现实主义作品过分地偏爱；对叙事文本的艺术价值失去必要的关注；对小说在人的精神内层上的探索，特别是在人性的卑微幽暗面上的揭示没有给予合理的承认。"② 显然，如此质疑实际上是1980年代以来生成并逐渐跃升至宰制地位的新的美学原则的信奉者对陈旧的文学观念表示不满，从历史语境以及论者的知识背景、审美结构来看，这种不满不难理解。但是文学的审美标准本就多元丰富，用一种审美原则来否定另外一种审美原则是否合理或许还可存疑。而时过境迁，新的审美原则是否一定不可动摇，是否仍然在为推进当代文学的发展提供着积极的动力？这大概也存在不确定性。张颐武在讨论第八届茅盾文学奖时就认为，这一奖项"已经从一个以整个文学为对象的奖项，逐步转化为以文学的一个特殊分支——'纯文学'为对象的奖项"，而所谓"纯文学"的基本形态，正是"八十年代以来的'形式'探索、'心理'描写和写实主义的结构所形成的一种'混合'风

---

① 张丽军：《文学评奖机制改革与新时期文学》，《小说评论》2010年第6期。
② 洪治纲：《无边的质疑——关于历届"茅盾文学奖"的二十二个设问和一个设想》，《当代作家评论》1999年第5期。

格"。依此之见,新的美学原则的信奉者应该感到相当鼓舞,但张颐武亦指出,茅盾文学奖审美标准的这一变化,反而造成了又一重尴尬:"纯文学"趣味与大众口味的疏离,导致了茅盾文学奖的社会效应正持续降低,茅盾文学奖因此有成为文学界内部小圈子游戏的可能——这是否同样有悖于茅盾文学奖设立的初衷呢?① 而关于茅盾文学奖设立的初衷,同样有趣的是,洪治纲从茅盾关于设立文学评奖的遗嘱中读出了对"艺术性"的要求,从而认为不应仅限于按照传统"现实主义"原则去选择获奖作品;而邵燕君则从同一份遗嘱中读出了"现实主义"原则必须在茅盾文学奖中占据垄断地位的明证。寥寥数十字的遗嘱都有不同解读的可能,何况是几十年的文学场域变化,以及一个国家级文学奖项的变迁? 因此,以一种二元对立的态度去否定茅盾文学奖的审美标准,其讨论空间已基本被穷尽,而其所希望达成的历史任务或许也已完成。正如汪政所说,"不必给这个主流意识形态的文学奖项太多的期望与负担……它只不过是众多奖项中的一种,表达的就是这个奖项设置者与主办者的意志,我们也只能在这个范畴来讨论它的成败得失"②。如果愿意承认这一点,那么较之假借茅盾文学奖抒发我们各自的审美理想,或许体察"奖项设置者与主办者的意志"会更有价值,毕竟作为新时期以来官方引导文学发展的重要抓手,茅盾文学奖一定在相当程度上代表了官方对文学的态度和期待,也足够折射出文学的变迁。

但是如何了解"奖项设置者与主办者的意志"呢? 论者似乎仍

---

① 张颐武:《从"茅盾文学奖"反思文学》,《艺术评论》2011年第10期。
② 汪政:《作为文学奖项之一的茅盾文学奖》,《名作欣赏》2009年第3期。

然只能通过茅盾文学奖的"表"去触及其"里",因此有大量研究对茅盾文学奖获奖作品进行深入分析,以期把握这一奖项设置者与主办者的审美标准。但是文学作品本身亦驳杂丰富,不同论者也完全可以从不同角度解读,由"表"及"里"的路线图因此无限丰富,究竟最终抵达的是否是茅盾文学奖的鹄的,就令人怀疑。并且尽管中国当代文学中长篇小说的创作向来繁荣,每届茅盾文学奖的参评作品数量也足够众多,但是仍然不无令人失望的可能:如果某一时期的长篇小说创作难以让人满意,获奖作品中就难免存在勉强之选,则这样的作品究竟为何赢得评委青睐,就难以理解,这也是茅盾文学奖引致不少非议的原因所在。在我看来,或许茅盾文学奖另有一种"表"能够更为精准地传达"奖项设置者与主办者的意志",却被长期忽略,那就是对获奖作品的评语和授奖辞。从第五届茅盾文学奖开始,评委会在《人民日报》《文艺报》等媒体公布对于获奖作品的评语。第五届评语是以评委个人名义发表的,但是显然代表了评委会的官方意见;而从第七届开始,评委评语改称"授奖辞",显得更为正式。一部文学作品可能呈现出多样的美学面貌,但是评语或授奖辞所着重表彰之处,一定透露出评委会的审美倾向;而如果所选作品并不完全令人满意,评语或授奖辞就更值得分析,因为在那当中评委们必须说明是怎样的闪光点令该部作品瑕不掩瑜。如果说,在新时期之前,国家引导文学的主要方式是"否定的、惩罚的",那么那些出自官方的批判文章必须说明否定与惩罚的原因何在,以使批判有的放矢;而在以文学评奖促进当代文学发展的时代,茅盾文学奖的评语及授奖辞其实也是一种文学评论,暗示我们值得肯定与鼓励的审美趣味究竟是什么。这或许是茅盾文学奖更值得探究的"里"。基于此,本文计划对茅盾文学奖的评语及授奖辞加以分析,以此为"表",冀达于"里"。不过因为官方评语及授奖辞是自第五届茅盾文学奖之后才予以公开,因此我们无法对前四届的相关情况加以讨论。但是第五届茅盾文学奖评出正在世纪之交,而新世纪正是当代文学发生复杂变动的时期,因此本文的讨论或许别有意义。①

二

如前所述,洪治纲早已对茅盾文学奖的审美标准有所总结。这一总结不但代表了绝大部分质疑者的意见,也在一定程度上为茅盾文学奖的组织者与评委所认同。雷达就坦言不讳,承认茅盾文学奖的确有其美学偏好,而且其实无可厚非,那"并不是有谁在规定或暗示或提倡或布置,而是一种审美积累过程,代代影响,从多届得奖作品看来,那就是对宏大叙事的侧重,对一些厚重的史诗性作品的青睐,对现实主义精神的倚重,对历史题材的关注"②。看起来,无论肯定还是批评,"宏大叙事""史诗性""现实主义"已被公认是茅盾文学奖的审美标准,相应地,似乎这一奖项并不那么关注艺术形式的探索和对人性的挖掘。然而,真的这么简单吗?

---

① 本文所讨论分析的茅盾文学奖评语及授奖辞来自《第五届茅盾文学奖获奖作品评语》,《人民日报海外版》2000年11月20日;《第六届茅盾文学奖获奖作品评语》,《文艺报》2005年7月28日;而第七届至第十届茅盾文学奖授奖辞来自中国作协官方网站中国作家网,http://www.chinawriter.com.cn。
② 雷达:《我所知道的茅盾文学奖》,《小说评论》2009年第3期。

某种程度而言，茅盾文学奖的评语及授奖辞似乎的确可以印证上述判断。自第五届茅盾文学奖公布获奖作品评语至今，茅盾文学奖评委会共发布28则评语或授奖辞，其中对时代变迁、历史动荡、现实的广阔度与社会的复杂性多有提及，可以说，未被以如此宏大之话语加以评述，或完全不能与之关联的获奖作品，几乎没有。即以第七届茅盾文学奖为例，获奖作品中的《湖光山色》和《暗算》引来不少质疑的声音，甚至评委胡平在谈及这届评奖时也说，第七届茅盾文学奖值得肯定的原因之一是"正确地选择了'压得住阵'的作品，主要是贾平凹《秦腔》和迟子建《额尔古纳河右岸》"①，言下之意可想而知。那么这两部未必"压得住阵"的作品，获奖原因是什么呢？从授奖辞看，评委会着重肯定了《湖光山色》"深情关注着我国当代农村经历的巨大变革，关注着当代农民物质生活与情感心灵的渴望与期待。在广博深厚的民族文化背景上，通过作品主人公的命运沉浮，来探求我们民族的精神底蕴"。尽管小说书写的是当下，但是"巨大变革"的时刻足以牵连起历史的此前与此后，因此具有了折射时代变迁的重要价值；而将小说与"民族文化背景""我们民族的精神底蕴"相联络，显然也是在为它寻求充分的历史支撑。而麦家的《暗算》的确具有个人传奇的色彩，授奖辞承认了这一点："《暗算》讲述了具有特殊禀赋的人的命运遭际，书写了个人身处在封闭的黑暗空间里的神奇表现。"封闭空间中的个人神奇表现，似乎与宏大历史格格不入，但是在讨论小说艺术特征的时候，授奖辞却从语言艺

---

① 胡平：《我所经历的第七届茅盾文学奖》，《小说评论》2009年第3期。

术层面将《暗算》放置在一个宏大空间当中:"他的文字有力而简洁,仿若一种被痛楚浸满的文字,可以引向不可知的深谷,引向无限宽广的世界。"在历届茅盾文学奖获奖作品中,在表现对象之具体窄小上,或许还有比《暗算》更为突出的,比如毕飞宇的《推拿》。这部作品所书写的确实是"都市生活的偏僻角落",那群目不能视的盲人推拿师"摸索世界"的主要方式其实主要是"勘探自我",但授奖辞对这部小说的褒扬,仍强调毕飞宇在"直面这个时代复杂丰盛的经验"方面取得的成就,认为他"见微知著",尽管写的是"日常人伦的基本状态",却从中发现了"人心风俗的经络"。这些授奖辞足以说明:较之"私人叙事",茅盾文学奖的确更重视"宏大叙事",更强调在长跨度的时间和广阔的空间里,在复杂的社会关系中,去发现文学作品的价值。

但实际上,"宏大叙事""史诗性"和"现实主义"这三个关键词中,除"宏大叙事"的指向相对较为明确,"史诗性"和"现实主义"都有着多元而暧昧的内涵。但论者在使用这两个词汇时,却多多少少用"宏大叙事"遮蔽了它们的丰富性。即以"史诗性"而论,凌云岚认为:"在一定程度上,它可以看作'史'+'诗';是在'史'的建构中注入诗性的哲理与内蕴。现代美学意义上的史诗性长篇小说,相应地在以上两个方面提出了自己的审美要求:在对史实的展现中,它应是对一具特定意义的时间段(经常是重大事件发生的历史转折期)的全方位把握,而同时它又应超越对这一段具体历史的描述,使时间的上下限融入历史的长河之中,以揭示出这一特定时期在一个国家、一个民族,乃至整个人类历史进程中产生的历史必然与历史意义；在对诗性的张扬中，首先，它要求将富于诗意的细节性描写注入宏大的历史叙事之中，在对历史的日常化形态的展示中使它具象而可感；其次，它要求作者的情感投入，使作品具有一以贯之的抒情气息与情感氛围，最后它要求创作主体超越自身，对历史进行透过具体形态去挖掘深层的内涵的思考，将个体对历史的独特体验与前者融合，使作品产生超越，促成对历史的反思，这正是史诗性作品获取深度的重要因素。"① 然而在写作实践与文学评价中，"诗"的维度往往被有意无意地忽略，"史"之宏大开阔替代了"史诗"。王先霈在讨论文学艺术创作中的"史诗性"时，便认为应主要从三个方面理解：其一是"主题的民族性"；其二是"题材的宏伟性"；其三是"画面的全景性"。② 这三方面的限定，几乎都聚焦在"史"的维度。而当论者谈及茅盾文学奖获奖作品的"史诗性"，尤其是当他们从负面谈及这一问题时，所使用的定义几乎都与王先霈近似。但对评语及授奖辞稍作考察便不难发现，凌云岚所说的"诗"的维度，其实从未在评奖标准中缺席。对《抉择》《秦腔》《推拿》《这边风景》的评语或授奖辞，都强调了它们细节之精彩；对《长恨歌》的评语亦表彰了小说以市民生活和平凡人生，思考与开掘了"由历史和传统所形成的上海'弄堂文化'"；《无字》的评语里甚至出现了"以血代墨""至哀无言"这样的修辞，抒情性不可谓不强烈；而对历史的超越性反思，更是现实主义"史诗性"作品的题中应有之义，自不待言。——从评

---

① 凌云岚：《百年中国文学"史诗性"的个例分析与重估》，《中国现代文学研究丛刊》2000年第3期。
② 王先霈：《论史诗性》，《社会科学》1984年第6期。

语及授奖辞看，在凌云岚看来属于"诗"的细节、日常叙事、抒情性与超越性，都被反复强调；但在一般讨论中，这些标准往往被抛掷在"史诗性"之外。这提醒我们，即便对于茅盾文学奖审美标准的总结不无道理，实际上也仍有细致讨论的余地：什么样的"史诗性"？何种"现实主义"？在一个概念所笼罩的种种美学要素当中，茅盾文学奖的评委会又特别彰显哪一些，而压抑了哪一些？大而化之地概括和指认，其实造成了有关茅盾文学奖的另一种表层论述，撕开这一层"表"，正是对茅盾文学奖评语及授奖辞的具体修辞加以深入分析的动因与意义所在。

相比之下，"现实主义"这一术语的内涵更为驳杂，长期以来对它的使用也更为随意。如果以加洛蒂"无边的现实主义"的主张看来，那么几乎所有出色的文学作品大概都可以算作"现实主义"的。而即便不那么宽泛，这个曾经有着具体内涵的文学史概念，如今也已经不断扩展了它的外延。人们往往笼统地将那些所写内容可以在现实中找到对应物，并基本遵循现实逻辑的叙事认为是"现实主义"的，而与那些光怪陆离、想象奇诡的作品区分开来。依照这样的认识，"现实主义"的胃口的确可以非常之大，茅盾文学奖的几乎所有获奖作品都可以纳入其中，唯一会让人略感困惑的大概只有阿来的《尘埃落定》。《尘埃落定》当然也写的是人间之事——事实上一部小说，无论其想象力何等匪夷所思，要完全与人间无关，也实在是难事——但是其中不时闪现的神秘主义色彩，已经足以让它显得独特。但也正因它是异类，有关它的评语格外能够体现茅盾文学奖的态度与尺度。这一评语是由严家炎执笔，话说得谨慎收敛而余味无穷:"《尘埃落定》借麦其土司家'傻瓜'儿子的独特视角,兼用写实与象征表意的手法,轻巧而富有魅力地写出了藏族的一支——康巴人在土司制度下延续了多代的沉重生活。作者以对人性的深入开掘,揭示出各土司集团间、土司家族内部、土司与受他统治的人民以及土司与国民党军阀间错综的矛盾和争斗。并从对各类人物命运的关注中,呈现了土司制度走向衰亡的必然性,肯定了人的尊严。小说有丰厚的藏族文化意蕴。轻淡的一层魔幻色彩,增强了艺术表现开合的力度。语言颇多通感成分,充满灵动的诗意,显示了作者出色的艺术才华。"《尘埃落定》非现实的色彩实在难于抹去,因此评语必须承认在"写实"之外,小说也兼用了"象征表意的手法",并花费近半篇幅对其艺术特点加以说明。但自始至终,评语都避免从"主义"的层面加以确认,而小心翼翼地在"现实主义"所允许的框架内游走。尤为值得关注的,或许是评语对其写作价值的表述:"(《尘埃落定》)呈现了土地制度走向衰亡的必然性,肯定了人的尊严。"尽管众所周知,《尘埃落定》对于某种历史必然性的表述未必有多么自觉,甚至不无暧昧的意味,但是这一评语却足以说明,评委会选择了以怎样的角度理解小说结尾和整体情节逻辑。将《尘埃落定》多少有些勉强地放置到"必然性"的叙述当中,其实也在相当程度上说明了茅盾文学奖究竟是如何理解"现实主义"传统:"现实主义"所谓"现实",不是实然性的,而是应然性的;"现实主义"的文学作品绝不只是对现实简单模仿甚或照搬,而更强调对现实及历史的理性认识,即抱定一种必然性的现实逻辑和历史态度去重新组织现实。不仅《尘埃落定》,其他不少获奖作品的评语或授奖辞中,都明确表露出这样的"现实主义"观念。譬如对《张居正》的评语,即指出作为封建社会的改革家,张居正的悲剧命运自有其"必然性";《历史的天空》的授奖辞亦暗示,尽管小说主人公并非典型的革命英雄人物,其境遇包含着历史复杂性,人物形象也略显传奇,但在"种种历史的偶然背后",仍旧"显示出了历史的必然";至于评价《生命册》"从人的性格和命运中""洞见社会意识的深层结构",则简直像是对茅盾本人创作的评价了。——以此而言,茅盾文学奖的审美标准的确无愧于它的冠名者,而如果要说这样一种"现实主义"传统带有某种官方意识形态的色彩,那只能说,"现实主义"这一美学原则从产生之日起,就内在于意识形态之中。其实,任何美学原则不都是这样吗?

不过,即便以最严格的"现实主义"来限定茅盾文学奖的审美标准,因为现实无限开阔,则可供书写的对象当然也无限丰富,因此这一奖项理应仍能够拥有充分的空间与可能。事实上,首度公布评语的第五届茅盾文学奖获奖作品评语,已经表现出了令人可喜的多样性。该届评出的四部作品,尽管都被归入(即便是被勉强归入)"现实主义"的序列,但是每部作品表现的对象和它们被肯定的角度(这届评语甚至拟定了小标题,提炼出每部作品值得表彰之具体所在),都各自不同:对于《抉择》,评语肯定的是它"直面现实"的勇气,认为它"深刻地揭示了当前社会复杂而尖锐的矛盾",却又能"给读者以正义必定战胜邪恶的信心";对《长恨歌》,则表彰它从一座城市的市井生活和一个女人的一生经历去探索"历史和传统",并透出"一种具有普遍意义的人间情怀",这是以小叙事撬动大叙事;对《尘埃落定》和《茶人三部曲》的评价乍看有相似之处，都与深厚的民族文化有关，但前者似乎更偏重于文化形态的曼妙展示，以及对历史必然性的揭示，后者则更重于在历史当中挖掘出的人的力量，一种令人振奋的精神风骨。现实矛盾、异域风情、市井生活、文化韵致……似乎已经足够证明茅盾文学奖的庞大容量；但显而易见，书写现实的不同方式与面向，在茅盾文学奖的评选过程中，机会并不是均等的。譬如以"直面现实"来褒奖一部作品，在《抉择》之外再无一例。茅盾文学奖获奖作品中揭露社会矛盾的小说当然并非只有《抉择》，《天行者》对民办教师困境的书写，《蛙》对计划生育政策的讲述，乃至于《应物兄》对当下知识分子精神困境的展现，都不能说不是"揭示了当前社会复杂而尖锐的矛盾"。但或许是因为小说所叙及的矛盾并不像《抉择》中的矛盾那样处于整个社会的核心位置，或许是因为小说触及矛盾的方式并不那么直接，也或许是因为自二十世纪八十年代之后，"写什么"越来越不足以构成评判艺术的重要依据，更或许以上原因兼而有之，总之，茅盾文学奖的授奖辞刻意回避了去讨论这些作品中所包含的现实矛盾。

直击时事既然不为人所喜，相对而言，历史题材便理所当然地更容易受到茅盾文学奖评委会的关注，在第五至七届茅盾文学奖获奖作品中，历史题材的小说甚至占据了超过半壁江山。但小说写的是历史，评语或授奖辞对它们的肯定却具有时代气息，譬如前述对《张居正》的评语，就分明是从一种现代历史观去认识历史人物，讨论的角度也明显与改革开放的整体历史语境有关。这似乎印证了质疑者的看法：茅盾文学奖的确在文学标准之外，带有浓重的意识形态色彩。但是如果对评语及授奖辞进行整体考察，就会发现在此之外，茅盾文学奖对于历史书写的评价自有其多样性，或者说，至少在新世纪之后，所谓主流意识形态的话语方式已经发生了变化，并不完全呈现为一种政治话语。第五届对于《尘埃落定》和《茶人三部曲》的评语即已经可见端倪，它们并不是一味以唯物史观去理解小说中的历史，而更强调文化底蕴。第六届评价《东藏记》，亦强调这"是一部文化含量厚重的长篇佳作"；第七届评价《额尔古纳河右岸》，在"史诗般的品格"之外，也赞赏其"文化人类学"的思想厚度；此后对《一句顶一万句》《江南三部曲》《繁花》《北上》等作的授奖辞，更是字里行间流溢着文化气息。这固然可能与二十世纪八十年代寻根文学的流风余韵不无关系——这一文学潮流在长篇小说领域开枝散叶，要到二十世纪九十年代，其中的代表作《白鹿原》成为茅盾文学奖获奖作品中最负盛名之作——却也提醒我们，即便承认茅盾文学奖的官方属性，对于主流意识形态之于文学艺术的诉求，也不可以作简单的预设。

如果说茅盾文学奖评语及授奖辞对于文化的强调，足以丰富我们对于主流意识形态的认知；那么其对文学作品精神高度的强调，也理应在相当程度上提醒我们去反思有关"现实主义"的刻板印象，也提醒我们反思对于茅盾文学奖不够关注人类精神世界的怨言。其实至晚从第五届茅盾文学奖对《抉择》《尘埃落定》《茶人三部曲》的评语开始，对人类灵魂和精神领域的关切，就始终贯穿在茅盾文学奖的评选视野中。我们甚至可以说，较之反映现实，茅盾文学奖似乎倒更为注重作品的精神力量。譬如对于《抉择》，肯定的就是其"比较充分地展现了广大群众和党的优秀干部与腐败势力坚决斗争的正面力量,给读者以正义必定战胜邪恶的信心";评价《尘埃落定》,认为它"肯定了人的尊严"(借以与颓废的现代主义区分开来);而《茶人三部曲》的人物形象塑造之所以成功,亦在于"展现了在忧患深重的人生道路上坚忍负重、荡污涤垢、流血牺牲仍挣扎前行的杭州茶人的气质和风神,寄寓着中华民族求生存、求发展的坚毅精神和酷爱自由、向往光明的理想倾向";相比之下,《历史的天空》中姜大牙这一人物可能更有力量,甚至能够"以鲜活强悍的性格和人格的光芒照亮了苍茫深邃的历史的天空";除此之外,《英雄时代》《额尔古纳河右岸》《你在高原》《天行者》《蛙》……的授奖辞中,无不对作品书写人类精神的成就给予了浓墨重彩的张扬。在28则评语及授奖辞中,"现实主义"出现了4次,而"理想主义"亦出现3次,如果将所有与人类精神相关的词汇加在一起,后者的比重可能还要远远多过前者。因此洪治纲抱怨茅盾文学奖"对小说在人的精神内层上的探索"不够充分,以新世纪以来的情况看是值得商榷的,好在他的表述还有补充:"特别是在人性的卑微幽暗面上的揭示"没有得到茅盾文学奖的充分肯定。的确,茅盾文学奖评语及授奖辞对于现代主义文学热衷于表现的人性阴暗面较少兴趣,而更注重刚健昂扬、正面积极的精神力量。但诺贝尔文学奖不也是这样吗?对茅盾文学奖持批判态度的论者往往喜欢以诺贝尔文学奖作为对照,但至少在探索人类精神的层面上,他们的厚此薄彼之中恐怕不无偏见。

类似的偏见还聚焦在小说艺术创新的层面。持批评态度的论者指责茅盾文学奖过分偏重传统"现实主义"创作,而对叙事艺术缺乏关注。这一论调本身即令人感到疑惑：何以"现实主义"的叙事艺术不算是艺术呢？ 而且，茅盾文学奖真的仅仅肯定"现实主义"的小说审美原则吗？ 的确，评语或授奖辞往往从人物塑造、细节呈现和情节发展等角度来评定小说，这似乎是一种典型的"现实主义"批评修辞。但是从《尘埃落定》的评语我们已经可以清楚地认识到，批评修辞的选用有时或许只是一种策略，陈旧的话语亦可以谈论先锋的精神——坚持使用陈旧话语，并非保守，而是以此才能够更加安全和稳妥地为先锋精神提供可能。而伴随着洪治纲、张丽军等质疑者进入评委队伍，曾经的"新的美学原则"不仅成为一种普遍的文学创作常识，也已悄然改变了茅盾文学奖的审美标准，授奖辞对小说叙事艺术的评价，也逐渐脱出了"现实主义"的批评修辞。在评价《朱雀记》时，授奖辞即充分肯定了苏童在小说形式实践方面取得的成绩："苏童的短篇一向为世所重，而他在长篇艺术中的探索在《黄雀记》中达到了成熟，这是一种充分融入先锋艺术经验的长篇小说诗学，是写实的，又是隐喻和象征的，在严格限制和高度自律的结构中达到内在的精密、繁复和幽深。"而在讨论《一句顶一万句》《江南三部曲》《繁花》《应物兄》等多部获奖作品时，授奖辞也反复肯定了作品的"原创性"、"新的语言和艺术维度"、经验表达的"新的路径"和"新的叙事语法"。从目前可见的28则评语及授奖辞中分明可以看出，茅盾文学奖对有效的小说艺术创新从未否定，甚至还不断提出要求。相比之下，以一种陈旧的观念去指认和想象茅盾文学奖，断定其审美趣味无比腐朽，恐怕才更显腐朽。

三

根据以上对于茅盾文学奖评语及授奖辞的分析不难明白,即便"宏大叙事""史诗性"与"现实主义"真的能够在某种程度上概括茅盾文学奖的审美标准,这些标准内部也仍有更为细致的分野,值得详加辨析。以评语及授奖辞为"表",以茅盾文学奖评选过程中更为具体的审美标准为"里",至少可以得出以下基本结论:

其一,茅盾文学奖的确对"宏大叙事"有所偏好,但并非绝对,重要的是能否开掘出宏大的意义,而非题材本身的宏大;

其二,茅盾文学奖对于"史诗性"中"诗"的一面其实相当重视;

其三,较之直面现实矛盾的作品,茅盾文学奖更偏爱富有历史意识和文化含量的长篇小说;

其四,茅盾文学奖对于人的精神世界同样重视,和诺贝尔文学奖相似,它热衷于张扬人类精神中昂扬向上的一面;

其五,茅盾文学奖并不完全囿于传统"现实主义"笔法,对现代主义小说技巧也保持着相当宽容的态度,并积极期待着艺术创新。

那么,这五点基本结论是否便足以构成对茅盾文学奖审美标准的全面认识,依照这五点基本结论,是否便足以创作出更加符合评委预期的"茅奖式"作品呢?答案当然是否定的。这不仅仅因为本文对于茅盾文学奖评语及授奖辞的讨论还非常初步和粗糙,有待于学界同行的进一步研究,更因为任何针对某一特定标准刻意打造的文学作品,本就难以实现其目的。每一种文学奖项都当然有其审美偏好,但是参评作品在符合该偏好之前,首先要实现相当程度的艺术品质才有可能得到重视，这样的艺术品质取决于作者的见识、禀赋、勤奋与诚意，恐怕非功利的设计能够抵达。因此，揣测一部作品为茅盾文学奖"量身打造"而必然获奖的说法其实亦多少有其荒谬性。

而除以上两点之外，还有一个相当重要的原因使得刻意迎合茅盾文学奖的创作难成功，那就是：茅盾文学奖的审美标准其实始终处在悄然而微妙的游移当中，并非绝对固定。这种游移在此前的讨论中已经不难看出，而尤其明显的例证，是评语及授奖辞中对于"中国风格"的强调。在第五届茅盾文学奖对《茶人三部曲》的评语中，尽管指出该作品的优异之处在于"寄寓民族精神"，却并未以"中国风格"对其加以褒扬。到第八届茅盾文学奖《一句顶一万句》的授奖辞里，则明确肯定了刘震云对"中国人的精神境遇"所做的精湛分析，并认为这部小说"继承了'五四'的文化反思精神，同时回应着中国古典小说传统，在向着中国之心和中国风格的不懈探索中，取得了令人瞩目的原创性成就"。这是"中国风格"第一次出现在茅盾文学奖的授奖辞中，不过某种程度上或许可视为一种偶然，因为这一评价的确高度符合《一句顶一万句》的小说形态。然而从第九届茅盾文学奖开始，对"中国风格"的美学诉求显然已经被评委会有意凸显，这一诉求不仅仅要求作者专注于书写中国故事和时代变化，也落实在小说艺术和美学精神的层面。譬如肯定《繁花》"创造出一种与生活和经验唇齿相依的叙述和文体"，赞赏金宇澄对"近代小说传统"有意继承；譬如肯定《应物兄》"对知识者精神状况的省察，体现着深切的家国情怀，最终指向对中国优秀文化传统的认同和礼敬，指向高贵真醇的君子之风"。"中国风格""中国气派"，对于当代文学来说当然并非新鲜的语汇，但是在经过新时期以来文学潮流和社会潮流的种种复杂变迁之后，在新世纪的第二个十年旧话重提，显然是耐人寻味的。这显然已经不仅仅与文学风尚有关，更与时代有关：这是文艺座谈会再度召开的时代，是中国国际地位稳步上升的时代，也是"中华民族伟大复兴"的时代——在文学背后，是整个时代的力量在扭动着审美的钥匙。

由此我们或许需要在结论中加上第六点：

其六，茅盾文学奖有其长期坚持的审美原则，但这一审美原则并非保守僵死的，而是富有活力的，它必然因社会现实和文学场域的变化而不断更新。

正是这第六点结论提醒我们，茅盾文学奖真正的"里"并非这一奖项的审美原则和评奖标准，甚至根本不在于文学审美层面，而是要以审美为"表"，浸淫其中却又穿透出去，去理解无限广阔的现实。——这是否才是茅盾意义上"现实主义"的真正内涵？

（原发表于《小说评论》2020年第6期）

围墙的推倒与再造：
社会转型与知识分子蜕变

—— 论张者"大学三部曲"

一

几乎所有谈及"大学三部曲"的论者，都会注意到《桃李》的开头。那的确是相当耐人寻味的一笔，张者花费了不少笔墨讨论一个称呼的变化："知识经济时代，把导师称为老板是高校研究生的独创，很普遍的。老板这称呼在同学们嘴里既经济了一回，也增加了知识的成分，很具有时代感。"① 尽管张者为"老板"又增添了"大师、大家"的可能性，并将之与"老总"区分开来，但显然，"导师"变"老板"，使其作为知识分子的代表，工作职能、生存状态、文化面貌乃至于道德伦理都发生了本质变化。学生心态自然也随之改变，他们尊重导师，不仅出于对知识的渴望与对人格的景慕，更因其"有钱有势"。由此《桃李》写出的何止是"老板"邵景文的蜕变，更是包括教师、学生在内的整个大学校园，或者说知识界生态的蜕变。正如

---

① 张者：《桃李》，人民文学出版社 2002 年版，第 1 页。

同样被很多论者关注的一个细节所呈现出的：当蓝教授为女儿蓝娜的丑闻找到法学院院长，对邵景文忙于赚钱而疏于学术研究和教育学生表示不满时，法学院院长解释说，"他每年给院里是要上缴利润的"，并对蓝教授的迂阔不无腹诽，"院长心里说，你是不当家不知柴米贵，不帮人家打官司哪来的钱发奖金"。① 可见知识分子的变化何尝是孤立的？那是一种系统性的变化，和知识分子一起改头换面的，还有整个学院机制，乃至于学院之外的时代。

那么对于这样的变化，究竟应该如何理解？或许考察知识分子变化的具体契机，更能明白张者的态度。如果将邵景文的转变时刻理解为他在飞机上和宋总的邂逅，那么这位知识分子似乎确是因金钱诱惑而"下海"。尤其是联系到邵景文第一次收到五十万委托费时，将窗帘拉上、房门锁死，一边叫喊一边在房间里抛撒钞票的丑态，知识分子真可谓斯文扫地了。但不应忘记的是，其实早在那之前的二十世纪八十年代，邵景文便已改弦更张，转投法学院，放弃了人文知识分子的道路。

邵景文弃文从法有着相当具体的动因，那就是父亲之死，以及为父报仇的决心。彼时的邵景文是一个文艺青年，他写诗、吹箫，和美丽的文艺女青年恋爱，在校园里风光无两，但他的那支箫早已为他埋下人生变故的伏笔。当恋人曲霞在校广播台的访谈节目里问他世代习箫是否因祖上富贵时，他的回答不免令人尴尬："我家祖祖辈辈都是要饭的，一直到我父亲这一辈。就是靠吹箫要饭，不会吹

---

① 张者：《桃李》，人民文学出版社2002年版，第142页。

箫就没有饭吃。"①二十世纪八十年代大学校园里那一曲诗意的箫声有着令人沮丧的历史,它与风花雪月的文人雅趣无关,而意味着贫穷与乞讨。家境富足的曲霞显然并不能真正理解她的男友,她之所以可以不切实际地想象文学,并指责邵景文放弃理想,不过因父辈完美的庇护。事实上,邵景文何尝不是如此?在父亲惨死之前,这位浪漫的校园诗人同样对围墙之外的世界毫无了解。返乡奔丧让邵景文终于走出二十世纪八十年代的人文幻象,深切认识到自己的限度。因此邵景文才会在与曲霞争执时一再追问:"诗人,诗人能为俺爹报仇吗?!"和不少论者的判断或有不同的是,邵景文之所以质疑人文知识分子的价值,转型为一名技术专家,并不是为了攫取什么现实利益,只是痛感于知识分子在现实世界面前的无能与无奈。

就此而言,将"大学三部曲"尤其是《桃李》理解为对社会转型期知识分子精神失落、道德沦丧的嘲讽与批判,指责书中那些高校知识分子"多有欲望放纵,少有立场坚守,了无理想主义",②显然过分简单,乃是一厢情愿的怀旧心态使然。更等而下之的,是将社会新闻拿来一一对照,把小说指为对某一具体高校的影射。③其实,不惮于谈论自己的负面新闻,甚至乐此不疲,素来是北大的传统,也是北大之为北大的关键。自曝其短当然不是以此为荣,更不会沦落到黑幕小说的地步,而恰恰是要以批判的眼光进行痛切的自我反

---

① 张者:《桃李》,人民文学出版社2002年版,第25页。
② 徐德明:《〈桃李〉:"当下本体"的暧昧特征》,《小说评论》2003年第4期。
③ 见刘育英《〈桃李〉:校园小说 影射北大?》,《新闻周刊》2002年第19期;姜广平《每一部作品都有自己的命运——与张者对话》,《文学教育(中)》2010年第12期。

思。曾在北大求学的张者显然深谙这一传统,"大学三部曲"无意控诉什么人,也并不急于对知识分子的面目变换横加评判。在多次访谈中,面对记者多少别有用心的提问,张者一再表达自己对知识分子的同情:"中国是一个转型期,从计划经济转向市场经济,转向一种交换关系,现在的社会单纯的学术是不能反映出价值的,必须把学术转换为经济。校园知识分子只能拿知识来交换金钱,金钱本身又反衬了一个人的社会价值,强大的经济利益使他一下子就迷失了,知识分子的选择太难了。……这种追求是对的,关键在于适可而止,把握住。"①"现代知识分子和过去的知识分子最大的不同就是更实际了,更务实了,也可能更真实了。这无法用'好'和'坏'来判断,也许会失去一些传统知识分子身上固有的东西,同时可能也会使知识分子身上增加一些东西。这会使现代知识分子的人格更加丰盈。"②——不难看出,张者甚至不想发出那种"世风日下"的廉价感慨。社会转型当然并不必然导致堕落,它只是将知识分子逼出了那堵自命清高的围墙,让他们像邵景文一样不得不进行己身究有何用的自我拷问,并因此去选择,去行动。转型尚未完成,未来暧昧未知,选择就难免举棋未定,乱入歧途,对此谁又有资格超越具体历史境遇去加以责难呢? 这大概就是为什么,尽管在小说中张者的确浓墨重彩地渲染了二十世纪九十年代大学内外欲望丛生的变局乱象,却始终避免表明自己的立场。

---

① 刘育英:《〈桃李〉:校园小说 影射北大?》,《新闻周刊》2002年第19期。
② 姜广平:《每一部作品都有自己的命运——与张者对话》,《文学教育(中)》2010年第12期。

由此我们可以对所谓"零距离"叙事有更加深刻的理解。王干曾谈及《桃李》的"零距离"叙事："在《桃李》中的那个'我'却是一个奇怪的'我'，他虽是第一人称，但没有身份、没有性别、没有姓名、没有语言，他只是所有事件的一个亲历者和旁观者，他可以出现在所有场所里，他能够看到、听到、感受到小说中所有人物的言行……由于具有了这样大的自由空间，小说叙述总是'贴'着人物进行的，可以说是一种零距离。"①张者自己也表示："这种'零距离'其实是一种距离，是一种'无我'的距离。所以小说中的那些故事既亲切又生疏。"②评论家和作者将这一叙事学问题讲得玄乎其玄，其实真相可能非常简单：所谓"零距离"叙事不过是因为张者本就在故事当中。张者出生在1967年，1996年至1999年在北大攻读法学硕士，他和他笔下的那些人物几乎同一时期在同一专业求学，身处同样的大时代，因此与小说叙述者"我"有高度的相似性。王干说《桃李》中的"我""没有身份、没有性别、没有姓名、没有语言"是不准确的，张者将"我"安排在法律系宿舍里，他和师兄弟们一起上课，一起参加老板召集的见面会，在欧福酒吧里，他就坐在白领丽人姚旋身边，兴致勃勃地与刚结识的姑娘聊天，大家共同将荷尔蒙播撒到光线暧昧的空间当中。他之所以容易被人忽略，实因为他就藏在小说人物当中，分享着他们的欲望，承担着他们的痛苦，和他们一样在懵懂中作出未必理性的选择。他和张者一样，内在于他所讲述

---

① 王干：《人文的呼喊与悲鸣——评张者的长篇小说〈桃李〉》，《南方文坛》2002年第4期。
② 姜广平：《每一部作品都有自己的命运——与张者对话》，《文学教育（中）》2010年第12期。

的社会转型时代。作为读者，我们难免期待张者可以站在文本外部，对那些人与事进行更加深入的理性反思。正如作为知识分子，小说里的"我"似乎也该对时代和生活保持必要的警醒。其实，只要愿意投靠那些人云亦云的庸俗观念，对自己人生最重要的一段时光进行嘲讽、挖苦、影射、批判并不困难，但或许张者谨慎的叙述姿态更为真诚：他坐在人群当中，有时也会对那些活色生香的情爱纠葛津津乐道，有时也不免流露出隐约的痛心疾首，但更多时候只是充满好奇和悲悯地注视着世纪之交的生动现场，不去贸然地否定或肯定，或者说，不去武断地取消掉那些本应自在生长的无限可能。

关于"大学三部曲"对社会转型期的"新"与"旧"到底如何认识，对于其中的知识分子（也包括他自己）如何看待，《桃李》中的一个人物和三个案件或许可以提供别样的参照。"一个人物"是蓝教授，这位对弟子邵景文沉迷商海颇为不满的法学权威，堪称传统知识分子的代表，但他因此就值得尊敬吗？不少论者业已指出，在二十世纪九十年代，蓝教授还坚守着本科生不许谈恋爱的清规戒律，未免迂腐和虚伪。[1]这当然只是个人的道德标准，本与旁人无关，无须苛责，但蓝教授在得知女儿丑闻之后，仅仅为了出口恶气，让自己"心情舒畅"，便利用教授权威将校园里谈恋爱的无辜男女棒打鸳鸯，且语带恐吓，[2]就未免令人愕然。小说此处对蓝教授的揶揄显然与倡导个体尊严与自由的社会转型期无关，倒指向某种陈旧甚至腐朽的校园权力结构。而蓝教授对蓝娜和李雨的恋爱，从最初的坚决反对，

---

[1] 见刘育英《〈桃李〉：校园小说 影射北大？》，《新闻周刊》2002年第19期。
[2] 张者：《桃李》，人民文学出版社2002年版，第149页。

到后来的强求促成，又何尝是因为要守护什么道德底线？——"老爸的一世清誉都毁在了你的手里……老爸一直在赌这口气，心中暗暗下定决心，有朝一日我要证明给你们看，老蓝女儿不是在胡搞。"①这样一位为了面子可以罔顾女儿真实意愿的父亲，蓝娜最后的悲剧难道与他无关，难道只是象征着欲望社会的宋总一人造成？

"三个案件"当然包括邵景文父亲的那桩命案。造成邵景文命运转折的这一重要事件其实和社会转型也没有太大关系，村支书在谋取私利激起众怒时，运作权力的方式同样相当陈旧，而村民们之所以"怕了"，是因为"听支书那口气又要搞运动了"。② 倒是村民们盗卖高压电线以弥补经济损失和反抗支书敛财的行动，尽管出于亘古不变的民间逻辑，却多少有了些社会转型的味道。而另外两个案件，邵景文老家的"楼梯案"和令邵景文一夜暴富的"天元公司诉杨甲天28%股份投资无效纠纷案"，一个因权力而终结，一个因权力而肇始，亦同样都和某种"旧"物深刻地纠缠在一起。当然可以将其中的种种曲折，归结为社会转型期难免出现的无序，但那"旧"物仍是理不清的乱麻中至为重要的一根线。张者在这部书写当代大学校园和知识分子的小说中，不惜篇幅详尽地讲述了这三个案件，将案件所涉及的不同利益方、不同观念及不同时代充分呈现出来，当然不会是无的放矢。叙及案件时，张者其实对邵景文的作用所谈甚少，而更多渲染了案件内外的社会情境，强调原本边界明晰的法律问题在规则剧烈变动的时刻，如何与行政权力、民间道德纠缠在一起。就此而

---

① 张者：《桃李》，人民文学出版社2002年版，第228页。
② 同上，第41页。

言，张者致力于书写的，到底是社会转型期的知识分子，还是社会转型期本身呢？

三

这并不是说张者的"大学三部曲"不写知识分子，而是说他绝不是只写了知识分子，更不是以一种单一、简单、粗暴的方式写知识分子。在小说看似透明流畅，甚至不乏戏谑的语言之下，包藏着张者更大的宏图。在大学校园的围墙拆除之后，知识分子已置身在复杂的社会网络之中，张者的目的是要从围墙里面看出去，又从围墙外面看进来，立体地书写知识分子和他们所伫立的时代。

"大学三部曲"正面谈及大学校园的围墙，是在《桃花》当中。大学为顺应改革开放而拆除的北墙要修复回去，这大概会让那些对高校和知识分子怀有古典怀旧式想象的人拍手称快。承担这项工程的是黄总的雄杰公司，该公司为此拟定了一个显然赔钱的合同。黄总赔钱修复学校北墙，并非出于公益热心，而是为了借此结识经济法权威方正教授；结识方正也并非因仰慕他的学问人品，而是希望在股票发行审核委员会挂衔的他能够在雄杰公司股票上市时投一张赞成票。如此一来，大学围墙的失而复得就变得相当暧昧，围墙恢复之后墙里那一方净土是否还是净土，也因此深可怀疑。小说将这项工程与北大恢复南墙相提并论，显然意在突显其象征意味。在引述北大校长许智宏有关北大围墙的发言之后，小说评价道："北大校长许智宏的言外之意好像是：拆围墙是'更新观念'，重修南墙是'观念回归'。"① 这里的"好像"一词,暗藏着张者不甚信任的坏笑,而参照许智宏的发言内容不难认识到,将大学校园恢复围墙视为"观念回归",的确未免想当然了。许智宏表示:"近些年北大的校办企业发展很快,从某种意义上说,北大产学研一体化的发展已经走向了一个更为成熟的阶段,小打小闹不仅没有太大意义而且浪费资源,所以北大对南墙地带也有了新的规划。"② 这番发言丝毫没有让北大回到过去的意思,相反,绘制了一张大学布局发展的路线图。拆除小商铺意味着产业升级,意味着大学要以更加高端的方式参与经济发展,而绝非缩回那座摇摇欲坠的象牙塔。大学校园的围墙既经拆除,便无法"恢复",只能"再造",而由"再造"的围墙重新确立边界的大学已旧貌换新颜,大学和大学里的知识分子们永远不会再远离围墙外的繁华世界,因为那世界已进入校园之内,和校园结构性地融为一体。

这样一种内在转变,在《桃花》里的导师方正身上集中表现出来。方正人如其名,似乎代表了一种典范的知识分子形象。他是在邵景文事件之后,学生们吸取教训,综合各方因素考察确定的理想导师。③ 但这样一位在学生看来近乎完美的知识分子,真的没有欲望

---

① 张者:《桃花》,人民文学出版社2018年版,第64页。
② 同上。
③ 学生们有四条标准:其一是"要有真才实学",但又补充说"在政府的某些部门要有点职务……这能在上面说上话";其二是"要找一个导师,而不是老板";其三是"年龄要在55岁左右",不能太年轻,以免被诱惑,也不能太老,否则知识结构陈旧,"对我们未来的发展没好处";其四是"要有点人文精神,也就是有中国传统知识分子的美德"。见张者《桃花》,人民文学出版社2018年版,第15—16页。

吗？面对雄杰公司的拉拢，方正的确表现出足够的理性和克制，但拿到投资顾问的聘书时他却勃然变色，表示"我这样身份的人不可能也不允许接收任何一个企业的聘任"①。我们由此知道他其实另有所图。股票发行审核委员会的职务虽是暂时的，却被方正无比看重，甚至在遭雄杰公司牵连，被委员会革除之后，方正一度陷入抑郁，而后性情大变。类似股票发行审核委员会这样的职务或头衔，是一种相当有趣的存在。它不是官职，却是由官方授予，代表了官方认可，"意味着其学术水平不仅被圈内承认，也被当局承认了"②；它不是学术身份，却以学术水平和学术地位为基础，是知识分子转换象征资本，实现世俗权力的新方式；它不会提供多少报酬，却与巨大的利益相关，尽管这种利益的取得要冒极大的风险。但方正一句耐人寻味的表态，却足以暗示它和利益之间更为隐秘的兑换关系："我现在不会给任何公司当顾问，将来会不会给公司当顾问那将来再说。"③这样的职务将学术、权力和资本全都整合在了一起，较之邵景文"下海"诉讼实在体面太多，当然会对方正这样的高校知识分子构成巨大吸引力。如果说在《桃李》讲述的二十世纪九十年代末，处在社会转型期的校园外世界给予知识分子的诱惑还是直接而粗糙的；那么在《桃花》讲述的2004年，诱惑已变得立体而精致。对知识分子来说，那甚至是一种内在于职业生涯的合理诉求，是校园内的学术与校园外的事功耦合之后形成的结构性存在。由此我们或许更可以理

---

① 张者：《桃花》，人民文学出版社2018年版，第59页。
② 同上，第15页。
③ 同上，第60页。

解方正那场题为"做多中国"的演讲，何以与他忠实弟子的炒股经验形成吊诡的反差，而在与小说之外的现实对照时，又显得格外反讽。我们也可以据此更加正确地理解小说的结尾。有论者以为方正是"为救弟子姚从新而甘愿背负论文抄袭的恶名"①，这未免过于善良。以方正之精明，怎会对自己弟子愚忠的本性缺乏了解？怎会揣测不出，一旦姚从新知道了自己顶罪的义举，定会挺身而出，澄清事实？经过这一番精心算计的操作，方正不仅成功将姚从新送出国，扫除了自己"爱情"道路上的阴影，学术成果也不至于落入他人之手；不仅赢得了舍身保护弟子的美名，又不至于真正遭到处分。这堪称当代文学作品中最典型的一个"精致的利己主义者"形象，因而他在落选股票发行审核委员会成员之后的欲望迸发实在是意料之中，那正是他压抑与掩饰已久的本性。相比之下，邵景文则未免道行太浅，他所追逐的利益是那么简单，很多时候倒显得有些可爱。连张者自己都说，"其实他是一个值得同情的人物，首先他在学术上是立得住的，其次他对他的学生很好，对家庭也很负责"②。

因此，有论者以为《桃李》讲的是人文精神之溃败，而《桃花》则反其道而行之，谈知识分子的坚守，就当然是一种误解。③即便《桃花》当中有坚守，坚守者也绝非方正。《桃花》中的知识分子之所以

---

① 王海涛：《知识精英的失落与自救——评张者的长篇新作〈桃花〉》,《作家》2008年第8期。
② 刘育英：《〈桃李〉：校园小说 影射北大？》,《新闻周刊》2002年第19期。
③ 见王海涛《知识精英的失落与自救——评张者的长篇新作〈桃花〉》,《作家》2008年第8期；叶云《我们无处安放的青春——读张者新作〈桃花〉有感》,《出版参考》2007年第30期。

显得更体面一些，不过因为知识分子已充分理解并参与改造了社会转型后的世俗逻辑，从而将自己深深扭进这一逻辑。事实上，方正那些弟子选择导师的几条标准，看似义正词严，不同样出于斤斤计较的功利考量？而既然老少两辈知识分子都已经如鱼得水地游出围墙之外，那么张者的"大学三部曲"尽管仍聚焦知识分子，又何尝不是在直面时代？

《桃花》中特别耐人寻味的，是张者不无突兀地在校园故事中大段插入对中国股票市场的分析，宏观如方正的那次演讲，微观如姚从新在股市中的屡败屡战。小说甚至特意杜撰了一段姚从新家族的致富史，以便通俗解释股票市场运作的真相。那些金融市场的风云诡谲，以及背后隐秘的权力关系，并不仅仅是小说人物行动的背景或动因。那张金融网络笼罩着改革开放之后的整个中国社会，透过透明的网丝，我们能够看到的不只是无数企业的起死回生甚至一夜暴富，也不只是无数股民的喜怒哀乐，更是那一时代整个社会的深层结构。而《桃李》当中的法律案件不同样如此？张者精心选择法律与金融两个领域作为小说人物活动的舞台，显然不完全出于个人经验。既然九十年代以后，社会科学领域的技术专家日益深刻地介入到社会变革当中，那么也唯有通过对法律界和金融界的书写，才能写出波澜壮阔的时代——这才是张者写作"大学三部曲"的真正目的。

四

多年之后，校园内外的两个世界更加如胶似漆地长在了一起。

邵景文与方正的那些学生星散各地,在各个岗位成为中坚力量。当年那个巨变的时代裹挟着他们,改造了他们,现在则是他们在建构和决定时代的面貌。某种意义而言,他们构成了世界本身。

当然不再需要强调他们"知识分子"的出身。其实我们已很难将他们视为知识分子,尽管他们都是身怀专业技能的知识者。在此意义上,李敬泽评论《桃李》时作出的判断极富预见性:"别提什么'知识分子'。《桃李》这群人我看和知识分子没什么关系,他们是法学院的硕士、博士,是未来的法官检察官律师法学家,他们可没打算蹲在台下冷着眼看戏,他们雄心勃勃要上到台子中央,你说他们是知识分子等于说耶鲁大学法学院的毕业生克林顿先生也是知识分子。"① 在"大学三部曲"的最后一部《桃夭》中,未来已经到来,那些曾经法学院的硕士、博士,如今的法官、检察官、律师、法学家步入中年,世纪之交那个"我"默默观察的变化与应对,有了阶段性的结果。这个结果令人满意吗?容颜老去的他们似乎不无疲惫的神色,出轨的出轨,离婚的离婚,昔日同窗也曾大打出手,恨不得将彼此送进监牢。做律师的,感觉自己在法官面前永远是孙子,但就连深谙利禄之道的法官赖武,也同样满腹牢骚:"法官也不是爷,真正的爷是法官的上级领导。"② 当然,可能每个时代的中年人都难免身陷如此破碎的生活,但至少说明,这个由他们亲手缔造的世界,并没有变得更好一些。以至于那个尽管沉默少言却总是兴味盎然的"我",也从那些大腹便便的中年人当中悄悄溜出了小说叙述。大概正因为

---

① 李敬泽:《快乐与罪与罚》,《文汇读书周报》2002年7月19日。
② 张者:《桃夭》,人民文学出版社2015年版,第275页。

现实不能尽如人意，他们才早早开始了怀旧，并对时隔30年的同学聚会如此踊跃。他们想要逆向穿越社会转型的30年，回到最初进入校园的记忆或幻觉，重温一次八十年代知识分子的人文大梦。然而他们却忘记了，既然这世界已经被他们重建再造，大学校园又怎可能一如往昔？因此他们只能看到一个面目全非的故园，姑娘们不再羞涩，爱情也不复纯真，就连男女宿舍都发生了乾坤挪移，曾经的浪漫胜地香樟树早已无人问津，倒是"上树"这一风光旖旎的暗语代代相传，终于变成性交易的代称。事实上，这些社会精英又何尝不知道怀旧之虚妄？老同学久别重逢的激动与沉痛不已的追怀，很快便滑向了庸俗和无聊，最终在倦怠的打牌声中结束。这期间有人得偿所愿，抱得美人归；也有人一箭三雕，将师兄弟之间的握手言和变成洗脱罪名的利益算计。

所有人中，大概只有邓冰一人是怀着赤诚的深情前来怀旧，可惜，他渴望重温的旧梦却是一个令人沮丧的误会。魂牵梦萦的往日红颜从来不是想象中的模样，如今心满意足挽上了"大款"的臂膀；真正的爱人早在30年前便已死去，借尸还魂后虽也不乏浪漫与温情，却是出于利益的驱动，以胁迫的手段，要逼他再次进入婚姻的牢笼。这极富象征意味的死亡与"复活"，为《桃夭》带来一种哀伤的挽歌气息。"之子于归，宜其室家"由美满的抒情变成滑稽的讽刺，而"夭"之绝望与伤悼反而凸显出来，令本就遭逢中年危机的邓冰彻底破釜沉舟，返璞归真，回归到孤勇的理想主义。尽管在小说结尾那场模拟的法庭审判上，煞有介事的邓冰始终被视为一名世俗眼中的丑角，甚至濒于崩溃的疯子，但究竟是邓冰疯了，还是围观他的那些昔日同窗早已疯癫而不自知呢？邓冰在法庭上的慷慨陈词成为"大学三部曲"最激动人心的宣言："我们是法治国家，任何人都不能逍遥法外，特别是一个法律工作者，一个律师，更应该维护法律的尊严。"①在此法律其实已被提升到了道德的高度。就法律的层次来说，邓冰早已脱罪；而就道德的层次而言，邓冰以及他的同代人始终带着原罪的烙印。只有洗去罪恶感，邓冰才能获得他所追求的那种精神上的真正解脱，心灵上的真正"自由"。相比之下，方正一边大胆预测"牛市"一边宣扬的抽象自由，和梁石秋由华屋美妾构成的田园牧歌般虚假的自由，就未免等而下之。

　　张者于此再次表现出对过去年代，及传统知识分子的不信任，而尽管小说里他的同时代人也并不足以叫人佩服，张者仍会在其中安插少数纯真憨直之徒：《桃夭》中的邓冰、喻言，《桃李》里的老孟，《桃花》里的姚从新……我们由此或许更能理解张者写作"大学三部曲"的心情。那个坐在师兄弟们之间和女孩子觥筹交错油腔滑调的"我"，身处在社会转型的时代，一方面和同代人一样怀着蓬勃欲望，不可遏止地想要攫取这时代富有魅惑力的一切；另一方面又同样茫然、困惑，因而尽量缄默不语。而之所以茫然和困惑，正因他毕竟还保存着社会转型之前的记忆，毕竟从八十年代的幻梦中走来，残存的纯真、浪漫、理想主义在他心底埋了根，不时折磨着他，并会在未来不可预知的某一刻突然发作……这或许正是张者这一代人的特征，也是他们，及他们的文学富有魅力之处。他们并不相信过

---

① 张者：《桃夭》，人民文学出版社2015年版，第326页。

去，对现在也无把握，关于未来其实一知半解，甚至不曾信任自己，但他们的确有旺盛的生命活力和强大的行动力，并且，他们还能够忧伤。忧伤当然是一种无用的禀赋，但那不正是知识分子对抗强大世界的最后一件武器吗？——就此而言，那些从感伤怀旧视角理解"大学三部曲"的论者其实也无可厚非，他们同样是在勉力操持着知识分子的最后一件武器，向飞速轮转的世界发出一点微弱的声音。

或许值得一提的是，尽管很多论者都以为，《桃李》写出的是一派沦落颓丧的大学景象，但多年之后重读这部小说，我居然心生几分怀念。世纪之交的北大周边，还零星卧着几家冷清的酒吧，而今连餐馆都养不起几个。"零零后"的学生们似乎更愿意猫在宿舍里对着手机、电脑打发闲暇时光，呼朋引伴吃肉喝酒的大学生活已成前尘往事，缺少了醉汉的大学校园显得无比寂寞。邵景文的品行诚然值得商榷，但他和学生们亲如兄弟的平等交流还是颇有圣人遗风。而今学生们越发拘谨，老师们大概也日益庄严，一起面目可憎了起来。《桃李》出版已经20年了，20年来校园之外越来越繁荣，也越来越安定，一切秩序都趋于稳固，而那些尽管毛糙幼稚却十足有趣的（准）知识分子却也因此风流云散。当名校骄子们纷纷内卷，从进入大学校门的那刻起便致力于考研与考编，似乎张者笔下那个新旧交杂的校园反而显得浪漫了起来。好的文学作品的确就像一坛美酒，时间会赋予它意想不到的醇香，只是《桃李》这一缕意外的醇香，闻来多少令人伤怀。

（原发表于《当代作家评论》2022年第5期）

后　记

　　书名叫"文学的窄门",是拙劣地用了个尽人皆知的洋典故。把"窄门"跟"文学"放在一起,当然跟《新约》里耶稣的本意没什么关系了。最多就是希望"文学"也如"窄门"一样,能将人引到开阔,甚至"永生"。

　　今时今日,文学当然是"窄门"。或者,它从来都是"窄门",只是有时周遭风景迷蒙,倒显出它的堂皇。生在1980年代的人,也曾赶得上看到那堂皇的幻影,因而向此门进发者,不在少数;走着走着耐不住寂寞,离开小路向别处堂皇而去的,也不在少数。这本就是情理中事,对文学来说实在也不算坏。我以为文学之"窄"是言其艰难,而非言其狭隘。不管因为什么,能够将文学的"窄门"撑大那么一点点,不但可以放进更多人来,也是文学生生不息的奥秘所在——历史上这样的情况,早不知发生过多少次了。

　　事实上,之所以说文学是"窄门",盖因为在这坚固庞大的世界上,文学本就是幻影。人们往往偏爱那些坚固之物,追求那些伟大的事业,至于作为幻影的文学,自然是可有可无。但阳光亦是幻影,空气也并不坚固,离了这些虚无缥缈的东西,世界也就不成其为世界。文学的幻影里,可以显形出上下四方、古往今来,更能够生成此世从来所无的存在。有形的世界，无论草木禽兽都可以生长和游走于其中；但无形之物，或许才真正是人的造物，甚至神的恩典。因此人类之为人类，大概正因为能够看到幻影，并沉迷于幻影。就此而言，耶稣所谓"窄门"，跟文学真是差相仿佛。

而在文学诸门类里，文学批评与文学研究，可算是"窄门"中的"窄门"。甚至它们能否被归入文学，似乎都尚可存疑。人们大多将其视为一种更加专门的手艺，一种与大多数人无关的手艺——和小说、诗歌、散文相比，它的读者实在门可罗雀。当然，这的确和文学批评、文学研究自身存在的一些问题有关。但无论如何，在我看来，文学这道"窄门"要通向开阔处，通向"永生"，文学批评与文学研究才是关键中的关键。文学的"窄门"，不仅指文学在世界中的位置，也指文学向世界打开的方式。一部具体的文学作品，往往门也是窄的，路也是小的，广阔的远方在哪里，有时连作者都不知道——作家创作是靠感性，而感性何等神秘；作家的责任在制作谜面，却未必有义务揭开谜底。古希腊哲人说，灵感是神赋予的，那么作家便是通灵之人；但要解开神旨，还要靠祭司。批评家，便是文学的祭司。

不过祭司一旦掌握权力，就很愿意代神立言。于是便有神谕一般的文学批评和研究文章。它们是有用的、宏大的、坚固的，它们包罗万象，有政治、有经济、有历史、有民生、有最新的科技发展方向。但有时候，却恰恰没有文学。这诚然也没什么不好，只是我的资质过于驽钝，做不到，也不喜欢。我从不认为文学只能是文学，但却坚信它首先应该是文学。文学的"窄门"固然可以通向"永生"，可若遗弃此门径往"永生"，又何必从此门过，又要这门干什么呢？当然，不少人早已宣判这门就要倒掉，或已经倒掉，但我个人还是愿意做个执拗的守门人——哪怕心知肚明是最后的守门人，我也仍愿意看到门在孤惶地矗立着，并愿意一再尝试，能否从这里出发，通往更阔大、更迢远、更永恒的"永生"。

这本论文集里的文章，大都以这样的执拗写下，所以多是对具体作品的分析。这些作品，包括散文，包括诗歌，更多是小说，甚至还有被认为是"主题写作"的作品。人们通常以为"主题写作"的重点在于"主题"，我则愿意证明属于"写作"的部分仍不乏可具体分析之处。唯一的例外是《茅盾文学奖的"表"与"里"——以茅盾文学奖评语及授奖辞为中心》，这篇文章是谈茅盾文学奖的，但我的办法仍然是将这一文学体制的论题转化为文本分析，我以为这样更加可靠一些。其实那些高屋建瓴的宏文，我也心向往之，但却始终难以信任，或者说不够自信。我仍旧相信，文学批评和文学研究首先应该有能力解开文本自身的秘密；同样我也仍旧相信，在解开文本的秘密之后，我们一定能从中发现超越于文学之外的价值。这样的执拗是给自己出难题，有如画地为牢、作茧自缚，就此而言，我的方法大概也算是文学批评和文学研究的"窄门"吧。

后记的最后，我要郑重感谢当初愿意发表这些文章的刊物和它们的编辑，这些文章都经过了编辑们的苦心打磨，是这些专业而负责的编辑让它们变得更好，也让我变得更好。感谢人民文学出版社愿意出版这本小书，"窄门"大概是不大容易创造市场价值的，他们的决定实在是对我极大的关爱和慷慨。感谢我的责任编辑樊晓哲女士，她的品位和能力，尤其是她的厚道热心，让我对这本小书的出版感到格外踏实。还要感谢将这本书里所提及的文学作品写出来的那些优秀的作者，如果没有他们，我和我的同行们就无门可守了。对，还要感谢我的同行们，多年来他们无分老幼，或直接或间接，都给了我很多教益。其中很多前辈、朋友，常常给我教诲和关怀，让我时刻铭记，终生难忘。最后，感谢我的学生们，他们不但帮我校对了部分文稿，而且在日常教学和生活中也常常给我启发，让我深感作为教师的幸福。

  这篇后记终于要结束了。两千余字的文章，我足足写了半年之久。如此拖延，固然是我才疏学浅、难以命笔所致，也因为一贯的疏懒顽劣。但更重要的原因，或许是面对自己七年的学术写作，心意难平。我知道，一旦写完这篇后记，我大概就要告别这些文章了。它们的确非常粗糙，却还是让我难以割舍。

2022年10月23日

文学的窄门